名 家 插 图

老舍作品经典

罗尔纯插图本

名家插图

老舍作品经典

鼓书艺人

老舍 著

马小弥 译

人民文学出版社

图书在版编目（CIP）数据

鼓书艺人：罗尔纯插图本/老舍著；马小弥译；罗尔纯绘. —北京：人民文学出版社，2021（2025.8重印）
（名家插图老舍作品经典）
ISBN 978-7-02-014434-1

Ⅰ.①鼓… Ⅱ.①老… ②马… ③罗… Ⅲ.①长篇小说—中国—现代 Ⅳ.①I246.5

中国版本图书馆 CIP 数据核字（2018）第 164138 号

责任编辑　陈建宾
装帧设计　刘　静
责任印制　张　娜

出版发行　人民文学出版社
社　　址　北京市朝内大街 166 号
邮政编码　100705

印　　刷　河北延风印务有限公司
经　　销　全国新华书店等

字　　数　173 千字
开　　本　890 毫米×1290 毫米　1/32
印　　张　8.25　插页 3
印　　数　41001—44000
版　　次　2012 年 8 月北京第 1 版
印　　次　2025 年 8 月第 5 次印刷

书　　号　978-7-02-014434-1
定　　价　28.00 元

如有印装质量问题,请与本社图书销售中心调换。电话:010-59905336

一

一九三八年夏,汉口战局吃紧。

浑浊的扬子江,浩浩荡荡地往东奔流,形形色色的难民,历尽了人间苦难,正没命地朝着相反的方向奔逃。翅膀下贴着红膏药的飞机,一个劲儿地扔炸弹。炸弹发出揪心的咝咝声往下落,一掉进水里,就溅起混着血的冲天水柱。

一只叫作"民生"的白色小江轮,满载着难民,正沿江而上,开往重庆。船上的烟囱突突地冒着黑烟,慢慢开进了"七十二滩"的第一滩,两岸的悬崖峭壁,把江水紧紧挤在中间。

房舱和统舱里都挤满了人,甲板上也是水泄不通。在浓烟直冒的烟囱底下,有五六十个小孩子,手足无措紧紧地挤在一起。他们已经没了家,没了父母,浑身都是煤烟和尘土,就像刚打煤堆里钻出来一样。

湍急的扬子江,两岸怪石林立,江水像条怒龙,一会儿向左,一会儿向右,发狂地在两山之间扭来扭去。过了一道险滩,紧接着又是一道,然后直泻而下。船在江面上颠来簸去,像一条毛毛虫在挣命。汽笛一响,船上每个人都吓得大气也不敢出,唯恐大难临头。

每过了一道险滩,船上的人就松一口气,像在一场紧张的摔跤中间,喘过一口气来。有的人转过身去看岸边的激流与浪花,只见人和水牛在水中间打转,水面上只露着黑色的头发梢,和转得飞快的,两只长长的牛犄角。

有的时候,迎着激流而上的满载的船,猛地摇晃起来,江水从船帮一涌而入,把甲板上的每个人都浇个透湿。

太阳一落到峭崖的背后,寒风就吹得乘客们直打颤。偶尔一线阳光从岩石缝里漏过来,在汹涌的江面上投下一道彩虹,美得出奇。

大江两岸,座座青山,处处陡坡,都有自己的名字。它们千姿万态,构成一幅无穷无尽的画卷。古往今来,多少人讴歌过江上变幻莫测的美景,多少人吟咏过有关它的神奇传说。楚怀王和巫山神女幽会的古迹犹存。可是这些逃难的旅客已顾不得这些,当江轮穿过巫峡,打绝代佳人——神女峰面前驶过时,他们都毫不动心。

难民们没闲心,也没立足的地方,没法凭栏观赏景致。所有乘客,不分老少贵贱,都被眼面前的危险和茫茫前途吓住了。特别使人难受的,是生活上的不便。房舱里的人出不来,因为甲板上满是人,行李堆成了山。甲板上的人也活动不了,因为没空档儿;哪怕就是喘口大气,或是一只腿倒换一只腿地站着,也很难。所有的人都紧紧地挤在一块儿。可是,疲劳不堪的茶房还是想法给乘客们开饭。他们光着脚走路。那些沾满了煤烟和尘土的脚丫子,把它们挨过的所有东西都蹭脏了,在行李卷和包袱上留下小泥饼子。他们的脚沾不着甲板,只好见什么踩什么,——哪怕是踩在乘客的脸上或身上呢。被踩的人又叫又骂,结果是更乱,更惨。

在"民生"轮上,谁心里也不平静,人们不是烦恼,就是生气,悲伤。两岸美丽的青山映入眼帘也振奋不了他们。生活太无情,真是遭不完的罪孽,说不尽的伤心。

乘客之中看来只有一个人是既不悲伤,也不发愁。虽说他也和别人一样,饱尝战争之苦,备受旅途艰辛。

这人就是方宝庆,四十开外。他靠一面大鼓,一副鼓板和一把三弦,在茶馆里唱大鼓,说评书吃饭。他是个走江湖卖艺的,大半生带着全家走南闯北。现在一家子也还都跟着他。他大哥躺在满是煤灰的甲板上,轮船每晃一下,他就"哎哟,哎哟"地哼哼。人家都叫他窝囊废。他真是个窝囊废,整天除了咳声叹气,什么事也不干。那个拿胖乎乎的背靠着房舱墙壁,和窝囊废挤在一起,手拿一瓶酒的中年女人,是方宝庆的老婆。她正提高了嗓门,眼泪汪汪地骂旁边的什么人。

离方二奶奶不远,半躺半坐地靠着,看起来又可怜,又肮脏的,是方宝庆的亲生女大凤。

靠栏杆那边的甲板上,坐着个十四岁的女孩儿。她是方宝庆的养女秀莲。秀莲和她爸爸一样,在茶馆里卖唱。她清秀的脸上带着安详的神色,一个人在那里摸骨牌玩。船每颠一下,窝囊废就叫唤一声,秀莲就骂一句,因为船身的摇晃弄乱了她的骨牌。她声音很小,不粗,也不野。

方宝庆不愿意和家里人坐在一起,他喜欢走动。听着哥哥叫唤,老婆一个劲儿地唠叨,他受不了。

方宝庆虽然已经四十开外,说书卖艺经历了不少的风霜,他的模样举止倒还很纯朴——连他说话的神情,一举手一抬腿,都显得那么和蔼。他不蠢,要不,这么多年了,不会过得这么顺遂。他像个十岁的孩子那样单纯、天真、淘气,而又真诚。他要是吐一下舌头,歪一下肩膀,做个怪脸,或者像傻瓜一样放声大笑,那可不是做戏,也不是装假。这都叫人信得过。他是为了让自己高兴,才那么干。他的做作和真诚就像打好的生鸡蛋一样,浑然溶为一体,分不清哪是蛋黄,哪是蛋清。

日本人进了北平,宝庆带着全家去上海。上海沦陷了,他们又到汉口。如今敌人进逼到汉口市郊了,他和全家又跟大伙儿一起往重庆逃。北平是宝庆的家。他唱的大鼓,全是京韵的。他要想留在北平很容易,用不着遭这么大罪,受这么多苦,成了千百万难民中的一个。宝庆相貌憨厚,差不多算是个文盲。不过,在北平,能够认得几个字的鼓书艺人本来就不多,他也算得上一个。敌人决不会来杀他,可是他宁愿丢下舒舒服服的家和心爱的东西,不愿在飘着日本旗的城里挣钱吃饭。他既天真又单纯。他不明白自己是不是爱国,他只知道每逢看见自己的国旗,就嗓子眼儿发干,堵的慌,心里像有什么东西在翻腾。

这一群人里最反对离开北平的是窝囊废。他只比兄弟大五岁,但他觉着自己是个长者,应当受到尊敬。头一条,他要求别搅乱他在家时的那份清静。他怕一离开家就得死。他一个劲儿地哼哼,样子真叫人厌烦。其实他并没有什么不舒服,他就是要用这种办法让宝庆知道,他的想法没变。

离开北平也罢,上海也罢,汉口也罢,二奶奶可不在乎。她反对的,只是她丈夫总是在最后关头才决定离开,总是叫她没法把想要带上的东西都打好包带走。她从不考虑打仗的时候运东西有什么困难或不便。眼下她一面抿着瓶里的酒,一面想着她那双穿着舒服的旧鞋和几双破袜子,真要是带了来该多好!大家走,她也走,可要她把东西都扔下,她真舍不得!她喜欢喝上一口,一喝起来,她倒更絮烦,常常连舌头也不听她使唤了。

宝庆受不了他哥哥的叫唤,也受不了老婆的唠叨。他整天沿着甲板费劲地挤来挤去,随着船身东倒西歪。这样走动可真叫受罪。当他从睡着的人们身上跨过时,要是有人突然那么一下合上了嘴,真会咬下他一截大脚趾头来。

他看起来一点也不像个卖艺的。不怎么漂亮,也不怎么丑。他就像当铺或是百货店的伙计那样长相平常。他的举止也毫无出奇之处,丝毫不像个艺人。他也不像有的好演员,不用装模做样,就能显出才华来。他有时流露出一点艺人的习气,倒更叫人家猜不透他是个干什么的。

他个子不高,然而结实丰满。因为长得敦实,有时显得迟钝、笨拙。不过要是他愿意的话,也能像猴儿一样的机灵、活跃。你跟他一块走道儿,要是遇上一摊水,你准猜不出他到底会一下子蹦过去呢,还是稳稳当当往水里迈,把鞋弄个精湿。

他圆圆的脑袋总是剃得油光锃亮。他的眼睛、耳朵、嘴都很大,大得像是松松地挂在脑袋上。幸好他的眉毛又黑又粗,像是为了维持尊严才摆在那儿的。有了它,脸上松弛的肌肉就不会显得可笑。它们就像天上的两朵黑云,他一抖动眉毛,人家就觉得它们会撞出闪电来。

他的牙长得挺整齐,老露着,因为他喜欢笑。鼻子很平常,但嘴唇总是那么红润、鲜亮。虽然眼睛下面已经有了中年人的皱纹,可这对红嘴唇倒使他看起来年轻多了。

眼下他像那些茶房一样,光着脚在挤满了人的甲板上转圈子。船走得很不稳当,他尽量避免踩着人,所以才光着脚。光脚踩了人,比穿着厚重的鞋子踩人,容易得到别人的原谅。

他卷起裤腿,露出又粗又白的腿肚子。他穿着一件旧的蓝绸长衫,手攥着长衫的下摆,怕扫了躺在甲板上的人的脸,也为了走得更利索点。

他一手攥着衣角,一手招呼朋友。他已经习惯了表演,会不自主地觉着身边所有的人都是听众,他应该对他们笑,友好地打手势。于是他一手提衣襟,一手招呼乘客绕着船转圈儿。他抬腿的动作像是在迈过一条小溪,或是在"跳加官"。

他习惯每两三天剃一次头,脑袋瓜子老是那么亮晃晃、光溜溜的。他的光头就是他的招牌。听过他的大鼓的人,都记得他那个光头。他的脸远不如他的光头那么惹人注意,引人叫好。如今他的头已经有一个多星期没剃了,他一面在甲板上走动,一面不时挠挠那讨人厌的短发茬儿。

上了"民生"不到几个钟头,他就认得了几乎所有同船的人。没过多久,他行起事来,就好像他是当初造这个船的监工一样。船的每个角落他都熟悉,什么东西在哪里,他都知道。他知道上哪儿去弄瓶酒给他的老婆,让她喝了好睡觉,不再老拿手指点他。他也知道上哪儿去找碗面汤来,让他窝囊废大哥喝了,不再叫唤。就像变戏法的能打空气里抓出只兔子和鸟儿来,宝庆还能给害头疼或是晕船的乘客找来阿司匹林,给打摆子的人找来特效药。

他用不着费劲,就能打听出船上人的底细来,好像船长对他们的了解还不如他呢。眼下船长也成他的老朋友了。用了三十年的一把三弦、一面大鼓（这是宝庆的宝贵财产）帮他结交朋友。他和秀莲就靠这些乐器挣钱吃饭，养活全家。这些乐器只有在北平才买得到。要是碰伤了，压坏了，可就再也买不着了。所以他一上船，就把这些乐器托付给了船长。船长根本不认识他，没有义务替一个茶馆里卖唱的照料三弦和大鼓。本来嘛，他自个儿该管的事还忙不过来呢！不过宝庆仿佛有点儿魔力。像一阵温暖的春风，他悄悄溜进船长室，使船长觉着，替他保管三弦和大鼓，简直是件顶荣誉不过的事。

宝庆"跳加官"，跳不上几步就得停一下。有时是自己想住住脚。但多半是同船的伙伴们叫他。这个人跟他要几片阿司匹林，那个人又要头痛粉。还有些人抓住他的袖子，要他给说段笑话。他要是想借一副牌，或者打听一下时刻，就马上住下脚来。要是他实在找不到别的事可干，就顺着狭窄的铁梯，爬上甲板，看看烟囱下面那些没人管的，满身是煤烟的小孩儿。

宝庆没儿子，他喜爱男孩胜过女孩。看到这些一身煤烟的可怜孩子多一半是男孩，他觉着心疼。看着他们，他的大圆眼忽然潮润起来。想起他说过的那些动人心弦的故事，他体会得出这些可怜的小家伙在大乱中失去爹娘时的那份伤心劲儿。他也想象得出他们怎样没衣没食，挨饿受冻，从上海、南京一路捱过来，现在又往四川奔。

他希望能拿出三四百个热腾腾的肉包子来，给这些面带病容的黑乎乎的小宝贝儿吃。可是有什么法子呢，他什么也拿不出。他仅有的一点宝贵财产就是他的三弦和大鼓，都交给船长保管了。

他想要给孩子们唱上一段，要不就讲几个故事。可是他心里直翻腾,说不出口。他跑江湖卖唱,多年学来的要来就来的笑容和容易交朋友的习惯,在这些遭难的孩子面前,一点也使不上。不行,不能拿出戏台上那一套来对待他们。他一言不发,傻里傻气地站着发愣。突突冒烟的烟囱里落下来的黑煤灰,在他那没戴帽子的秃头上,慢慢地积了厚厚的一层。

看见这些孩子,他想起了他的养女秀莲。他买她的时候,她刚七岁。卖她的是一个瘦男人,自称是她的叔叔,拿去二十块现大洋。她那时看起来就和这些孩子们一样——病病歪歪的,那么脏,又那么瘦,他真怕她活不长。

那就像是昨天。现在她可是已经十四岁了。他不知道她是否还记得她的亲爹娘。她当真拿他当亲爸爸吗?她会让个有钱人拐去当小老婆,还是会自个拿主意嫁一个自己可心的人呢?他常常在心里嘀咕这些事儿。

他的买卖、他的名声、他全家的幸福,都和秀莲紧紧地联系在一起。当然她还只有十四岁,什么都不懂。可是她不能老是十四岁,要是她出了什么事儿,他全家都得毁了。

他全家么?他一想起他们,脸上就浮起一丝苦笑。他那不中用的大哥,老是喝得醉醺醺的老婆,还有那蠢闺女大凤!怎么能不让秀莲从这样一个家里跑掉?

听见下面甲板上传来欢呼声,他像从梦中醒来,往下看。乘客们都在高兴,因为船已经驶过了最后一道险滩。两岸只有平缓的山坡,江面变得又开阔,又平静。小小的白色汽船在找地方歇口气。它像个精疲力竭的老妇人,慢慢地,疲乏地驶向沙滩,它实在需要休息一下了。船抛了锚。岸上有几间苇子和竹子搭的小屋。

卖她的是一个瘦男人,自称是她的叔叔,拿去二十块现大洋。

船拢岸时,西边天上的太阳已经现出金红色。一时间谁也没动。那些驾着船安然穿过险滩的船长和领港,那些瞧着他们的茶房和乘客,一个个都累得不想动了。就连小白船看来也乏得动不了窝儿了。

宝庆掸了掸光头上的煤灰,张大了嘴,大声对孩子们叫道:"来,快来,都来,洗个澡。"

他推开人群,领着孩子们走过跳板,像赶一群鸭子,扑通扑通地跳进水里。

二

重庆是座山城,扬子、嘉陵两条大江在它脚底下相遇。两条江汇合的地方一片汪洋。两股水碰在一起,各不相让,顶起一道水梁,在阳光下闪闪发光。这道水梁是两江的分界,又好像是在那里提醒过往船只,小心危险。

沿江停泊着一溜灰黑色的大木船,轻轻地晃动着。高高的桅杆顶上,一些小红旗迎风招展。光脊梁、光脚丫、头上缠着白包头布的人,扛着大大小小,形形色色的货物,在跳板上走上走下。

轮船、木船、渡船和寒伧的小木划子,在江里来来往往。大汽船一个劲儿地鸣汽笛。小木划子像一片片发黑的小树叶,在浪里颠来簸去。到处都是船。走着的,停着的,大的,小的。有老式木船,也有新式汽船。有的走得笔直,有的曲里拐弯。这么多的船聚在一处,挤得两江汇合的这一片汪洋,也显得狭窄、拥挤、嘈杂、混乱。

岸边有一溜茅草和竹子搭的棚棚,难民们争先恐后地跑去买吃的。有大盆冒着热气的米饭,大块鲜红的猪肉,一挂挂大粗香肠,成堆的橘子。大家围着小吃担子,一边买着,一边聊着,一边还欣赏着肥肥的大白猪和栗子色的比驴大不了多少的小川马。

天热得叫人受不了,一丝风也没有。这一片江水像个冒着热气的大蒸锅——人人都冒汗、喘气、烦躁。划船的和坐船的、挑夫和客人、买的和卖的,都爱吵架。

灼热的阳光从水面反射上来,照得人睁不开眼。黄黄的砂子和秃光光的大石头,也让太阳照得发出了刺眼的光芒。人都快烤焦了。山城比江面高出好几十丈,蒙着一层灰白色的雾,也热得人发昏。下面是一片水,上面是一片石头。山和水之间,隔着好几百级石阶——又是一道道晃眼的反光。水面是个大蒸笼,山城是个大火炉。

宝庆像抱孩子似的把他那宝贵的三弦紧紧地搂在怀里。大凤手捧着大鼓。她像托菩萨似的,小心翼翼,恭恭敬敬捧着那面大鼓。宝庆并不急着上岸,他不打算在人堆里穷挤。多年来跑码头,使他掌握了一整套讨巧省力的本事。他找了个不挡道的地方,抱着他的三弦,从从容容等着别人先走。好几个钟头以前,他就已经跟同船的伙伴儿们,还有逃难的孩子们,客客气气地道过别了。

从乘客们丢魂失魄的样子看来,人家会以为船上着了火,而不是船靠了岸。大家争先恐后地走下跳板,有的发脾气,有的叫喊、骂人。你推我搡,大家都挤得摇摇晃晃,有的妇女把孩子挤得掉进江里去了,有的挤掉了高跟鞋。

忘了锁箱子的,到了岸上,只剩下个空箱子。里头的东西,全都折到水里了。扒手也忙得不亦乐乎,小偷抄起别人的伞就跑。下流男人的手专找女人身上柔软的地方摸。

宝庆生怕挤着秀莲,不住地招呼:"小莲,别忙,别忙!"

虽然秀莲还没有发育完全,她却到处引人注意。也许因为她是个下贱的卖唱的,谁都觉着可以占她点儿便宜;也许是因为她的脸儿透着处女的娇艳,正好和她言谈举止的质朴动人相称。

她的脸小而圆,五官清秀,端正。无论擦不擦脂粉,她的脸总是那么艳丽。她的眼珠乌黑,透亮。她并不十分美,可是有一种说不出的天然诱惑力,叫你一见就不得不注意她。她的鼻子又小又翘,鼻孔略略有些朝天。这一来她脸的下半部就显得不那么好看了,像个淘气的小娃娃。她把小下巴颏儿小鼻子朝上那么一扬,好像世界上的一切她都不在乎。她的嘴唇非常薄,只有擦上口红才显得出轮廓来。她的牙很白,可是不整齐。这点倒显出了她的个性。

她的头发又黑、又亮、又多,编成两个小辫儿。有时垂在前面,有时搭在后面,用颜色鲜亮的带子扎着。

她的身材还没有充分长成。她穿着绣白花的黑缎子鞋,使她看起来个儿更矮,人更小。她脚步轻盈,太轻盈了,看来有点不够稳重。她的脸、她的两根小辫儿和她的身材都和普通的十四岁女孩儿没有什么不同。只是有时带出轻飘飘走台步的样子来,这才看得出她是个卖艺的。眼下她虽然穿的是绣花缎子鞋,她那年轻灵活的身子却只穿着一件海蓝色的布褂子。

天实在太热,她把辫子都甩到脑后去了,也没扎个蝴蝶结。汗水把她脸上的脂粉冲了个干净,露出了莹润的象牙皮色。她的脸蛋因炎热而发红,比擦脂粉好看多了。

14

她好奇的大黑眼睛把岸上的一切,都看了个一清二楚——青的橘子、白的米饭、小小的栗色马,还有茅草和竹子搭的棚棚。对她来说,这些东西都那么新鲜、有趣、动人。她恨不得马上跳上岸去,买上一些橘子,骑一骑那颜色古怪的小马。她觉着,重庆真了不起。谁能想到这儿的马会比驴小,橘子没熟就青青地拿出来卖!有些携家带口的,已经到竹棚棚里去歇着了。一个赤条条的小胖孩引起了她的注意。她忘了热,忘了那些不称心的小事。她只想赶紧上岸,不愿意老呆在船上。

她知道爸爸正盯着她呢!不论心里多着急,她还是不敢一个人下船。她还小,又是个卖唱的。得要爸爸保护。她只好安安静静地站着,眼巴巴望着青橘子和肥肥的大白猪。

窝囊废坐起来了——他并不想坐起来,可是要不坐起来,争先恐后往下挤的人就会踩着他的脸。他还在叫唤。据他说,乱七八糟的人打他身边挤过去弄得他头晕。

从外表上看,他很像他的兄弟,只是高点儿,瘦点儿。因为瘦,眼睛和鼻子就显得特别大。他的头发向后梳,又光又长,简直就像个刚打巴黎跑回来的艺术家!

他也会跟着大鼓和弦子唱鼓书,唱得比他兄弟还好。可是他看不起唱大鼓这一门贱业。他也会弹三弦。但他不愿给兄弟和侄女儿弹弦子,因为干这个傍角的活儿的更低下一等。他什么也不干,靠兄弟吃饭。据他自己说,这不会有失身份。他很聪明。要是他愿意,他本可以成个名角儿。可是他不打算费这份劲儿。他向来看不起钱,拿弹弹唱唱去卖钱!丢人!

从人伦上讲,宝庆不能不供养窝囊废。他俩是一个爹妈生的,不得不挑起这份儿担子。不过窝囊废在家里多少也有点用处:只有他治得住宝庆的老婆。她的脾气像夏天的过云雨一样,来得快去得快。一旦宝庆对付不了她,只有大哥能对付。她一发脾气,窝囊废也得发脾气。要是俩人都同时发了脾气,总有一个得先让步。只要她先一笑,窝囊废跟着也就笑了。俩人都笑了,家里也就安生了。窝囊废老陪着弟妹,跟她一起打牌,喝酒。

宝庆护着秀莲,自有他的道理。她是他的摇钱树,而且凭良心讲,他也不能不感激她。她从十一岁起就上台作艺,给他挣钱。不过他总是怕她会跟那些卖唱的女孩儿们学坏。她越是往大里长,他觉着,这种危险也就越大。于是他也就越来越不放心她。她在娱乐场所卖唱,碰到一些卖唱的女孩儿,她们卖的不光是艺。他有责任保护她,管教她,可不能宠坏了她。为了这,怜爱和担忧老在他心里打架;他老拿不定主意,到底该怎么做才好。

窝囊废对秀莲的态度可就大不一样了。他并不因为花了她挣来的钱就感谢她。他也不担心她这行贱业会使她堕落。他对她就像对亲侄女一样。秀莲想要的东西,兄弟和弟妹要是不给,他真能跟他们干仗。可是他自己就有好多次惹得秀莲生气。他要是没了钱,保不住就要拿她一个镏子,再不然就是一双贵重的高跟鞋,拿去卖掉。要是秀莲不生气,他就对她更亲近,更忠心。万一她生了气,他就会涨红了脸,数落她,不搭理她,非要她来赔了不是,才算了结。

靠岸前不久,方二奶奶刚刚睡着。她向来这样。没事的时候,她的主意来得个多。一旦有了事,她总是醉得人事不醒。等她一觉醒来,要是事情都妥妥帖帖地办好了,她也就不言声。要不然,她就得大吵大闹,非说还是她的主意对。

二奶奶的爸爸也是个唱大鼓的。按照唱大鼓人家的规矩，做父母的绝不愿意让自己的亲生女儿去学艺，总惦记着能把她们养成个体面的姑娘，将来好嫁个有身份的丈夫。他们往往愿意买上个外姓女孩儿，调教以后让她去挣钱。

话是这么说，可是二奶奶自己并不是体体面面地长大的。结婚以前，她也干过卖唱的姑娘干的这一行。

她年轻的时候，也还算得上好看。如今虽已是中年，在没喝醉的时候，也还有几分动人之处。她长圆的脸，皮肤又白又嫩。但一醉起来，脸上满是小红点，一副放荡相。她的眼睛挺漂亮，头发总是随随便便地在脑后挽个髻儿。这个髻有时使她显得娇憨，有时显得稚气。她个子不高，近年来背开始有点驼了。有时她讲究穿戴，涂脂抹粉；但经常却是邋里邋遢的。她的一切都和她的脾气一样，难捉摸，多变化。

宝庆本不是个唱大鼓的，他学过手艺，爱唱上两句。后来就拿定主意干这一行了。他跟她唱鼓书的爸爸学艺的时候，迷上了她的美貌。后来娶了她，他也就靠卖艺为生了。

二奶奶觉着，既然秀莲是个唱大鼓的，那就决不能成个好女人。二奶奶这样想，因为她早年见惯了卖唱的姑娘们。秀莲越长越好看，二奶奶也越来越嫉妒。有时她喝醉了，就骂丈夫对姑娘没安好心。她出身唱大鼓的人家，一向觉着为了得点好处买卖姑娘算不得一回事。她打定主意趁秀莲还不太懂事，赶紧把她卖掉，给个有钱人去当小老婆。二奶奶知道这很能捞上一笔。她可以抽出一部分钱，再买上个七、八岁的姑娘，调教调教，等大了再卖掉。这是桩好买卖。她不是没心肝的人，这是讲究实际。当年她见过许许多多小女孩儿任凭人家买来卖去,简直是天经地义的事儿。再说,要是一个阔人买了秀莲,她一辈子就不愁吃喝,也少不了穿戴。就是对秀莲来说,卖了她也不能算是缺德。

宝庆反对老婆的主意。他不是唱大鼓人家出身。买卖人口叫他恶心。他买过秀莲,这不假。可他买她是为的可怜那孩子。他原打算体体面面地把她养大。一起头,他并没安心让她作艺。她很机灵,又很爱唱,他这才教了她一两支曲子。他觉着,要是说买她买得不对,那么卖了她就更亏心了。他希望她能再帮上他几年,等她够年纪了,给她找个正经主儿,成个家。只有那样,他的良心才过得去。

他不敢公开为这件事和老婆吵架,她也从不跟他商量秀莲的事。她一喝醉了,就冲着他嚷:"去吧,你就要了她吧!你可以要她,那就该称你的心了。她早晚得跟个什么不是玩意儿的臭男人跑了!"

这类话只能使宝庆更多担上几分心,使他更得要保护秀莲。老婆的舌头一天比一天更刻薄。

船快空了。秀莲想上岸去,又不敢一个人走。她坐也不是,站也不是,把两条小辫一会儿拉到胸前,一会儿又甩到背后。

秀莲不敢叫醒她妈。宝庆和大凤也不敢。这事只有窝囊废能做。可是他得等人请,只有这样才能显出他的重要。

"您叫她醒醒。"宝庆说。

窝囊废停住叫唤,拿腔作势地卷起袖子,叫醒了她。

二奶奶睁开眼来。打了两个嗝。一眼看见山上有座城,马上问:"到哪儿啦?"

"重庆。"窝囊废神气活现地答道。

"就这?"二奶奶颤巍巍的手指头指着山上。"我不上那儿去!我要回家。"她抓起她的小包袱,好像她一步就能蹦回家去。

他们知道要是和她争,她能一头栽进水里,引起一场大乱子,弄得大家好几个钟头都上不了岸。

宝庆眼珠直转。他从来不承认怕老婆。他还记得当初怎样追求她,也记得婚后的头两年。他记得怎样挖空心思去讨好她,把她宠到使自己显得可笑的地步。他一面想,一面转眼珠子。怎么能不吵不闹,好好把她劝上岸去。终于,他转过身只对大凤和秀莲说:"你们俩是愿意走路呢,还是愿意坐滑竿?"

秀莲用清脆的声音回答说:"我要骑那匹栗子色的小马。准保有意思。"

二奶奶马上忘了她打算带回家去的那个小包。她转身看着秀莲,尖声叫道:"不准这么干!骑马?谁也不许骑!"

"好吧,好吧,"宝庆说道,马上抓住了这个机会。他在头里走,怀里还抱着那把弦子。"我们坐滑竿。来吧,都坐滑竿。"

大家都跟着他走下跳板。二奶奶还在说她要回家,不过已经跟着大家挪步了。她很清楚,要是她一个人留下,靠她自个儿是一辈子也回不了家的。何况,她一点也不知道重庆是怎么回事。

全家,拿着三弦、大鼓、大包小包,坐上一架架的滑竿。脚夫抬起滑竿,往前走了。

苦力们抬着滑竿,一步一步,慢慢地,步履艰难地爬上了通向城里的陡坡。坐滑竿的都安安静静坐着,仰着头,除了有时直直腰,一动也不敢动。前面是险恶的天梯,连二奶奶也屏息凝神

19

了。她怕只要动一动，就会栽下滑竿去。

　　只有秀莲感到高兴。她冲着姐姐大凤叫道："看呀，就像登天一样！"

　　大凤很少说话。这一回她开口了："小心呀，妹妹。人都说爬得越高，摔得越疼呀！"

三

到了山顶,大家下了滑竿。二奶奶虽然是让人给抬上来的,可是一步也迈不动了。她比抬她的苦力还觉着乏。她在台阶上坐下,嘟嘟囔囔闹着要回家。这座山城呀,她说,真是把她吓死了。她要是想出个门,这么些个台阶可怎么爬呢!

秀莲伸着脖子看城里的大街,心里激动得厉害。高楼大厦、汽车、霓虹灯,应有尽有。谁能想到深山峻岭里也会有上海、汉口那些摩登玩意儿呢!

她冲着爸爸跑过去。"爸,那儿一定有好旅馆,我们去挑个好的。"

二奶奶说什么也不肯再往前走了。不远就有一家旅店,那就能凑合。她叫挑夫把行李挑进去。秀莲撅起小嘴,可是谁也不敢反对。

旅店又小、又黑,脏得要命,还不通风。唯一吸引人的,是门口的红纸灯笼,上面写着两行字:

　　未晚先投宿

　　鸡鸣早看天

男的住一间,女的住一间,两间房都在楼上,窄得跟船舱一样。窝囊废又"哎哟哎哟"地哼哼起来了。他说他觉着又回到了船上。

旅店是地道的四川式房子,墙是篾片编的,上面糊着泥,又薄,又糟,一拳头就能打个窟窿。房顶稀稀拉拉地用瓦盖着,打瓦缝里看得见天。床是竹子的,桌子、椅子,也都是竹子的。不管你是坐着、靠着,还是躺着,竹子都吱吱地响。

屋子里到处是大大小小的耗子。还有蚊子和臭虫。臭虫白天不出来,墙上满是一道道的血印,那是住店的夜里把臭虫抹死在墙上留下的印子。

一只大耗子,足有八寸长,闷声不响地咬起秀莲的鞋来了。秀莲吓得蹦上竹床,拿膝盖顶着下巴颏坐着。她的小圆脸煞白,两眼战战兢兢地盯着肮脏的地板。

除了二奶奶,大家都在抱怨。她跟大家一样,也不喜欢耗子和吱吱叫的竹器家具,可是到这小店儿里来是她的主意,她咬紧牙关不抱怨。"这小店不坏嘛,"她讲给大凤听,"不管怎么说,总比在船上打地铺强。"她打蒲包里拿出个瓶子来,喝了一大口。

天气又闷又热,一阵阵的热气透过稀疏的屋瓦和薄薄的墙,直往屋里钻。小屋像个薄蛋壳,里面包着看不见的一团火。桌子、椅子都发烫,摸着就叫人难受。一丝风也没有。人人都出汗,动不动就一身痱子。

宝庆热得要命,连秃脑门都红了。可是他不爱闲呆着。他打开箱子,拿出他最体面的绸大褂,一双干净袜子,一双厚底儿缎子鞋,和一把檀香木的折扇。不论天多么热,他也得穿得整整齐齐,到城里转悠一圈,拜访地面上的要人。他得去打听打听,找个戏园子。他不能像大哥那样闲在,也不能像他老婆那样什么都不管。他得马上找个地方,秀莲和他就可以去作艺,挣钱。要不然,一家子都得挨饿。

窝囊废见兄弟急着开张,担起心来。"兄弟,"他说,"我们唱的是北方曲子,这些山里人能爱听吗?"

宝庆笑了。"甭担心,大哥。只要有个作艺的地方,哪怕是在爪哇国呢,我也有法挣来这碗饭。"

"真的?"窝囊废愁眉苦脸。他脱下小褂在胸口上搓泥卷儿。他没有兄弟那么乐观,他也不喜欢这座火炉似的山城。

"我的好大哥,"宝庆说,"我出去一趟,您在家照看着点儿。别让秀莲一个人上街去。别让她妈妈喝醉了,还得让她小心着点烟头儿。这些房子糟得就跟火柴盒子似的,一个烟头就能烧一条街。"

"可是怎么能……"窝囊废挺不乐意。

宝庆知道大哥想说什么,就笑了。"别跟我提那个。他们都怕您。他们就听您的。是这么着不是?"

窝囊废笑得有点儿勉强。

宝庆把他的东西收拾到一块儿,拿块包袱皮包了,挟在胳肢窝里。他在穿上最好的衣服之前,得先去澡堂子洗个澡,剃剃头。

他拿着包袱悄悄地走出屋子,不让他老婆看见。

她还是听见了。"咦……你……上哪儿去?"

他没言语,只是摇了摇头,就急急忙忙走下摇摇晃晃的楼梯。

走出大门,他深深地吸了一口气,迈开轻快的步伐。他看着街道,很快就把家里的揪心事儿忘了个一干二净。他喜欢那宽宽的街道,街道两边排着洋灰抹的房子,霓虹灯亮得耀眼。这真好。这么些个灯,还愁没有买卖做吗?

　　他找到了一家澡堂子。一迈进门坎儿,他就不住地给人点头,连茶房也没漏过,就像他们是他的老朋友一样。他看见有两三个来洗澡的是一起坐船来的伴儿,就跟他们亲热地拉手道好儿。然后他走到柜上去,悄悄地替他们付了澡钱。

　　他引起了大家的注意。一下子人人都知道,有个不寻常的人来跟大家伙儿一块洗澡来了。就连懒洋洋的四川堂倌也特别献殷勤,跑去给他端来了一杯热茶,还有热手巾。他剃了头,刮了脸,然后脱光衣服,不慌不忙地跳进池子,往身上撩了一通热水,接着坐在池子边,一面在胸口上搓着,一面顺口唱起来。他的声音不高,可是深沉洪亮。他心旷神怡。要做的事多着呢,忙什么。先唱上一段再说。他听着自己的声音,觉得美滋滋的,当然他更喜欢别人捧场。

　　一身的臭汗都洗净了,他穿上了讲究的绸大褂和缎子鞋,他把脏衣服交给柜上拿去洗,觉得自己干净、利索。走出澡堂门,准备办事去。

　　首先,他得闹明白当地的园子里演的都是些什么。他花了个把小时转茶馆,看出沿江一带都唱的是本地的四川清音、渔鼓和洋琴。拿北京的标准来看,他觉着本地的玩艺儿不怎么样。他唱的鼓书更有味儿,也更雅。不过一个高明的艺人就得谦虚着点,总得不断地学点新玩艺儿。

　　他高兴的是所有的茶馆买卖都很兴隆。要是这些艺人能赚钱,他和秀莲为什么不能呢。重庆人可能听不懂大鼓。可是新玩艺儿总是叫座的,四川人一定爱看打远处来的新鲜玩艺儿。重庆现在是陪都了,全国四面八方的人都往这儿涌。就是四川人不来看他的玩艺儿,难民们也会来的。唔,事情不坏嘛。

可是他得成起个班子来。秀莲和他不能就那么着在茶馆或江边的茶棚儿里卖唱。绝不能那么办。他是个从北平来的体面的艺人。他在上海、南京、汉口这些大城市里都唱过。他必得自己弄个戏园子,摆上他那些绣金的门帘台帐,还有各地名人捧他的画轴和幛子。他得有一套拿得出手的什样杂耍,得有俩相声演员,变戏法的,说口技的。不论哪一桩,他都得去主角。要是他一时成不起一个唱北方曲艺的班子,他就得找俩本地的角儿来帮忙。不论怎样,得叫重庆人看看他的玩艺儿。

他加快了步子,又开始冒汗了。不过出汗也叫人舒服,凉快。背上越是汗涔涔的,他越是畅快。

跟别的大城市一样,重庆多的是茶馆。宝庆走了一家又一家,很快就知道了哪些人是应当去拜访的。有些人的名字他在来重庆之前就知道了。去拜会之前,他还是情愿先坐在茶馆里领略一下本地风光。你在这儿什么人都看得见——商人、土匪、有学问的人和要钱的。宝庆见人就交朋友。

在一家茶馆里,他碰见了老朋友唐四爷。唐四爷的闺女琴珠也是个唱大鼓书的艺人。

宝庆在济南、上海、镇江这些城市里,跟唐四爷在一个班子里混过事。他的闺女琴珠嗓门挺响亮,可是缺少韵味。宝庆看不上她的玩艺儿,更瞧不上她的人品。对她来说,钱比友情更重要。她的爸爸唐四爷也是一路货。方家和唐家以前大吵过,后来多年不说话。

可是今天见了面,宝庆和唐四爷都觉着像多年不见面的亲哥俩。他俩亲热地拚命握手,激动得眼泪花花的。宝庆要找个唱鼓书的好把班子凑起来,唐四爷急着要给他闺女找个好事由儿,要不然,他愁眉不展地说,他全家都得流落在重庆,一筹莫展。眼下的穷愁使他们忘了过去的那些别扭。在眼前这种情况下再见面,俩人心里都热乎乎的。宝庆很知道,要是跟唐四爷在一个班子里,早晚他得吃亏。可是眼下这么缺人,他不能放过这个机会。在唐四爷那头,他一见宝庆,就觉得好像一块肥肉掉进了嘴里,他决心死死咬住这块肉不放。他明白要叫宝庆上钩并不难。过去怎么办,现在还怎么办。不过在他和宝庆握手的时候,他眼睛里的泪倒的确是真的。

"我的好四爷!"宝庆亲热地说,"您怎么也在这儿?"

"宝庆,我的老朋友……"唐四爷的眼泪滚下了腮帮子,"宝庆,您得帮帮我,我在这荒山野店里真没辙了。"

唐四爷是个矮矮瘦瘦,五十来岁的人。别看他的身子骨儿小,嗓门倒很响亮。他的脸又瘦又长,鼻梁既高且窄,像把老式的直剃刀。他一说起话来,就不住点地摇头晃脑。一对小眼睛深凹凹的,很少正脸瞧人。

"宝眷都来了吗?"宝庆说。

"是呀,连小刘都跟我们来了。"

"小刘?"宝庆一下子想不起来,"是给您闺女弹弦子的那个吗?"

"是呀!"唐四爷瞅着宝庆,瞧出宝庆非常高兴。他猜出宝庆急着要找个弹弦子的。他那大哥窝囊废弹得一手好弦子,可是他不肯干这一行。要是宝庆找不着个弹弦子的,他就算是真的坐了蜡。小刘弹得不算好,可是在这么个偏僻的山城里,也就能将就了。

"走吧,我的好四爷。带我去见见您的宝眷。"宝庆更加亲热地说着。他想马上见见小刘和琴珠,让他们搭他的班子。

"宝庆,我的好兄弟,我们来了快两礼拜了,还没一点辙呢!"唐四爷叹息着说。"您有点门儿了吗?"他想先弄清楚宝庆到底能给他点什么好处,然后再让他见小刘和他闺女。宝庆的亲热,倒引起他的担心来。

宝庆意味深长地指指自己的鼻子,"我的好四爷,只要您肯帮忙,我就能把买卖弄起来。您想想——有了小刘、琴珠、我闺女秀莲和我,这就有了三个段子了。只要再找上几个人——找几个本地作艺的什么的——马上就能开锣了。走呀!"

"您拿得稳?"别人的热心解不开他心里的疙瘩。

"我的好四爷,"宝庆神气起来了,"您想我方宝庆能骗您吗?我说能干起来,就能干起来。"

唐四爷摇了摇头,心里很快打开了算盘。一开头他是想要宝庆帮忙来着,如今他见宝庆那么急着想跟他凑班子,就又觉着该扭转一下形势,让宝庆倒过来求他。

"宝庆,"他开了口,"我得回家去先跟他们合计合计。"

宝庆知道唐四爷滑头。不过他也看出唐四爷没有完全拒绝搭伙儿干。于是他也装作一点儿不着急。"好四爷,您想回就回去吧。有了琴珠和小刘,我可以成班子,不过您也得明白,没有他俩我也成得起个班子来。给他们捎个好。再见。"说着,他就要走。

27

唐四爷笑了。"别走呀,宝庆。您要是乐意,就来跟大伙儿说说。"

唐家住的店比方家住的还要小。地方越是小,就越是显得唐四奶奶和琴珠"伟大"。四奶奶有三个唐四爷那么宽,琴珠至少要比她爹高上两寸。娘是座肉山,闺女是个宝塔。俩人都一个劲儿地扇扇子。

琴珠只有在台上还有几分动人之处。上台的时候,她可以把脸蛋和嘴唇都抹得红红的。她的眉毛又粗又黑,头发烫得一卷一卷的。此刻她没化装,脸上汗涔涔的。宝庆想:她可是真够丑的了。不过她的眼睛还挺漂亮,能盯得你发窘。乍看之下她的眼珠是褐色的,又大又亮,忽闪忽闪的。可是那对眼珠子要是盯上了你,就会变得越来越黑。

四奶奶是个尖嗓门。不说话的时候,也呼噜呼噜地喘气。

"哟,"四奶奶叫了起来,"我当是谁来了呢,敢情是宝庆呀!"她坐在一把竹椅上,屁股深深地嵌在椅子里,简直没法站起来迎接宝庆。她拿着一把芭蕉扇拚命地扇,用她那尖嗓门喊:"这下可好喽:我这就放心了,这下子我们不会饿死在这儿了。您这边坐,您坐呀。四爷,沏茶来。"

宝庆四面瞧了瞧,没处可坐。"我不坐,"他客气地说,"甭费事了,四爷,我不渴。四奶奶,您身体还好吧?"

"好!"唐太太气呼呼地说,"打来到这么个鬼地方,我都掉了十几斤肉了。"她摸了摸自己的胖胳膊,叹了口气。

"您呢,琴珠姑娘?"宝庆笑眯眯的,想表示好感。

琴珠先笑了一阵子,这才想出话来。"唔,方二叔,您的脑门还是那么亮。"她打趣地说。

宝庆笑了。他想,从琴珠的样子看来,穿得挺随便,又没擦脂抹粉,眼下可能还没干那号买卖。宝庆一向不喜欢她,也不愿意秀莲跟她瞎掺合,怕跟她学坏。只要有钱,琴珠什么都干得出来。宝庆不知道她现在跟小刘是不是也有一手,不过那当然不是为了赚钱。他定了定神,问道:"小刘呢?"

唐四爷叫道:"小刘,小刘,快出来,方二爷在这儿呢!"

小刘懒洋洋迷离迷瞪地蹭了出来,一面还打着哈欠。他约摸有三十岁,又瘦又弱。他五官清秀,可是瘦得厉害,好像一阵风就能把他吹走。他的脸煞白,像个大烟鬼。这会儿他刚醒,脸上有团粉红色,使他显得年青,单纯。

他见了宝庆真是高兴极了。他笑着,柔声柔气地说:"哟,方二爷,"见宝庆站着,忙说,"我去给您搬把椅子来。"

"甭客气,"宝庆很客气地说,"过得好吧,小刘?"

唐四爷连忙打岔:"咱们说正经的吧。别尽站着。"

"对,方二爷,"四奶奶说,"您有主意,您先说。"她拚命扇扇子。

宝庆开了口,诚心诚意地说:"琴珠,小刘,我来求您们帮忙来了。我想成个班子。"

"那还有什么说的?"四奶奶笑了。"是您要我们帮忙的,所以您得预支点钱给我们。"

宝庆倒抽了一口冷气,不过很快又装出了一副笑脸:"我的好四奶奶,您要我预支?咱们不都一样是难民吗?"

四奶奶绷着脸。小刘本来想说他愿意帮忙,可是话到嘴边又咽回去了。他拿出一包"双枪牌"香烟,挨个敬了敬。除了宝庆,每人拿了一支。

"不预支,我们不能干。"唐四爷说。

"交情,信用,"宝庆断然地说,"不是比什么都强吗?"宝庆说得很恳切,动人肺腑。

"要是您成不了班子,我们又在别处找到了事儿,那又怎么办呢?"唐四爷问。他对交情和信用不那么信服。

"那我哪能拦着您府上的财路呵!"宝庆有时也挺厉害。

"是吗?好哇,我们都得白手起家啰,哎哟。"四奶奶泄了气,喊了起来,两眼瞪着天花板。

"说真格的,"宝庆说得挺带劲,"要是咱们成起了班子,我还能亏待了你们?我闺女秀莲拿几成,琴珠也拿几成。小刘呢,给谁弹弦子,就跟谁二八分账,这是老规矩。成不成?"

"我……"小刘结结巴巴说不出话。他不敢把自己的意思大声说出来,点点头,表示同意。

唐四爷和四奶奶拿定主意不再说话了。他们呆呆地盯着宝庆,想难为他,逼他提出更好的条件来,其实他们也知道,他提的条件本来就不坏。

琴珠到底开了口:"方二叔,就依您的吧!"唐四爷和四奶奶暗地里松了一口气。

"那好,就这么定了,回头听我的信儿。"说完,宝庆就告辞了。

四

鼓书场名叫"升平",是照着宝庆三十年前在北平看见过的一个书场的名字起的。

小小的书场,坐落在最热闹的一条街上,能上二百来座儿。按宝庆的算法,只要有一百个听书的,他就不赔本;有了一百五十个人,就有赚头;要是客满了呢,那就很能捞上两个了。

到了开锣的那天。宝庆睡不好觉。天刚蒙蒙亮,他就起了床,找来一张包东西的纸,把他今天一天要做的事都记在上面。密密麻麻写了满满一张纸,叠起来,放在口袋里,然后出了门。

他先去看他头天在书场外面的布置。招牌的周圈,镶了一道红、白、蓝三色相间的电灯泡。在黎明的曙光里,灯光显得有些昏暗,可是就像在梦境中一般,美极了。牌下面是一个玻璃镜框,里面红纸黑字,写着角儿们的名字。正中横着三个大黑字:方宝庆;两边红底金字,是秀莲和琴珠。下面写着一堆从电影广告上抄来的绘声绘色的词儿。

宝庆笑眯眯地看着自己的名字。真不减当年哪!他实在应该得意。在先,他搭过人家的班,也自己成过班。可是论玩艺儿、论名声,他都比不过别人。眼下这是第一次,他挂了头牌,心里没法不得意。

他心满意足,冲着牌儿望了老半天,才恋恋不舍地离去。他走进一家小茶馆,要了一壶茶。

喝完茶,他去找小刘,商量给秀莲溜活①的事儿。他自个儿用不着溜,他已经是个老艺人了。万一小刘错了板眼,他会泰然自若地照样往下唱。可是秀莲就不一样了。弹弦的要是走了板,她就得跟着乱套。所以他得让小刘先跟她溜溜活儿,别一上场就砸锅。

但是他没有勇气一直跑进旅店里去把小刘叫出来。要是让唐家的人见了,就会想方设法,硬不让小刘跟秀莲溜活。

他走进旅店的账房,给了茶房几个钱,让他把小刘找下来,悄悄说两句话。见了小刘,宝庆嘱咐他:"别拿您的弦子,我那儿有一把,要是我大哥听见您弹,说出点啥话来,您别放在心上。我们总得养家吃饭哪。"

小刘懒洋洋地笑了笑,答应下午来溜活。

宝庆两天前才光顾过理发馆,这会儿又去剃了头,刮了脸。剃完,他打口袋里掏出那张单子,琢磨着。他得拜会所有帮过他忙的人,特别是官面上的和地痞流氓头子,得给他们几张招待券,求他们帮忙,照应。

他还抽出时间,把在书场里干活的人都一一知会到:卖小吃的、卖茶水的、卖香烟瓜子的、管热手巾把的、卖门票的、看座儿的、坎子上的②,都招呼到了。他们下午四点来,要先祭祖师爷和财神,求个吉利。

---

① 溜活,排练之意。
② 坎子上的,戏园子里负责维持秩序、把门的人。

32

宝庆已经成了城里的知名人物了。他走到哪儿，人人都认识他。茶馆、酒馆和饭庄里的账房和跑堂的，都知道他成了班，今儿个晚上开锣。他们管他叫"方大老板"，一个劲儿地恭喜他——都想闹张开锣的招待券。不过宝庆只是向他们拱手道谢，对他们的种种暗示未置可否。他一走开，就自个儿叨咕："我光顾你们的时候，什么时候拿过你们的招待券？哪一次没给小费？"

等他回到小旅店，已经是两点了。一切都已准备就绪。小刘也过来跟秀莲溜过活了。她已经上了装，正在抱怨没钱买一双新鞋。

"今天先凑合着吧，"宝庆说，"就穿那双缎子的绣花鞋好了。等我一有了钱，就给你买双新的。"她撅着嘴，不过还是穿上了缎子鞋。

二奶奶是盛装打扮，清醒得出奇。她记得是四点祭神，一直没敢喝酒，怕亵渎了神仙会招灾。只要戏一完，钱柜子里有了钱，她就要喝上一两杯，庆贺一下。

大凤看来不大高兴。祭神跟她没关系。再说，看见妹妹打扮得那么漂亮，她有点嫉妒。

宝庆觉出来了。"好大凤，别耍孩子脾气！等我挣了钱来，也给你买一双新鞋。就买我今天在铺子里见过的那种顶漂亮的鞋。"

大凤没言语。

"好大哥，"宝庆又对窝囊废说，"我要歇口气，今儿晚上我得把所有的玩艺儿都亮出来。我的亲大哥，请您上一趟园子，把祭神的事儿预备一下。您的记性比我好，求您帮我操持操持。

等散了戏,我请您喝两盅儿。"

连求带哄,他说得窝囊废答应帮忙。这一来,他就只好听窝囊废没完没了地讲,祭神的时候,场子该怎么安置。窝囊废爱显摆他的学问。

"是,好大哥,"宝庆连连点头,"我听您的——求您别再往下说了。已经两点了,就请动身吧。"

一晃就是四点。祭神是在后台。窝囊废已经把一切都弄得井井有条。墙上贴上了红纸,写的是祖师爷——周庄王之神位。神位前有香案,一对红烛,一个大极了的锡香炉,供着几碟干鲜果品。还有三杯白酒。桌子四周围着大红绣花的缎子桌围。

周围三面,靠墙摆着凳子。屋子当中一张长桌,铺着白桌布,摆着茶壶茶碗,点心、瓜子、香烟,还有一瓶刚掐来的花儿。

应邀来参加表演的本地杂耍艺人,一个一个地走了进来。他们都穿得挺破烂,因为都失业很长时候了。有的抽着长杆烟袋,有的一面扇着芭蕉扇,一面喷着香烟。

门一下子开了,宝庆走了进来。他冲着屋里的人一躬到地,秃脑袋从左到右转了半个圈子。嘴里不住地说:"请坐,请坐。"他知道大家都会站起来迎他。他不大佩服本地艺人,本地艺人也瞧不起"下江人"①。不过宝庆不愿意这种彼此瞧不起的劲头显得太露骨。

他直起了腰。秀莲慢慢走了进来。他带着笑脸,向大家介绍:"这是我闺女秀莲。"

秀莲调皮地笑着。她微微一鞠躬,走到桌边,摘下一朵花,

---

① 四川人把逃难来的外省人都称为"下江人"。

别在身上。

"秀莲,"宝庆吩咐,"敬客人们瓜子。"他还站在门口,等他的老婆。

秀莲拿起瓜子碟,自己挑了一粒,正要嗑,又放回去了。

"这是我内人,"宝庆又介绍开了。

二奶奶架子十足,挺有气派地点了点头,跟艺人们一起坐下。她想用四川话跟本地艺人聊天,他们又想用她说的那种官话来回答。结果谁也听不懂谁的,不过彼此都觉得尽到了礼数。

"哦,大哥,"宝庆说着,冲窝囊废奔了去,"真行,真行,真有您的!我布置不了这么好。"他一边说,一边往四面瞧着。

窝囊废听着兄弟一个劲儿地夸他,不由得高兴地笑了。他打了个呵欠,伸伸懒腰,好让宝庆看看他有多么累。

在园子里干活的人这会儿也来了:看座儿的、卖票的、捡场的、拉琴的。他们不是艺人,本来用不着来祭祖师爷。可是宝庆把他们大家都请了来,想让他们看看,艺人也讲规矩,也有自个儿的祖师爷管着;他们不是像外人想的那样,是没人要的野叫花子。

唐家来得最晚,这是身份。唐四奶奶打头阵,跟脚就是琴珠,唐四爷殿后,小刘像个没爹没娘的孤儿,可怜巴巴地跟着。

四奶奶穿了一件肥大无比,闪闪发亮的绿绸旗袍,看起来有四个唐四爷那么大,堆满了横肉的脸上抹了厚厚的一层脂粉,嘴唇也涂满了口红。她身上真是珠光宝气:一对大耳环,手指上戴了四个戒指,都镶着假宝石,迎着光,闪闪发亮。

她一进门,就摇摇摆摆直奔二奶奶和秀莲,像招呼最要好的朋友那样招呼他们,"好姐姐——哟,瞧小莲多俊哪。"完了就招呼方家兄弟。别的人,她正眼也不瞧。

四奶奶不跟宝庆商量,就把她丈夫叫了过来。"给祖师爷上香!"她想让他来主祭。

宝庆忙把唐四爷拉开,摇了摇头。他是班主,不能让别人来主祭。他走到神位跟前,点着了香。等冒出一缕缕弯弯曲曲的蓝烟,他就把香插进香炉。然后又点着蜡烛。神位前一下子亮了起来,闪烁着各样的色彩。大家都安静下来,一片肃穆。宝庆恭恭敬敬地向祖师爷磕了头。求祖师爷赏饭吃,保佑他买卖兴隆,叫他说唱叫座儿。他跪着,心里一直在默祷,求祖师爷保佑秀莲,别让四奶奶和她丈夫捣乱。

园子外面响起了震耳的爆竹。

五

到七点半,园子里就快上满了。宝庆看着一排排挤得满满的座儿,高兴得合不拢嘴,不过他也担着心,怕书场门口出事。他请了本地两个坎子上的来把门。他们都有经验,好人坏人,一眼就能瞧出来。不过宝庆可不愿意他们真动手。开锣头一晚就打架,总不是吉庆事儿。他也不愿意亲自去管那书场门口的事。要是跟人闹起来了呢,岂不更糟。他得处处走到,事事在心,又不能让别人注意他。可一旦要是出了事,他又得随时在场。

他在后台,留神着每一件事。需要的时候,他就伸出闪闪发亮的秃脑袋,指点一气。他鞠躬,谁到了眼前就跟谁握手,满脸堆笑,叫人生不起气来,大事化小,小事化了。

女角儿的脂粉香,总会吸引一些爱惹是生非的浪荡子弟。宝庆不断把泡在舞台门前的这号人撵开。他们就爱跟姑娘们纠缠。可是这种事也难办,有的人可能是地面上要人的朋友。要是的话,他总得把他们请到后台喝茶。于是就会有那么一位,自动跑上台去,当场送给他一幅幛子,给他捧场。一个艺人有多少操心的事儿!

到了八点,园子里已经是满满的了——不都是买票的。人这么多,是因为宝庆发出了一批请帖和招待券。尽管如此,他还是很高兴。客满是件吉祥事儿。他奔到前面,兴奋地叫人在门口挂上了"客满"的牌子。他掌心发潮,又急忙回到后台,张罗开演。

头一个节目是一位本地艺人的金钱板——尖着嗓门,野调无腔,不地道。听众都不理会他的,只顾说话,喝他们的茶。

宝庆打后台往外瞧,场子宽而短,小小的戏台前面是一排排的木头凳子。靠两边墙摆着好些方桌,每张桌子周围,都摆了四、五把椅子。舞台的门帘上绣着有绿叶衬托的大红牡丹,还绣着他的名字。这是特意在上海定做的。墙上挂着幛子,还有各地名人送给他和秀莲的画轴。书场虽小,却颇吸引人。台前悬着一对大汽灯,射出白中带蓝的强光,把听众的脸都照得亮堂堂的。宝庆乐了,这都是他的成就。门帘台帐上都绣着他的名字。每一幅画,每幅幛子,都使他回想起过去的一段历史,他到过上海、南京等许多大城市,有过不少莫逆之交。

他从台后瞅着台下。前两排坐的是本地人,其余的听众多数是"下江人"。就是本地人,多半也是在外省住过,在外省混过事儿的,因为打仗才跑回重庆。他们来听宝庆的,不过是为了让人家知道他们见过世面,听得懂大鼓书。宝庆久久地盯着坐在舞台两侧的一些人看。有些是熟座儿,他们都是内行,到这里来,是为了看看宝庆和他这一班人的玩艺儿。他们背冲戏台坐着。只听、不看。他们对女角的脸蛋儿不感兴趣。宝庆皱着眉观察他们的表情。要是他和秀莲的玩艺儿打响了,他们就会常来。渐渐地,听众越来越安静了。宝庆知道,这就是说玩艺儿越来越招人。这也说明,听众已经喝够了茶,也嗑完瓜子了。要是再不看看台上,就没什么事可干的了。

轮到秀莲上场了。

小刘已经定好弦子。他慢慢走上台,手里拿着一把三弦,瘦小清秀的脸,在发着蓝光的汽灯下苍白得耀眼。他那灰色的绸大褂,像把银刀鞘似的紧紧裹着身子。他静静地在桌子旁边坐下,十分小心地把弦子放在桌上,卷起袖子。然后,他拿起弦子,搁正了,用绑在手指头上的指甲试了试弦。他歪着脑袋听了听调门,接着就傻盯着一幅幛子瞧着,脸上带了一副不屑的神气,好像很不情愿当个傍角儿似的。

桌边支着一面大鼓,那是宝庆从几千里外辛辛苦苦带来的。鼓槌子比筷子长不了多少。还有一副紫红的鼓板,带着黑穗子。桌围子是绿绸子的,绣着红白两色的荷花,还有"方秀莲"三个大字。

门帘慢慢地挑起来,"别紧张,别紧张,留着点嗓子,"她还没出场,宝庆就一再提醒她。帘子一掀,秀莲安详地走了出来,穿着漂亮的服装,像仙女一样娇艳。

她静静地站了一会儿,吸引听众的注意。然后她抬起小圆脸,脸上浮起了顽皮的微笑。

她穿了一件绉纱的黑旗袍,短袖口镶上一遭白色的图案花边。手腕子上一块小表闪闪发亮。两条小辫扎着红缎带,垂在胸前。红缎带和她的红嘴唇交相辉映。她每走一步,都像在跳舞。

她以轻盈的步态,极富魅力地飘飘然走到鼓架前,拿起鼓槌子,打了一段开场鼓套,小刘马上开始弹了起来。秀莲跟着弦子,偶尔敲两下鼓,不慌不忙,点出了板眼。她眼神注视着鼓当

39

中。微笑还留在脸上,好像她刚想起了一个笑话,却使劲憋着,不让笑出来。

大鼓和弦子一下子都打住了。秀莲笑了笑,朝下望着听众。她腼腆地轻声说,要"伺候诸位"一段《大西厢》,接着就起劲地敲起鼓来。

文怕《西厢》,武怕《截江》,半文半武《审头刺汤》。①《大西厢》是大鼓书里最难唱的段子。只有三、四位名角儿敢唱它。崔莺莺差红娘去召唤张生的恋爱故事,尽人皆知。可是,大段的鼓词和复杂的唱腔,往往吓得人不敢唱它。它的词儿都是按北京土话来押韵的。要是北京话地道,口齿又伶俐,吐字行腔就能清晰、活泼,像荷叶上的露珠一样。可是,要是唱的人没有这一门嘴皮子上的功夫,那就八成儿非砸不可。

秀莲铺场②的时候,声音很小。坐在两厢那些内行的熟座儿,背冲着戏台,根本没听见她说的是什么。她唱完头一句,大家都不由得回过头来,看看是谁在唱这个难对付的段子。她的声音不高,可是,唱腔是没的可褒贬的。她一口气唱完了长长的第一句,像是吐出了一串珠子,每一个字都是那么圆,那么实在,那么光润:

> 二八的俏佳人懒梳妆,崔莺莺得了个不大点的病,她躺在牙床,躺在牙床上,半斜半卧。您看这位姑娘,蔫呆呆得儿闷悠悠,茶不思,饭不想,孤孤单单,楞楞瞌瞌,冷冷清清,困困劳劳,凄凄凉凉,独自一个人,闷坐香闺,低头不语,默

---

① 《西厢》曲调繁、唱词多,唱工较难;《截江》是要表现蜀将赵云智夺后主阿斗,"武架身段"繁重;《审头刺汤》,唱、念、表并重。
② 铺场,即开场白。

默无言,腰儿瘦损,乜斜着她的杏眼,手儿托着她的腮帮。

自始至终,秀莲唱得很拘谨,好像并不想取悦听众。可是一到难唱的关口,她满行。她不像有的角儿,一遇到复杂多变的拖腔,就马虎带过。她唱得越来越快,但她态度从容,一副活泼的神情,怡然自得地唱着,充满了感情。唱到最后,她来了一个高腔,猛然间刹住了鼓板,结束了演唱。她把鼓槌子和鼓板轻轻地放到鼓上,深深一鞠躬,小辫上的缎带头,差不多碰到了鼓面。然后她转过身去,慢慢走向下场门。快到门口就跑起来,像个女学生急着想放学一样。

直到她跑进下场门的帘子里,才响起一阵掌声。坐在前排的听众不懂她唱的是什么。掌声来自两厢的熟座儿。虽然她的嗓门还嫩,他们还是鼓了掌,他们知道,这么年青的姑娘唱这么复杂的段子,是很不简单的。

小刘知道秀莲挑的这个段子是最难唱的,他的活没出错,心里很高兴。秀莲一唱完,他长出了一口气,整了整衣衫,跟着她下了场。

有的听众站了起来,好像要走的样子,他们觉着失望,因为秀莲唱的时候,正眼也没瞧他们一眼,更糟的是,他们根本不懂她唱的是什么。

桌围子又换了一副。这回绣的是一只鹤和两只鹿,还用五彩丝线绣了两个大字:琴珠。听众又坐下了。等等也好,看看琴珠是不是会好一点儿。

小刘先出场。这回他定弦的时候,把弦拨得分外响。他给秀莲傍角儿的时候,想的是别出错,到了这会儿,他想卖弄一下才情了。定好了弦,他心急地等着琴珠上场。两眼目不转睛地盯着上场门的帘子。

琴珠终于从帘子后面走了出来。她低着头,很快地走到鼓架跟前,好像她忙着要快点把段子唱完,好去干别的更要紧的事儿。

她是个高个儿,加上今晚上又穿上了高跟鞋,烫得卷卷的头发,高高地堆在头上,看着像个高大的穿着中国旗袍的洋女人。她的脸涂抹描画得很仔细,身上紧紧箍着一件大红旗袍。她的耳朵、手指和手腕上,都戴着从她妈那儿借来的假宝石首饰,俗不可耐的闪闪发光。

舞台是个古怪的地方,它能叫丑女人显得漂亮。琴珠长相平常,可是技艺和矫揉造作,使得她的一切都显得五光十色,闪闪发亮。她的外地派头和怪里怪气,使她一出场就博得个迎头彩。

音乐又算得了什么!她的鼓点敲得很响,荒腔走板,合不上弦。小刘使出全身的劲儿拨弄着三弦。为了使手指用得上劲,他身子略往后仰,因为用力太过,使劲咬着下嘴唇。

大鼓、云板、三弦齐响,弄得人发昏,可是听众都聚精会神,好像早已习惯了这种声响。

琴珠很快就觉出了她的成功,于是就给自己的那号买卖拉起生意来。她先对某一个人做了一阵媚眼,然后转过去又找第二个人。对两个人都使了个眼色,眼珠子从棕到黑,从黑到棕变化了好一会儿。第一个段子唱完,她宣布要"献演"一个特别节目:《杜十娘怒沉百宝箱》。听众都乐了,来了个满堂彩。

她的嗓门很尖,很响,后音有点嘶哑。她一个劲儿地在那儿喊,不是唱,毫无低回婉转之处。谁也不理会她咬字清不清,就是吐字吐错了,也没什么要紧。谁也不注意她唱的是什么。男人们懂得她抛过来的眼神,喜欢她的媚眼。对琴珠来说,这比咬字清楚重要得多了。

小刘的弦子,跟她合不合得上,也无关紧要。他把胳膊抬得高高的,使劲地弹着。一个弹得带劲,一个喊得响亮,就是走了板,俩人也搭配得好极了。听众都凝神屏息地瞧着。

乌烟瘴气地吵了有二十来分钟,琴珠才唱完了她的段子。她低头朝下看,脸儿从左到右,又从右到左地看了好几遍。然后她抬起头,慢慢走下场,一路故意地扭着屁股。她背后是雷鸣般的掌声。

宝庆唱的是压轴戏。

他的桌围子是红哔叽的,没绣花,用黑缎子贴了三个大字:方宝庆。桌围子刚一绑上,园子后面的门就开了,人开始往外涌——听过那个穿高跟鞋的娘儿们,谁还要再听一个男人家唱?只有少数人没走,他们也腻歪了,不过总得有点礼貌。

门帘一掀,汽灯的亮光,照得宝庆那油光锃亮的秃脑门闪出绿幽幽的光。他走上台来的工夫,对观众的掌声,不断报以微笑,同时不住地点着头。他穿着一件宽大的海蓝色绸长衫,千层底的黑缎子鞋。他上场时总是穿得恰如其分。

他沉着地走向鼓架,听众好奇地瞧着,他才不在乎那些弃他而去的人呢,那不过是些无知的人,他对自己的玩艺儿是有把握的。那些熟座儿会欣赏他的演唱。走几个年青人没什么要紧。他们到书场里来,也不过就为的是看看女角儿。

他的鼓点很简单,跟秀莲敲的相仿佛。不过他敲得重点儿,从鼓中间敲出洪亮悦耳的鼓点来。他的眼睛盯着鼓面,有板有眼地敲着。鼓到了他手里,就变得十分驯服。他的鼓点支配着小刘的弦子,他这时已经弹得十分和谐动听。

唱完小段,宝庆说了两句,感谢听众光临指教。今儿是开锣第一天,有什么招待不周的地方,请大家多多包涵。他说,要不了几天,就能把场子收拾利落了。他本想把这番话说得又流利又大方,可是到了时候,本来已经准备好了的话,一下子又说不上来了。他一结巴,就笑起来,听众也就原谅了他。他们衷心地鼓掌,叫他看着高兴。

他介绍了他要说的节目——三国故事《长坂坡》。他还没开口,听众就鸦雀无声了。他们感觉得出来,他是个角儿,像那么回子事。宝庆忽然换了一副神态。他表情肃穆,双眉紧蹙,两眼望着鼓中间。

他以高昂的唱腔,迸出了第一句:"古道荒山苦相争,黎民涂炭血飞红……"听众都出了神,肃然凝听,大气儿也不敢出。宝庆的声音如波涛汹涌,浑厚有力,每一个字儿都充满激情。他缓缓地唱,韵味无穷。忽而柔情万缕,忽而慷慨激昂,忽而低沉,忽而轻快,每个字都恰到好处。

宝庆的表演,把说、唱、做配合得尽善尽美。他边做边唱:"忠义名标千古重,壮哉身死一毛轻。"他也能凄婉悲恸,摧人肺腑:"糜夫人怀抱幼主,凄风残月把泪洒……"只有功夫到家的人,唱起来才能这样的扣人心弦。

宝庆一边唱,一边做。他的鼓楗子是根会变化的魔棍,演什么就是什么。平举着,是把明晃晃的宝剑;竖拿着,是支闪闪发光的丈八长矛;在空中一晃,就是千军万马大战方酣。他一弯腰,就算走出了门;一抬脚,又上了马。

秀莲和琴珠唱的时候，也带做功。可是，秀莲没有宝庆那样善于表演，琴珠又往往过了头。宝庆的技艺最老练。他的手势不光是有助于说明情节，而且还加强了音乐的效果。

猛的，他在鼓上用力一击，弦子打住了，全场一片寂静，他一口气像说话似的说上十几句韵白。再猛击一下鼓，弦子又有板有眼地弹了起来。

这段书说的是糜夫人自尽，赵子龙怀抱阿斗，杀出重围。他唱书的时候，听众都觉得听见了杂沓的马蹄声和追兵厮杀时的喊叫。

最后，宝庆以奔放的热情，歌颂了忠义勇敢的赵子龙名垂千古。他说这段书的时候，时而激昂慷慨，时而缠绵悱恻，那一份爱国的心劲儿，打动了在场的每一个人。然后，他一躬到地，走进了下场门。演出结束，一片叫好声，掌声雷动。

宝庆擦着脑门上的汗珠，走到台前来谢幕。又是一片叫好声。他说了点什么，可是听不见。大家都叫："好哇！好哇！"

"谢谢诸位！谢谢诸位！"他笑容满面，不住地道谢。"明儿见！请多多光顾，玩艺儿还多着呢！务请光临指教。"说着话，他抻了抻海蓝的绸大褂儿，褂子已被汗湿透，紧紧地贴在脊梁骨上了。

六

唐四爷忙着来拿开锣第一天晚上琴珠应得的那份钱。跟往常一样,他总觉着大家都合计好了要骗他。宝庆和账房先生忙着结账的时候,他用怀疑的眼光打量着他们。他从账房走到后台,留神大伙儿都在干些什么,然后又走到前边来。他要马上把钱拿到手,谁也甭想少给他闺女一个子儿。

四奶奶实在太胖了,没法亲临账房,监督算账。要是她挤进账房,别人就谁也甭想进去了。所以她像一尊弥勒佛似的,坐在后台一把大椅子里,眼睛净盯着她男人瞅不到的那些地方。她分钱的劲头儿比谁都足。眼下她正在跟秀莲闲聊,听秀莲说些孩子话。四奶奶也疼孩子,别人家的小孩越不懂事,她越觉得有趣。

招待券发得太多,收入无几,演员们拿不到足"份儿"。按老规矩,不足之数,大家分摊。可是,宝庆大方地说,这是开锣第一夜,他情愿一个子儿不要,让大家拿满份儿;他希望明儿晚上大家还是都来。不论怎么说,他得邀买人心。

唐四爷一听,更加起了疑。他从来不肯吃亏,也不相信别人会自己找亏吃。宝庆一定是昧下了一些钱,这会儿又来装大方,我唐四爷可不能就这么着让他把钱拿走。可是收入和账目都在眼前,唐四爷挑不出毛病。他急急忙忙跑到他老婆跟前,和她咬了一会儿耳朵。怎么办?怎么对付这个狡猾的宝庆?他俩靠琴珠吃饭已经有十来年了。过去就受过骗。得想出点招儿来打宝庆身上多挤出俩钱,哪怕只有半块呢!

耳朵咬了有一分来钟,四奶奶决定还是接受分给琴珠的那份儿钱。她得把钱拿过来,放在贴肉口袋里,这才算牢靠。然后,她让唐四爷把琴珠带回家,留下她来对付宝庆。她是个妇道人家,就是败下阵来,也算不得丢人,过几天就算没这档子事了。她长吸一口气,双手交叉搁在高耸的胸前,等着宝庆。

琴珠也急着要走,她想门外一定有好多人等着瞧她。也许还会有财主、漂亮的阔少爷什么的。她喜欢人家瞧她。当人家盯着她瞧的时候,她真觉着自己是个美人。于是她使劲地扭着屁股,走出了门,她爹很体贴地跟她保持着一段距离。

四奶奶坐在那儿,咯咯咯咯地傻笑着,像只刚下过蛋的鸡。忽然之间,她绷起了脸。"宝庆呀,"她叫着,"上这边儿来,我有话要跟您说。是要紧的事儿!"

宝庆明知她决不会说出什么好话来。不过他还是过来了,笑着问:"您有什么吩咐呀,我的四奶奶?"

"我要问您的就是这个。今晚上谁的好儿最多?"

"当然是琴珠啦!她是个角儿。"宝庆很坦率地承认。

"好,宝庆,您这回总算是说了老实话。我也要跟您说点老实话。我们两家合伙儿成班子。我的闺女长相好,又能叫座。这么说,她唱的是头牌。要是她唱的是头牌,她就该拿头牌的钱。话是这么说不是?"

宝庆不愿意对她说,哪怕琴珠再学上三年,她的唱腔也比不上秀莲的。她的嗓门又响又俗。他也不想对她说,要是他不组班,琴珠一个子儿也捞不到。他只是讨好地冲四奶奶笑了笑。

四奶奶也冲他笑着。"宝庆,别净站在这儿笑,得干点什么去。要是您不打算多给头牌俩钱,我闺女可就要……"

"要干吗?"宝庆的粗眉毛一拧,生了气。两个星期以来,他跑穿了十来双袜子,为的是让大家伙儿都有个挣钱吃饭的地方。他以为人家会领情。没想到这个臭婆娘……

四奶奶一见宝庆这副模样,就软了下来。"宝庆,甭跟我说您不知道琴珠的事儿该怎么办!作艺的事儿您懂。"

"我不懂,"宝庆再也按捺不住自己了。"我也不想懂。"他天不亮就起床,整天都在忙,到处都得把话说到,该争的争,该劝的劝,该夸的还得夸。如今,他唱了半天,一个子儿没捞着。晚饭还没吃上呢,真是再也耐不住了。他瞪着眼瞧她。

"好吧,"四奶奶嘟囔着,使劲把她那胖身子拔出椅子。"看样子您不打算再添了——一分钱也不添了?"

"我干吗该添呢?我今天白干了一天,你们可都拿的是满份儿。您真不讲理。"

"我的好兄弟,还得图个身份呢。琴珠至少得比秀莲多拿一块钱。她值。"

宝庆坚决地摇了摇头。"不行,一分钱也不能多拿。"

"好吧,您真没见识,我们明儿再见。"四奶奶摇摇摆摆地走了。走到门口,她又站住了,慢慢回过身来,"也许我们明儿就不再见了。"

"随您的便,四奶奶。"宝庆简直是在喊了,脸气得铁青。

窝囊废已经把宝庆的老婆二奶奶送回旅店了。秀莲还在书场里等着宝庆。自从秀莲登台作艺以来,她每逢下了戏,总等着宝庆带她回家。要是天气好,住处又离园子不远,他们就在夜晚清朗的天空下走回家去。散场后走这么几步,是宝庆生活里顶顶快乐的时候了。

他总是走得很慢,好让秀莲跟上。他背着手,耷拉着肩膀,低着头。难得有这么一小会儿心情舒畅的时候,他慢慢吞吞地走着。这样走一走,可以暂时忘掉那极度的疲劳。秀莲到这会儿总爱把她那些小小不如意的事儿向他抱怨一番。宝庆爱听她抱怨。有的时候也会安慰上她几句,有时什么也不说,只咂咂嘴。他会带她到附近的小饭铺里去,买上点什么好吃的。他喜欢看她那发亮的大黑眼睛期待地等着她爱吃的东西。他也带她上小摊,给她买个玩具什么的。秀莲已经十四岁了,不过她照样喜欢洋娃娃和玩具。

今晚上,四奶奶走了以后,宝庆紧背双手,在台上走来走去。要是明天四奶奶真的不让琴珠来唱,那可怎么好!哼,她不过会招徕一些市井俗人,不来也没什么了不起!

"爸,"秀莲轻轻地叫,"回家吧!"

宝庆见了她那表情恳切的小脸儿,笑了。这可爱的小东西和琴珠真是天渊之别。唉,不值得为琴珠伤脑筋。唐家要她卖的是身,不是艺。那号生意赚的钱更多。可是秀莲还是一朵含苞未放的小花儿。她已经跟作艺的姑娘们混了四年多了,并没学坏。"好,回家!"宝庆答应了。"走着回去吧!"他把那些揪心事儿一古脑都忘掉了。他想起来在北平、天津、上海那些地方,他在散场后跟她一路走回家时的快乐情景。

49

等宝庆和秀莲走出了戏园子,街上已经没有什么行人了。大多数铺子都已经上了门板,街灯也灭了。宝庆慢慢地走着,垂着头,背着手。他觉着松快极了。街道很暗,这使他很高兴——这样就没人会认出他来了。非常清静。他用不着每走几步就跟什么人打招呼。他越走越慢,想让这种不用跟人打招呼,非常轻松的愉快劲儿,多维持一会儿。

"爸,"秀莲低声叫道。

"唔?"宝庆正想着心事。

"爸,您刚才干吗那么生四奶奶的气?要是明儿琴珠真的不来了,那可怎么好?"她的黑眼珠出神地望着他。她单独跟爸爸在一起的时候,总喜欢用大人的口气说话。她想让他明白,她已经不是个只会玩洋娃娃的小妞儿了。

"没……没什么了不起的。有她能吃饭,没她也能吃饭。"宝庆在家里人面前,总是装得很自信。有的时候他拿腔作势。不过这都出自好心,——想让大家伙儿安心。

"琴珠可有法儿挣钱啦,他们饿不着。"

宝庆清了清嗓子,看来秀莲也懂事了。她早就该明白这点了。可不是,她老跟唱大鼓的姑娘们混嘛。他带着笑声问:"她有什么别的买卖好做呢?"

秀莲叽叽呱呱地笑了。"我也知道得不详细。"她有点抱歉地说,因为她提起的事儿,没法再往下说了。"我不该这么说,是吗,爸?"

宝庆没马上回答。琴珠到底怎么挣外快,秀莲不清楚,这点他并不奇怪。她每天说唱的,是那些才子佳人的事儿,可是她并不真懂。他担心的是闺女总要长大成人。她会成个什么样的人呢？他的肩膀又觉得沉重起来了,好像挑起了一副重担。

迟疑了半天,他说:"我不能学唐四爷,你也不要去学琴珠。听见了吗?"

"是,爸爸,听见了。"秀莲说。从她的口气听来,她并没听明白爸爸究竟是什么意思。

他们一路没再说话。

到了旅店里,宝庆才想起来,他和秀莲还没吃晚饭呢。他爬楼梯的时候,很觉着饿了。他希望家里能有点什么吃的东西,要是能和全家人一起美美地吃上一顿,庆祝庆祝开锣,该多么好。

出乎他的意料,二奶奶居然醒着,还给他们备了饭。

宝庆一下子高兴起来了,高兴得把一天的忧愁都忘到九霄云外了。要他称心并不难。稍微体贴他一点儿,哪怕他刚才还愁肠百结,也会马上兴高采烈起来。眼下他想说点什么夸夸老婆。"晚饭!真好极了!"他一下子叫了起来。她瞪了他一眼。

"你还想要什么?"她狠狠地问。

宝庆的脸一下子拉长了。"甭跟我生气,"他恳求地说,"我累坏了。"

窝囊废早就睡了。他照料了开张祭祖师爷的事儿,很觉着有点累。宝庆把他叫起来,一起吃晚饭。

秀莲帮着爸爸,想使空气融洽点儿。她亲热的管养母叫了声"妈妈",又帮着姐姐大凤摆饭。

二奶奶对秀莲从来没有好脸色。她的那一份慈母心肠只能用在她亲生的闺女身上。

大凤比秀莲大两岁,可是看起来至少有二十三、四了。她是个矮胖姑娘,比秀莲高不了多少,可是宽多了。长圆脸儿,长相平常,满脸还净是粉刺。她总穿一件士林布的旗袍,把厚厚的头发,简简单单编成一根大长辫子,拖在背后。她总像是在发愁。偶尔一笑,就露出了两排整整齐齐的漂亮牙齿。她笑起来的时候,好看多了,也年轻多了。

近几个月,秀莲才知道自己是个没爹没娘的孤儿,才知道登台唱书是一门贱业。大凤长相平常,又不会作艺,可是秀莲知道她有身份。只要大凤冲她一乐,她准知道她在耻笑她。

吃完饭,窝囊废又倒头睡了。二奶奶酒没喝过瘾,不那么痛快。等大家都吃完了,她喊起来:"都给我走开。让我安安生生地喝一口。"

宝庆、大凤和秀莲都拿不定主意。要是真把她撂下,她会大发雷霆。可要是他们留下,她又会喝上一整夜。宝庆累得真想马上倒头睡去。可又怕她发脾气,不敢就走。他咬了咬嘴唇。今儿个得过得快快活活的,才能吉祥如意。他得尽量避免吵架。

他看看老婆,一个劲地想把一个呵欠压下去。她挺有情意地冲他挤了挤眼,一本正经地说,她不再喝了。

宝庆再也支持不住了。他大声打了个呵欠,倒在一把躺椅里。二奶奶不愉快地瞅着他:"去吧,睡你的,睡死你。"她吼着说,她的眼睛阴沉沉的,像是受了侮辱。

宝庆没言语。他冲着俩姑娘点了点头,走出了房门。走进自个儿的屋子,他舒展开身子,长叹一口气,马上睡着了。又过了一天,平平安安的。

"大凤儿,"二奶奶说,"别嫁作艺的,晚上一散场,他总是累得什么似的。"然后她冲着秀莲:"哼,卖唱的娘儿们更贱!"

秀莲倒抽了一口凉气,没敢吱声。

七

　　几个爱唱戏的,在书场楼上租了三间房,每个礼拜到这儿来聚会两次,学唱京剧。他们以前在北平时学过几段戏,这会儿到重庆来组织了一个票房,每周只聚会几个钟头,其余的时间,屋子就空着。

　　他们会唱的戏并不多,都加在一起,也凑不上一出戏。聚会了几次,他们对京剧的兴趣逐渐淡薄,不少人再也不想唱了。他们就是到票房来,也不过是打打麻将。可他们还是每月按时付房租,占住这三间房,表示他们都是票友。

　　宝庆得找个住处,总不能老住在小旅店里。重庆是一天比一天拥挤了,每天都有一船船的人到来,要想找个住处,简直比登天还难。书场楼上有那么三间空屋,真是再好也没有了。得把这三间屋要过来。可是那班票友又怎么办呢?

　　他去见票房管事的。他机智老练,一句没提空房子的事儿。只是大谈特谈,京剧的历史如何悠久,管事的在京剧上的功夫又是多么深。他在北平、上海、南京跑码头的时候,管事的不就已经名噪一时,名闻全国了吗?那回走票的时候,南京的报纸不都轰动了吗?(事实是,这位管事的从来没有玩过票,不过他也不愿意否认。)从京戏又扯到大鼓。宝庆是那么能说会道,他一点儿一点儿地把话引到正题,管事的也只好赶紧附和,说是大鼓也就仅次于京剧,而实际上,他这一辈子还从来没有听过一回大鼓呢。宝庆是从文化之城北平来的有文化的人,他得像欢迎老朋友似的欢迎宝庆。真正懂得艺术的人总是心心相通的。半小时以后,票房的三间屋归了宝庆。再过一小时,宝庆就带着全家搬了进来——搬到鼓书场楼上。

秀莲和大凤住一间,宝庆两口子住一间,中间是堂屋。窝囊废不乐意每天晚上临时到堂屋里搭铺,宁愿住在小店里受罪。他心甘情愿地在那儿受罪,好在是一个人一间屋,自由自在,没人打扰。

宝庆对新居很满意。租钱少,房子就在书场楼上。还有什么可说的呢?他每天用不着来回奔波,还能抽出点时间来料理家务。

他只高兴了几天。他早就知道唐家放不过他。唐家想给琴珠长钱,事没办成,就会想出别的招儿来折磨他。当然唐家也有唐家的难处,最要紧的,是挣钱养家吃饭。他们不能让琴珠跟宝庆散伙,那样就会一个钱也捞不到了。他们拿定主意要找宝庆的麻烦。又胖又大的四奶奶,她的拿手好戏就是惹人生气。她男人跟着她学,她呢,也紧盯着她男人,决不能让他落了空。

她三天两头打发男人去找宝庆,替琴珠借钱。孩子总得有两件衣服穿穿,饭食也接不上了。再不就是琴珠生了病,上不了场,得请上一天假。

宝庆无可奈何地忍受着这一切。他明白,不能去填这些无底洞。不过他替他们觉着难受,唐家的人压根儿就不懂什么叫知足!他们要预支琴珠的包银,他没答应。这也没能使他们安分点。

方家搬到书场楼上的那一天,差点吵起来。唐四爷像个来给鸡拜年的黄鼠狼一样,天一亮就到书场来了,他一脸的怒气,嘴角没精打采地往下耷拉着。

他直截了当地对宝庆说,唐家的人都觉着他不是玩意儿,光把自己一家人安顿得舒舒服服的。唐家是他的老朋友,一向对他忠心耿耿,他倒好意思撂下不管。"老哥儿们,"他责备宝庆说,"您得帮我们一把。您有门路呀!您得给我们也找个安身的窝儿。这不是,您倒先给自个儿找了个安乐窝了。"

宝庆答应给找房,但能不能找着,可不一定。要他许愿不难,可是他不愿意许愿。要是他答应了人家,又不打算兑现,这使他觉着违心。唐家没完没了地埋怨他,他只好点头。唐四爷一个劲儿地叨唠,他心平气和地听着,不住地点头赔笑。

四奶奶也参加了社交活动。她每天都摇摇摆摆地走到书场楼上,来看她的好朋友二奶奶。她每回来都是一个样子。先是笑容满面地走进堂屋,喘着气说:"可算走到了。我一路走了来,特为来看您。我心想,不论怎么说,我们在这个破地方都是外乡人,得互相亲近亲近。我只有您们这几位朋友,每天要是不见上一面呀,简直就没着没落儿。我一想起今儿还没见着您,心里就憋闷得慌。"

说完,她找来一把最宽大的椅子,把她那大屁股填进去,然后就唠叨开了。"您那位有本事的掌柜的给我们找到住处了吗?"她问二奶奶,"找到了没有?您可得催催他。我们的命不济,到现在还住在旅店里,房租贵得怕人。我们简直活不下去了。"

她一坐就是几个钟头,见茶就喝,见吃的就吃。

来串门的还不光是她。还有巡官、特务、在帮的和几位有钱的少爷。他们来是为了看秀莲,坐得比四奶奶还久。宝庆当然得应酬他们。拿茶,拿瓜子,还得陪着说话。

他们常常在秀莲还没有起床的当儿就来了。坐在堂屋里,眼睛老往秀莲那屋的花布门帘上瞟。宝庆知道他们想干么,可是又不敢撵他们出去。他要是给他们点厉害,场子里演出的时候,就会来上一帮子,大闹一通。砸上几个茶壶茶碗,再冲电灯泡放上那么一两枪,那就齐了。闹上这么一回,他的买卖就算玩儿完了。

更糟的是,一早就来的年青人里,有一位保长。他长得有模有样,笑起来流里流气,玩女人很有两下子。他来了就一屁股坐下,嘴里叼一根牙签,两眼死盯着里屋门。还有一天,一个最放肆的年青的站了起来,二话不说就走进秀莲的卧室,秀莲还正在睡觉。别人也都跟着。

宝庆见他们都盯着闺女看,作揖打躬地说了不少好话。秀莲太累了。晚上唱书,白天得好好睡一睡。他们很不情愿地走了出来,坐在外屋等。宝庆心如火焚,可是使劲压着火,还赔着笑脸。这就是人生,这就是作艺。

他老婆要能帮着说两句,情形也就不同了。她至少可以对这些地痞流氓说,秀莲只卖艺。要是她能这么说一说多好,——可是她偏不。她对秀莲,自有她的打算。

大家都瞅秀莲,秀莲觉着很别扭。她知道这些人没安好心,她不想理睬他们。她一跨出里屋门,就会遇上这帮家伙。她总是求大凤陪陪她,可是大凤不答应。她不愿意跟长得漂亮的妹妹走在一块儿。她懂得堂屋里那些男人是来看妹妹的,他们对她可是连正眼也不瞧一下。所以她总是叫秀莲独自一个人往外走。她的态度很清楚:抱来的妹妹不过是男人的玩物,而她可是个有身份的闺女。

最后秀莲只好一个人走出来,就像作艺时登台一样。她总是目不斜视,笔直地穿过堂屋,走进她妈的屋子。她不敢朝那些男的看上一眼,准知道,要是这么做,他们都会围上来。

早起穿过外屋走出去,对秀莲来说是件很痛苦的事。她明白,她只不过是个没有爹妈的孩子,一个唱大鼓的。她的养母顶多能对她和气点儿,要说疼,那谈不到。她如今已经大了,她需要有人疼,希望有人能给她出主意。

随着年龄的增长,她的胸脯开始隆起,旗袍也掩盖不住她身体柔和的曲线了。她非常需要有人能保护她,安慰她。她需要人开导。有些事,她想跟二奶奶说说,可是又不敢。那么还有谁能跟她说说呢?

每天早晨,当她穿过坐满人的外屋,上她妈屋里去的时候,她总是希望能碰上妈妈好脾气。可是二奶奶从来没有好脸色。"出去招待你那些客人吧,贱货。"她总是粗声粗气地说。秀莲呆板地笑着,只好又回到自己屋里,心里老想着,她要是个十来岁不懂事的孩子该多好,她希望她身体上那些成熟的标志都消失掉。

她见过男人纠缠唱书的姑娘——摸她们的脸蛋儿,拧她们的大腿。她知道有的姑娘不得父母许可就跟着男人跑了。她也知道有些暗门子能挣钱,不过她并不清楚到底是怎么回事。她自然而然地依靠爸爸保护。对于她来说,宝庆既是爹,又是娘,还是班主和师父。要是有人说起,哪家的姑娘跟人跑了,或者是跟什么男人睡了觉,她都觉着特别神秘;要是这话是悄悄讲的,她就更想听个明白。

她也注意到,每逢堂会,总有些唱书的姑娘任凭男人亲近,还接受人家的贵重东西。她问大凤,为什么男人要摸她们,还送东西。秀莲想,大凤是有身份的人,她应该知道。可是大凤只是红涨了脸,不说话。她又问琴珠,琴珠是靠着跟男人鬼混挣钱的,不过琴珠也只是嘻嘻哈哈地一阵笑,说:"你还太小,小孩子家不该什么都问。"

那就只好问宝庆了。不过,要向爸爸提出这样的问题,可不那么简单。当她终于鼓起勇气,提出问题时,宝庆脸红了。她从来没见过爸爸这么难堪。她永远不能忘记,爸爸是那样苦恼地皱起了眉头,心事重重地用手搓着秃光光的脑门。沉默了半晌,他才说:"孩子,别打听这种事。这些事太下贱,你不该去想。"

秀莲不满意。她听出了宝庆责备的口气。因为难堪,她的脸也红了。她很灰心,可又不服。"爸,"她脱口而出,"要是这些事下贱,那我们的买卖不也就下贱了?我知道好多姑娘都那么干嘛。"

"那是从前,"宝庆说,"从前人都看不起戏子和唱大鼓的,不过比奴才和要饭的好些罢了。可是如今改样儿了。只要我们行得正,坐得直,人家就不能看轻咱们。"秀莲想了一会儿。爸爸从来没跟她说过,艺人的身份什么时候改过样,他只常常对她说,他们唱的书是上千年来一代代传下来的。

"爸,我们为什么不做点别的什么买卖呢?"她问。

宝庆没回答。

秀莲一心认为她干的是下贱事，永世出不了头。这一回，当她走进坐满了男人的外屋时，她存心想随和点儿，看看那又会怎么样。可是她抬头看见爸爸就站在门口，吓得马上改了主意，像个耗子似的，一溜烟钻进了自己的卧室。她在屋里一个人摸骨牌，一直玩到上书场去的时候。她下楼的当儿，还有两个捧她的人坐在家里。

四奶奶还是照常来。她明白那些男人为什么要等在堂屋里，觉得应酬应酬这些人，也怪有意思。她打定主意要报复方家一下子，他们虽是朋友，却又势不两立。方家都是强盗，诈骗了她全家。她跟那帮男人说，要想把秀莲弄到手，就要舍得花钱，一要有耐心，二要有钱。

她算是打错了如意算盘，宝庆不吃她这一套。只要是碍着秀莲的事儿，他就不能不说话。有一天，他冲四奶奶发了火。他气得脸都憋红了，声音直打颤。"请吧，"他说，"您要是上我这儿来，请到我内人屋里坐。我用不着您来应酬客人。"

四奶奶笑笑。她弹了一下响指，咯咯地像个下了双黄蛋的老母鸡似地笑了起来，"嗬，嗬，我帮您接待了这些贵客，还落个不是。"她大声说，"算我的不是，可是他们玩得不错嘛。"

宝庆狠狠地盯着她，气得两眼发直。"我不乐意您这么着，"他说，"我请您记住，这儿不是窑子。这儿是书场——是卖艺的地方。"

四奶奶脸上一副恶毒的神色，说："哼，等着瞧吧，我倒要看看干我们这一行的，谁能清白得了。"她扭着她那庞大的屁股，猝然离开了宝庆，回到那些男人堆里去。

她有几天没来。她告诉琴珠,场间休息的时候,别上后台去。要是她想歇会儿,就上秀莲屋里去。她知道宝庆就腻歪这个。

这一来,宝庆又多担着一份心事。他最恨的就是琴珠要跟秀莲交朋友。琴珠懒洋洋地靠在秀莲床上,带着一股浓浓的香水味,一副傲慢懒散的样子。

琴珠拿秀莲的屋子当化装室。她下午早早地就来了,抹口红,涂指甲,描眉,狠忙一气。秀莲的化装品,她拿起来就用,很叫秀莲心疼。大凤要用只管用好了,可是像琴珠这么个暗门子,可不能随便使她的。她会挣钱,为什么不自己花钱买去。她向爸爸诉了一通苦,可是爸爸没答碴儿。他不想为这么件小事犯口舌。"甭发愁,"他说,"等用完了,我再给你买。"

秀莲知道他会再给买,可是不明白琴珠的化装费为什么要他来付。

"您看,"有一天她拿定主意对琴珠说,"我那粉是挺贵的。"

琴珠高兴地咧开嘴笑了。"当然啦,所以我才喜欢它。我自个儿买不起。"她越发来了劲,把粉往胳肢窝和身上乱扑,还使劲抖粉扑,弄得满屋飘的都是香粉。秀莲气得脸发白。

有一天,琴珠带了个男人来,他们一直走进秀莲屋里,一屁股坐在床上。秀莲脸红了,站起来要走。可是不能让琴珠待在她屋里。她会把什么都偷走。再说,她上哪儿呆着去呢?要是她穿过外屋,上她妈屋里去,又可能会惹气。不走吧,她又不愿意瞧着琴珠招待男人。她又想看看,一个姑娘招待一个男人,到底是个什么样子。真的那么下贱吗?总有一天她得知道。于是她就干脆坐下来瞧着。

琴珠和她的客人又说又笑,和一般人没什么两样。看不出有什么不对劲的地方。后来他们拉起手来,但这也算不了什么坏事。他们走了以后,秀莲很纳闷,是不是男人家掏钱,就为的是在床上坐一会儿,跟琴珠说上两句话呢?终于有一天,她回到屋里,看见琴珠正跟一个男人躺在床上亲嘴。

秀莲气得发狂。她真想把他们都撵出去,但为了爸爸的买卖,她又不敢得罪琴珠。她跑进妈妈屋里。妈妈知道该怎么对付这种局面。

二奶奶已经半醉了,不过她还是觉出来发生了什么事。她嘟囔了两句。这个闺女呀,真是个小蠢丫头。当然一个黄花闺女比个暗门子值钱,可是闺女也叫人淘神。让琴珠挣点外快有什么要紧!她总得找张床吗,要是秀莲也这样,倒是件好事,能叫宝庆开开窍。他对这姑娘真是死心眼。谁听说过把个抱来的闺女娇惯得像个娘娘似的。二奶奶乜斜着眼睛望着吓傻了的秀莲的时候,心里想的净是些见不得人的肮脏事。"滚出去!"她叫道,"你不也跟她一样,是个卖唱的。你当你是谁哪?"

她举起酒杯,手停在半空,好像在琢磨。猛的,她把杯子朝秀莲扔了过来。没打中,不过秀莲的衣服却溅上了棕黄色的酒印儿。

秀莲目瞪口呆,脑子发木,也挪不动步了。原来妈妈要她学琴珠!妈妈不在乎,不疼她。秀莲气极了。她想打这个女人,想用指甲抓烂她的皮肉,咒死她!

她一转身,跑到楼下的书场里去找宝庆。他不在。她又走到门前,他上哪儿去了?然后回到暗下来了的舞台上。她站在舞台上,又是跺脚,又是咒骂。只有她的骂声在空荡荡的屋子里回响。

她盲目地朝门外走——世界上只剩下一个关心她的人了,那就是窝囊废。

秀莲一路跑着,走过许多条街,来到窝囊废住的旅店。

"好好跟我从头说说,"他说,神气像个法官命令证人叙述目击的罪证那样严肃。听完秀莲的话,他一口气把琴珠和她爹妈臭骂了一通。

他的主意并不高明。他想到书场去,打琴珠一顿,看她还敢不敢再在男人面前扭屁股。他要跟唐家拚命,他得好好教训那胖老娘儿们四奶奶一顿。秀莲只是摇头。这些办法都不行,不能为了她把爸爸的买卖毁了。

窝囊废坐在床沿上,用他那又脏又长的指甲搔着脑袋。那怎么办呢?这么下去总不是个事呀!

秀莲诉了一通委屈,心里觉着好受点了。她知道窝囊废是疼她的。有这么个人肯听她诉苦,也就算是一种安慰了。他骂人的话,听着叫人肃然起敬,用的都是有学问人用的字眼。

窝囊废有个现成的主意,要是秀莲手边有钱,就先上小铺吃顿饭再说。再不就去买上几个橘子。他知道有个地方,花上五角钱,就可以买上一大堆橘子,够全家撑得肚子疼的。他还知道山边上有个好去处,可以消消停停坐在那儿吃橘子。

秀莲说,要是大伯肯送她回家,那就更好,爸在家里该不放心了。

"让他们不放心去,"窝囊废说,"上场以前,就甭回那坏窝子里去了,要是他们敢骂你,我就亲手拆了那个场子。走吧,买橘子去,肚子里有了食儿,出门逛悠逛悠,看看景致,主意就出来了。"

八

战局恶化,汉口失陷。从北方和沿海一带来的难民,大批涌入四川。本来已经很拥挤的城里,又来了这么多人,宝庆的书场,买卖倒更兴隆了。唯有他这个班子,是由逃难的艺人组成的,很受欢迎。因为听众大多是来自四面八方的"下江人",宝庆这一班艺人对他们的口味儿。那些爱听大鼓的人觉着,全城只有宝庆的书场,是个可以散心的去处。他们又可以在这里领略一番家乡情调。

四川是天府之国,盛产大米、蔗糖、盐、水果、蔬菜、草药、烟草和丝绸。生活程度也比别的地方低。东西便宜,收入又有所增加,宝庆就有了点积蓄。他打算存一笔钱,自己盖个书场。要是有了自己的书场,他就可以办个艺校,收上几个学生。这些学生经过他的调教,会成为出色的演员,而不是普通的艺人了。盖个书场,再办所学校,这是他在曲艺上的宿愿。真要么着,今后唱书的就可以夸口,说他们上过宝庆的曲艺学校,得过他的传授。

宝庆一想起盖书场,办学校的事儿,心里就高兴得直扑腾。但冷静一想,又觉着这种想法简直是狂妄,是野心勃勃,是一种可怕的想法。

他一下子犹豫起来,用手揉着秃脑门。说真格的,这样野心勃勃的打算,甭想办到。还有秀莲,要是她……他必得好好看着她,一步也不能放松。他叹了口气。只有秀莲不出事儿,他才能发展他的事业。

重庆的雾季到了。从早到晚,灰白色的浓雾,罩住了整个山城。书场生意兴隆。一场又一场,人老不断。平常晚间爱在街上闲逛的人,也走进书场,躲那外面阴沉沉的浓雾。宝庆总在提防着空袭。他一家已经受够了苦,再不能漫不经心。他心惊胆战地想到,在这个陪都,多一半的房子像干柴堆。都是竹板结构,跟火柴盒似的又薄又脆,一点就着。一家着了火,只消几个小时,就会烧成一片火海。

因为雾,日本飞机倒不敢来了。雾有时是那么浓,在街上走路,对面不见人。有了这重雾保护着,居民们的心放宽了。战争像是远去了。生活又归于正常。可以寻欢作乐,上上戏园子了。

因为雾,四川的蔬菜长得很快,葱翠多汁,又肥又大,宝庆真是开了眼。宝庆的买卖也十分兴旺。书场里总是坐得满满的,秀莲越来越红,座儿们很捧场,很守规矩。一个当班主的,还有什么不称心的呢?在雾季里,他买卖兴旺,名气大。而战争这出大戏,却在全国范围内没完没了地进行着。

琴珠还是老样子,她声音嘶哑,穿戴却花里胡哨,很能取悦男人,在书场里很叫座。唐家还是那样见钱眼开,常捣坏。如今他们不大到方家走动了,要是来的话,必是有事儿,不是开份儿,就是想额外多挤出俩钱去,宝庆已经把他们看透了。

有一次,宝庆买了些希罕的吃食,亲自给唐家送了去。这些花钱的东西,唐家未必常吃,他不想闹翻。头一桩,他得把事情弄明白。要是疑神疑鬼,互相猜忌,早晚会闹出事来。

他满脸春风地招呼胖大的四奶奶,"四奶奶,多日不见,您身体好?我给您送好吃的东西来了,准保您满意。"

四奶奶没打算接礼物。她那满脸的横肉,一丝笑纹也没有;说话的调儿又尖酸又委屈:"我的好宝庆,您发财了。我们这些穷人哪儿还敢去看您哪!"

宝庆吃了一惊:"咱们也就该知足了,"他有点瞧不惯。"咱们不过是些作艺的罢了。好歹有碗饱饭吃就算不错,还有几百万人挨着饿,快要活不下去了呢!"

四奶奶的嘴角耷拉了下去:"您可是走了运。您有本事。我们家那一位,简直的就是块废物点心。他要是有您这两下子,就该自己成个班,自个儿去租个戏园子。没准他真会这么办。"说着,嘴角往上提了一点儿,脸上浮起了一层像是冷笑的笑容。

"有了您这么一位贤内助,四奶奶,"宝庆附和着,"男人家就什么都能办得到。"他赶紧把话题转到无关紧要的小事上。他又是赔笑,又是打哈哈,一个劲儿地奉承,终于使她转怒为喜,眉开眼笑。时机一到,他就告辞了。

在回家的路上,宝庆又犯起愁来了。苦恼像个影子似的老跟着他,哪怕就是在他走运的时候,也是一样。要是唐四爷也弄上那么几个逃难的艺人,他就能靠着琴珠成起个班子来。那当然长不了。唐家会占那些艺人的便宜,四奶奶会冲他们大喊大叫,给他们亏吃,最后散伙了事。不过,就是暂时的竞争,对宝庆的买卖来说,也是个打击。

他把这件事前前后后琢磨了个透。他非得有了确实的把握,知道唐家不能拿他怎么样,才能安下心来。

有一夜,刚散场,他想了个主意。问题的关键是小刘。要是他能让这位小琴师站在他的一边,就有了办法。他就能左右局面。没了小刘,唐家就成不起班子来。要说琴珠,没有琴师,也唱不起来。只要他能紧紧地抓住小刘,他就再也不用担心唐家会来跟他唱对台戏了。他先打听了一番,逃难来的人里有没有琴师。从成都到昆明,一个也没有。小刘真成了金不换的独宝贝儿了。

为了这件事,宝庆琢磨了好几个晚上。有一夜,他从床上坐了起来,用发潮的手掌揉搓着秃脑门。自然啦——事情也很简单,要想拴住小刘,最好的办法就是跟他攀亲,让他娶大凤。但这他可受不了。对不起大凤啊。可怜的凤丫头。虽然小刘有天分,又会挣钱,可是要叫她嫁个琴师,真也太委屈了她。他暗想,虽然他自个儿也是作艺的,他还真不情愿把闺女嫁给个艺人。

不该让大凤落得这般下场。她单纯,柔顺。小刘呢,也天真得像个孩子。不过宝庆操心的首先是男方的职业,而不是人品。小刘人品再好,也还是个卖艺的。

有一天,他邀小刘上澡塘洗澡,是城里顶讲究的澡塘子。他还是头一回请这位小琴师。小刘觉着脸上有光,兴高采烈。他俩在满是水汽的澡塘子里,朋友似的谈了两个来钟头。宝庆什么都扯到了,就是没提他的心事。他细心打量了小刘脚丫子的长短,分手的时候,心里已经有了谱儿了。

下一回再请小刘洗澡的时候,宝庆带了个小包。他把包给了小刘,站在一边看着小刘拆包。果然不出所料,小刘很高兴。里面是一双贵重的缎鞋,是重庆最上等的货色,料子厚实,款式大方。小刘把鞋穿在他那窄窄溜溜的脚上,高兴得两眼放光,他挺起胸膛,高高地昂起了头。这一下,琴师和班主近乎起来了。

宝庆像个打太极拳的行家,不慌不忙地等待着时机。话题一转到女人和光棍生活,他就柔声地问,"兄弟,干吗不结婚呢?像你这样又有天分,又有本事的人,为什么还不成家呢。我一直觉着奇怪。还没相中合适的人?"

小刘有点不好意思。他那瘦削俊俏的脸上,忽然现出小学生般腼腆的表情。他干笑了一声,想掩盖自己的惶惑:"不忙,我还年青呢。我把时间都用在作艺上了,这您是知道的。"他踌躇了一下,想了想,说:"再说,这年月,要养家吃饭也不容易。谁知道往后又会怎么样呢?"

"要是你能娶上个会挣钱的媳妇,那就好了。俩人挣钱养一个家,这也算是赶时髦。"宝庆真诚地回答道。

小刘的脸更红了。他不知怎么好了,用深感寂寞的眼神望着宝庆,心里想着,这人心眼真好,艺高,又够朋友,和自己的爸爸差不多。能跟他讲讲心里话吗?谈谈自己的苦闷,还有他爱琴珠的事儿。唐家倒是愿意把琴珠给他的,为的什么,他也知道。他俩要是配了对儿,琴珠和他就永远得在一起作艺。这他倒没什么不情愿。不过他希望琴珠能完全归他。他知道她的毛病,要是娶个媳妇,又不能独占,叫他恶心。跟琴珠结婚,还有更叫人发愁的事儿。他的身子骨儿不硬朗,琴珠可是又健壮又……永不知满足。要想当个好丈夫,他就得毁了自个儿的身子,艺也就作不成了。他失眠,夜里翻来覆去睡不着,想着这件事。他还是不知道该怎么着才好,也找不着个可以商量的人。他呆呆地、询问般地看着宝庆那慈祥的脸。

他只说了声,"好大哥,要是……"就忽然打住了。宝庆不喜欢琴珠。跟他说说,不提名道姓的行不行?

"要是什么?"宝庆接着问,"别瞒着我,咱俩不是朋友吗?"

"是我和琴珠的事儿,"小刘一下子脱口而出了。他用手指比划着,想解释什么,"我和她,——唔,这您知道。"

宝庆用手掌搓着脑门,心里想,宁毁七座庙,不破一门婚。于是他说:"这可是个好消息。恭喜恭喜。那你怎么还不结婚呢?"

小刘倾诉了他的烦恼。宝庆没给他出主意。他只反问:"小兄弟,我想问问你,你觉着我待你怎么样?我没亏待过你——"

"当然啦!"小刘马上热心地说,"这可没说的。您心眼好,又大方。谁也比不了。"

"谢谢,可要是你跟琴珠结了婚,你就得永远跟着唐家,把我给忘了,对不?"

"哪里!"小刘像是受了惊:"我决不会忘记您对我的恩情。要知道,大哥,人家说您的坏话,我从来不信。您对我一片诚心,我也对您忠心耿耿。您放心,我不是个反复无常的小人。"

"好,我信得过你。"宝庆说,"我希望你和琴珠一辈子快快活活的。我希望你和我也能一辈子亲如手足。你知道我一向疼你。我总想,要是你我能在天地面前拜个把子,就好了。"他哈哈地笑起来。"小刘,我当你的老把兄怎么样?"

小刘睁大了眼睛。他看着宝庆,心里又是惊,又是喜,又不大放心。他笑了起来,"您是个名角儿,我是个傍角儿的。我哪能拜您为大哥呢?我可不敢。"

"别这么说,"宝庆用命令的口气说,"咱俩就拜个把子,皇天在上,永为兄弟。"

他俩分手以后,宝庆心里还是不踏实。可能他已经赢了一个回合,但还没定局。他当然能够左右小刘,但并没有十分的把握。琴珠和她娘才是真正的对头。她们要是拿定了主意,就能随心所欲地拿捏小刘。一个艺人有多少揪心的事儿!

快过年了。宝庆打算丰丰盛盛、痛痛快快地过个年。年过得热热闹闹,人就不会总想着老家了。再说他也乐意款待款待大家,这能使家里显出一股和睦劲儿来。

他给二奶奶一些钱,叫她带着大凤上街买东西去。她很会买东西。别看她好酒贪杯,情绪又变幻莫测,买东西,还价钱,倒很内行。就是他亲自出马去讲价钱,也没她买的便宜。

拿到钱,乐坏了二奶奶。为了庆祝这个,她先喝了一盅,接着一盅,又是一盅。等她带着大凤上街时,已经醉得快走不动道儿了。她醉眼惺忪,可还起价钱来,还是精神抖擞。那些四川的店铺伙计,顶喜欢为了争价钱吵得面红耳赤,二奶奶也觉得讨价还价是件有滋有味的事儿。要是她买一斤蚕豆,准得再抓上一把葱,塞进菜篮子里。不多一会儿,她就带着闺女回来了,篮子塞得满满的。她给自己剩下了一些钱,够她好好喝上几天酒了。

宝庆去看大哥窝囊废。他给了大哥点钱,要他回家团圆团圆,过个热闹年。

窝囊废冷笑了。"在这么个鬼地方过年?你说怎么过?算了吧!"他愁眉苦脸,本来,他整天没什么挂心的事,可最近为自己的年纪,担起心事来了。头一条,他不愿意死在外乡。

"甭那么说,哥,"宝庆笑着说,"越是离乡背井的,越是得聚聚。我就是为这个,才给您送钱来了。我成心要您快活快活,散散心。上街给您自个儿买点什么去。"

窝囊废不好意思降低身份,伸手去拿兄弟的钱。他指了指桌子,"我不要钱,"他说:"你可以把钱搁在那儿——搁在桌子上。"

宝庆走了以后,窝囊废就上了街。他走到集上,买了个叫做"五更鸡"的小油灯,既能当灯使,又可以温茶水;一个竹子做的小水烟袋,一对假的玉石耳环,还有一把香。回到家,他用红纸一件件包起,准备年三十晚上,送给大伙儿。

宝庆像个八岁的孩子似的盼过年。他一闻到厨房里飘来的香味儿,就忍不住咂咂嘴,盼着除夕到来,好大吃一顿。他想方设法,要大家也跟他一样起劲。于是全家都一心一意准备着这个喜庆日子。连大凤也高高兴兴地在厨房里帮妈的忙。

事与愿违。除夕晚上,宝庆的班子有堂会,宝庆很伤心。他准备了家宴,打算一家人吃顿团圆饭。可是,堂会怎么能不去呢?他不能不替班子里其他的人打算,不能不让大家去挣这一份节钱。不论他怎么惋惜三十晚上这顿团圆饭,他还是得去。

堂会散了的时候,已经是清晨两点钟了。外面下着雪。秀莲、小刘和宝庆走出门,穿过狭窄的街道时,雪落在他们的衣服上,脸上的雪都化成了水。三个人都垂头丧气。琴珠没来唱堂会,小刘知道她准是跟个男人去了。他气坏了,没跟唐家一起吃上年夜饭不说——琴珠也扔了他走了。秀莲眼里含着泪,心里头很难过。

宝庆两手在嘴边围成个喇叭筒,大声叫滑竿。他的声音淹没在茫茫的大雪里,抬滑竿的也回家吃年夜饭去了。街上空荡荡的,除了宝庆的一班人和雪花以外,什么也没有。他们步履艰难,深一脚、浅一脚地往前走。间或有一家,窗帘里面还有亮光。只听见里面围席而坐的人,在哈哈地笑着。秀莲眼里满是泪水。

忽然间,来了一乘滑竿,一堆黑糊糊的影子,歪歪斜斜地在雪地里走着。宝庆叫住了滑竿。他不等抬滑竿的张口要价,就把手伸进口袋,抓出一把毛钱。

可是,谁该坐滑竿,谁又该走路呢?一乘滑竿不能把三个人都抬走。小刘忽然不好意思起来,觉着自己抱怨得太多了。"让秀莲坐吧,"他说,"我能走。"

"你坐上去,"宝庆下了命令,"我们喜欢走走。你的身子骨要紧。坐上去吧,我求你啦!"

小刘上了滑竿。大哥那么尊重他,他很高兴。他笑着招了招手。"好大哥,"他说,"明儿我来给您拜年——一定来。"

宝庆和秀莲站在那儿,看着滑竿消失在黑暗里。秀莲累了,她翻起衣领,把脸缩在领子里。

"来吧,闺女,"宝庆说,"咱们走。你很累了吧?"

她走了几步才回答:"我不累。"从她的声音听来,她已经精疲力尽了。宝庆也很累了。他觉得很对不起家里的人。别人家都在过年,他和闺女却得这么着在街上走。

他装出一副轻松愉快的样子说:"秀莲,又是一年了,你又长了一岁,十五了。记住了吗?你今年应该把书唱得更好。"

秀莲没答碴儿。过了一会儿,宝庆又说开了,"咱们现在挣的钱不少了——可以体体面面地把你嫁出去了。"

"干吗说那个,爸?"她突然问道。她正瞧着自己的脚。一双鞋糟蹋了,差不多还是新的呢。

"这是大事。每个闺女都该结门好亲。"

她一声不吭,叫他心里发凉。他们继续往前走,她心里不明白的是,为什么爸爸老要提他们的买卖。他钱挣得多,又跟她嫁人有什么关系?

总算到了家。宝庆拍着手,像个小学生一样,高兴得欢蹦乱跳。"总算到家了,咱们总算到家了。"他不住地说,心里希望有谁能出来接接他们,可是,没人。他们自己走上楼,衣服上的水淌湿了楼道。

二奶奶已经醉了。她已经上床,打开呼噜了。窝囊废正在秀莲屋里跟大凤说话。他俩都是一副哭丧相。窝囊废醉醺醺的,话越来越多。"钱,钱,钱,"他正跟大凤说着,"钱又怎么样。为什么偏偏要在大年三十跑出去挣钱。人生几何,能有多少大年三十好过的?"

宝庆一屁股倒在堂屋里的一把扶手椅里。红蜡还燃着,烛光就像黄色的星星一样,在他矇眬的眼前晃动着。钱……钱……钱……这么干下去,值吗?

秀莲走进自己的屋里,躺了下来。

"来,侄女儿,"窝囊废叫道,"来玩牌,让你大伯赢几个怎么样?"

"不了,大伯,"秀莲说,她已经乏得厉害,小嫩嗓子也哑得说不出话来了。"我要睡觉。"她脸冲着墙,睡了。

窝囊废叹了一口气,他站起来走到窗口,看着外面飘着的雪花。"可怜的孩子,可怜的小莲。"他悄悄地说,摇晃着他那花白的头。

九

到四月份,重庆的雾季就算过去了,但早晨起来,雾还是很浓。那雾,潮湿、寒冷,像块大幕布似的盖着山城,直到日上三竿,才逐渐散去。太阳升起如猩红色的火球,看着有点怕人。这是不祥之兆,主兵灾;它也主大晴天,就是说空袭又将来到。重庆的天气可以截然分为两季:冬冷,有雾;夏炎热,无雾——却包含着危险。谁都知道,只要天一放晴,日本飞机就又会临头。

四月底,这年头一次拉了警报。飞机并没有来,但人人都知道战乱又已来到。雾这个起保护作用的天然防线没有了,人们只好听天由命。

宝庆对空袭已经习以为常。他亲身经历过的一些空袭,想起来还叫人心惊胆战。他决定把窝囊废送到南温泉去,那儿离城有四十多里地,比较安全。他要窝囊废到那儿去找上两间房;租旅馆,赁房子,都行。要是重庆挨了炸,方家总还有个安身之处。

于是五月份那令人难忘的一天来到了。山城已是黄昏,太阳老远地,像个大火球。书场附近有些人在喊:拉警报了。也有人说,没拉警报,是讹传。外地来的难民,懂得空袭的厉害,很快躲进了防空洞。本地人还在各干各的,有的人满不在乎地在街上晃荡。这些"下江人"真是神经过敏!空袭?连一架飞机也没有。

突然之间,飞机来了,发出一阵轰隆轰隆的响声。朝防空洞奔去的难民跑得更快了。他们听见过这种声音——是轰炸机。可是四川人却站在那儿,两眼瞪着天空。也许是自己的飞机吧,刚炸完敌区回来。根本没有炸弹,怕什么?

雾季一过,二奶奶没敢再喝酒。她不乐意给炸得粉身碎骨。活着还是有意思得多。白天黑夜,她随时准备钻防空洞。她把钱和首饰小心地装在一个小包里,随身带着。

这天下午,她正在检查这个跑警报用的包,盘算着还能不能再放点别的什么进去。最好能带瓶酒,等头晕的时候喝上两口。秀莲正看她积攒的旧邮票,大凤做着针线活儿。

猛的,只听见头顶上一声巨响,好似一柄巨斧把天劈成了两半儿。秀莲一下子蹦了起来。

宝庆光着脚从里屋跑出来,"没听见警报呀!"他说。二奶奶坐在椅子上,想站,站不起来。她手里紧紧攥着那个小包。她往起站了两次,可是腿软得不听使唤了。宝庆走过来扶她,秀莲奔到了窗边。一阵凄厉的呼啸穿房而过,声音越来越响,猛地又哑然无声了。"快躺下,"宝庆喊道。他自己也趴下了。

炸弹爆炸了——三声闷响,书场摇晃了起来。一只花瓶从桌上蹦到地下,摔得粉碎。秀莲用手指堵住耳朵,爬到靠窗的桌子底下。外面街上扬起了一阵烟尘。接着又是一起爆炸,声音短促,尖厉,一下接一下。整个书场天翻地覆,好像挨了巨人一拳,接着就听见震碎的玻璃哗哗乱响,纷纷落地。

宝庆头一个开口:"走了,我估摸着。"他还在地上躺着。他说话,为的是安慰大家。谁也没答碴儿。他四面瞅瞅,连头也不敢抬起来:"大凤,你在哪儿?"大凤在隔壁屋里,趴在床底下呢:"妈,您在哪儿?"二奶奶还坐在椅子里,紧紧攥着那个口袋。她脚下湿了一大片。她尿了裤!

"过去了,"宝庆安慰她说。她不言语。他走过去,摸了摸她的手。手冰凉。看见她在哭,他叫大凤过来,安慰安慰妈妈。大凤打床底下爬出来,身上脸上满是尘土和蜘蛛网,眼里一包泪。

宝庆穿上了鞋袜。等二奶奶定下神来,他已经走到了门边。"你上哪儿去呀?"她喊起来了。

"去看看唐家,我得去看看他们怎么样。"

"就不管我了?我快吓死了,你倒只想着别人。"

宝庆犹豫了一下。但他还是下了楼。她又神气地跟他作起对来了,这就是说,她已经没事了。他有责任去看看唐家怎么样了。琴珠是他班里的角儿,小刘是重庆独一份儿能弹三弦的琴师。他现在必须去看看他们,以后,他们或许就会少找他一点麻烦。

外面街上和平时一样。他以为街道已经给炸没了,炸弹离得那么近。到处都是碎玻璃。一些消防队员和警察跑来跑去,街上的人并不多。太阳已经落山了。隔街望去,后面几道街的屋顶上,彩霞似的亮着一道强光,那不是彩霞,那是房子起了火。山城的一部分已是一片火海。他的心揪得发痛。

他加快了步伐。是唐家住的那一带起了火。他的角儿!他的琴师!走到后来,一排警察挡住了他。他拿出吃奶的劲头,打人群里挤过去。整条街都在燃烧。烧焦了的肉味儿直往他鼻子里钻。他一阵恶心，赶紧走开。

末了，他爬上了山，冲着唐家旅馆的方向走去。也许他能打胡同里穿过去，找到他们。然而，所到之处，惨得叫人不敢看。靠山的街道上全是熊熊大火，浓烟铺天盖地朝他滚了过来。只听见火烧的噼啪声，被火围困的人的惨叫声，以及救火车不祥的铃声。新起的火苗，在黑暗中像朵朵黄花，从各处冒出来，很快就变成了熊熊的火舌。头顶上的天，也成了一面可怕的镜子，忽而黄，忽而红，仿佛老天爷故意看着人们烧死在下面的大熔炉里来取乐似的。

宝庆低着头，怀着一颗沉重的心走回家，眼前老晃着那一大片怕人的火。

这会儿街上已经挤满了人，大家都想出城去，所有的人力车上都高高地堆满了东西，一家家人家带着大包小包，拚命往外逃，找不到人力车的人，骂骂咧咧，有的在哭。失掉父母的孩子在嚎啕。有的人还带着嗷嗷叫的猪和咯咯的鸡。

一个人差点和宝庆撞了个满怀。他脸气得铁青，不但不道歉，还骂开了，"你们下江人，"他喊了起来，一面用手指着，"是你们招来的飞机。滚回下江去。"

宝庆不想跟他吵。显而易见，他说得不对。哪里是难民招来的飞机。他忘了那个人还在骂他，愣在那儿出神了。他一面走道，一面还在琢磨。可以写上一段鼓词，跟大家说说战争是怎么回事，为什么要抗战。

突然之间，他倒在了地上。一个发了疯的人在街上狂跑，把他撞倒了。他站起来，掸了掸衣服。这才看出来他已经走过了书场。

秀莲正在等他。她看上去是那么小,那么孤单。"爸,人家都出城去了,"她说,"我们为什么不走呢?到南温泉找大伯去吧。"

宝庆拿不定主意。完了他说:"我们怎么走?城里找不到一辆洋车,一架滑竿,汽车更甭想。今晚上走不成了。等明天城里没事了,再想办法。"

"我现在就想走,爸。我倒不怕给炸死,我就是怕听那声音。"

他摇了摇头。"我亲眼见的,江边的街道都着了火。走不过去——警察把路也给拦上了。明儿一早,我们再想办法。"

她疑惑地看着他,问:"唐家怎么样了?"

"不知道。"他的下巴颏儿直颤。"我走不过去。到处都是火,真怕人。"

她那双黑眼睛,黯然失神。她看了看天花板。"爸,明儿还会有空袭吗?"

"谁知道。"

"我等不得了,"她干笑了一声。"就是走,我也要走到大伯那儿去,我可不愿意再挨空袭了。"

二奶奶尖声叫着他们。虽然她一直在喝着酒,她的脸还是煞白的。"我不能在这儿等死,"她使劲嚷着,"动弹动弹,想点办法。"

"明儿一早,我们就上南温泉去,"宝庆说,他又疲倦,又紧张。看见她这副样子,他心里实在难过。

谁也没有睡。街上通宵挤满了人,都不敢去睡觉。谣言满

77

天飞。每听到一起新的谣言,女人们就嚎啕大哭起来,听着叫人心碎。炸死了四千人。这是官方消息。要是一次就炸死四千人,那往后更不堪设想了。每一起谣言,都会使那骚乱的人群更加不安,更悲苦。

到夜里两点,宝庆睡不着,干脆不睡了。他穿上衣服,下了楼,走到书场里——那是他心血的结晶,是他成名的地方。当班主的宝庆,在这儿走了运,有了一帮子熟座儿。可是,眼前的景象叫他脑袋发木。贺幛、匾额还都挂在墙上,全是捧他的。他最珍惜的一些,已经送到南温泉去了。再有就是桌子、椅子、长凳。都是辛辛苦苦置下的。现在还有什么用处?那边长条桌上,整整齐齐摆着二百套新买来的盖碗。他双手捧着光头。这些茶碗是他的血汗呀!没法把它们带走。一家人也许还得长途跋涉,才到得了南温泉。还可能有空袭。也许到了明晚上,整条街都会化为灰烬,一个茶碗也不剩。是不是因为他在别人家破人亡之际,赚了两个钱,所以才得到这样的报应?

他一脑门都是汗。他忽地抬起那满布皱纹的宽阔脸膛,笑了。有了命,还愁什么?几个茶碗算什么?他走到后台,把大鼓、三弦放进了一个布口袋里。看见这些宝贝,他好受了一点。只要有了它们,他就什么也不怕了。到哪儿都可以挣钱吃饭。

他找来一张红纸,大笔书写了一张通知:"本书场停业三天。"他走到书场前面,把红纸贴在最醒目的地方。完了又走回后台。这一回他跪下求神保佑。求大慈大悲的菩萨和祖师爷保佑——"菩萨保佑,保佑吧!我日后一定多烧高香。"

完了他去叫醒家里的人,已经是三点了。秀莲翻了个身,眯缝着眼。"又有空袭?"她问道。宝庆忙说不是,告诉她该动身了。她像个小兔似的一蹦就下了床。她的包早已打好,里面有两件衣服和积攒的邮票。二奶奶直打呵欠,提起了包。大凤躲在妈妈身后。她怕爸爸要她背鼓。"好闺女,"他恳求着:"帮我一把。三弦就够沉的了。"她满脸不高兴,但还是背起了鼓。宝庆锁上了书场的门。他站了一会儿,凝视着这个地方,满心的悲伤。他猛的转过身,跟着全家出发了。

一层薄雾笼罩着山城。成千的人仍旧挤在街上,脸发白,板着,惊惶失措。有的人迈着沉重缓慢的步子,有的人呆呆地瞧着。宝庆一家走过的街道,还在燃烧。可以清楚地看见房屋烧焦了的骨架还在冒烟,有些地方还吐着火苗。他们从一堆堆瓦砾和焦木中间走过,到处都是难闻的焦味儿。间或看见一具尸体,不时看见一根孤零零的柱子竖在那儿。有一次,在他们走过的时候,一根柱子倒了下来,扬起一阵炽热的灰烬。他们加快了步伐,用手堵着鼻子,想避开那可怕的臭气。

二奶奶吓破了胆,连骂人也顾不得了。她平日最不乐意着忙,这会儿她却总觉得大伙儿走得太慢了。她猛的站住,惨叫一声,捂住了脸。原来她踩着了一个死孩子。秀莲给一团断电线缠住了,宝庆转过身来帮她解,她惊慌得不得了,好不容易才挣脱开,拽下了一片衣裳。大凤一个劲地摔跟头,可还是紧紧地抓住鼓不放。

他们走了好几个钟头,拐弯抹角地走过一片瓦砾的街道,爬过房屋的废墟和成堆的尸体,最后来到了江边。真是触目惊心!回过头来再看看他们经历过的千难万险,一下子都瘫倒在潮湿的沙滩上,爬不起来了。一片焦土和断垣残壁。一股股浓烟,火舌直往天上冒。那一大片焦土,就像是一条巨大的黑龙,嘴里吐着火舌。这样的黑龙,足有成百条。

他们总得设法渡过江去。宝庆去找渡船。听得一声汽笛响,轮渡还照常。这就好了!许多人为了坐小划子过江,付出了吓死人的高价。有轮渡坐就好。坐小划子过大江,叫人担心害怕。

轮渡上已经挤得满满的。过了江,他让二奶奶和两个姑娘先在茶馆里等着,自己跑出去想办法。公共汽车站挤满了人,宝庆断定,哪怕等上一个礼拜,公共汽车也不能把所有等着的人都载了去。他想雇滑竿。抬滑竿的要价高得吓人。

临完他发现一辆公家的汽车。他赔着笑脸跟司机拉近乎。请司机喝茶,司机高兴了。过了一会儿,宝庆塞给他一笔可观的钱,要他把一家人捎到南温泉去,司机痛痛快快地答应了。他正想要做这么一笔生意呢!

有汽车坐,乐坏了秀莲。这就跟故事书里讲的一样。

二奶奶又抱怨开了。"早知道有汽车坐,我就多带点东西来了,"她嘟囔着。宝庆没言语。他很高兴,菩萨还是保佑了他。

窗外的景色飞快地向后跑去,秀莲很快就把她的疲劳忘掉了。什么都新鲜,美丽。南温泉真有意思,街道窄小,背靠连绵的大青山。可看的东西多着呢:潺潺的小溪,亭亭的松树,太阳是那么和蔼安详,和重庆的太阳不一样。山坳处是一片深紫色的阴影,绿色的梯田一望无际。她从没见过这么美的景色。

窝囊废见到他们,眼泪汪汪。他以为他们都给炸死了。他的脸色黄中带灰,满布皱纹,眼睛里全是血丝。

"您好像一宿没睡,"宝庆说,"好大哥,怎么不歇歇?"

"担着这么大的心,我怎么睡?"窝囊废没好气。他扶着秀莲的肩头,孩子般热诚地说:"去睡一会儿,孩子,好好睡它一觉。等明儿醒了,上温泉去洗个澡。那才够意思呢!"他看着大家,欢欢喜喜把每个人都打量了一番。"都活着,太好了!太好了!都得去洗个澡。好呀,太好了!"他一高兴起来,就不知道打哪儿说起了。只要不住嘴就行。"我的好兄弟,"他对宝庆说,"你一定得先睡一觉。"宝庆很不以为然:"不忙,我还有正经事要办呢。"

"正经事?"窝囊废瞅着兄弟,觉得他简直疯了。"这么美的地方,还用得着办什么正事?"

宝庆把那宝贝三弦递给窝囊废,"我到镇上去走一圈,看看能不能在这儿作艺。"说完,就迈着轻快的步子走了。

十

到南温泉的第二天晚上,日本飞机又轰炸了重庆。方家和镇上的人一起,站在街上听着。

那天晚上,宝庆睡不着觉。他的书场怎么样了?挨炸了没有?他所有的一切,都化为灰烬了么?

家里人还在睡,他早早地就出了门,先坐公共汽车,又过了摆渡,回到了重庆。他要看看他的书场。他也要打听唐家的下落。要是在南温泉能作艺,他就得把琴珠和小刘找来。

公共汽车里几乎没有人。所有的人都在往城外跑,没有往回走的。急急忙忙打重庆跑出来的人,都看他,以为他疯了。他高高地昂起头,笑容满面,觉着自己挺英雄。

中午,他到了重庆。太阳高高地挂在天上,像个通红的大火盆。又有一排排的房子挨了炸,又堆起了一些没有掩埋的尸体。街上空荡荡的。人行道发了黑,湿漉漉的,血迹斑斑。头顶上的太阳烘烤着大地上的一切。宝庆觉着他是在阴间走路。城里从来没有这么热,也从来没有这种难闻的气味。他想回家去。离开南温泉跑出来,真蠢!来干吗呢?

"这阴曹地府里只有我这么个活人,"他一面走,一面这么想。一家烧焦了的空屋架中间，一只小猫在喵喵地叫着。宝庆走过去，摸了摸那毛茸茸的小东西。小猫依偎着他亲热地叫着。他想把它抱了走，可是拿它怎么办呢？可怜的小东西。它见过悲惨的场面，它会落个什么下场呢？人要是饿极了，会不会把它拿去下汤锅呢？——他不敢再往下想，加紧了脚步。

在一条后街上，他看见三条狗在啃东西。真要有点什么，他可以弄点喂那小猫去。他猛的站住了，看清楚狗啃的是什么。它们恶狠狠地嗥叫着，撕啃着一具尸体。他一阵恶心，转过身就跑。

又是一阵叫人毛骨悚然的焦肉味儿。他想吐，胃一个劲地翻腾。他背转身，躲那难闻的气息，可是，迎面扑来的气味更难闻。他看看两边的人家，想进去躲一躲。可是，房子都只剩下了空壳——墙还立着，窗户只剩下个空框儿——里面的火还没有灭。他看不出他走到什么地方来了。他一下子惊慌起来。他在荒无人迹、烟雾腾腾的阴间迷了路。

末末了，他总算走上了大街。十字街头光秃秃的，一抹平。当间站着个巡警，没有交通可指挥。他一见宝庆就行了个礼，显然把他当成大人物了。宝庆笑着点了点头，继续走他的路。警察看见他，仿佛很高兴，就像宝庆也很乐意看见他一样。在这死人的世界里，看见一个活人，确实也是一种叫人愉快的景象。

宝庆加快了脚步。他不敢住下脚来张望，怕看到他所怕见的东西。一具尸体倒也罢了，烧焦了的尸体就可怕得多，几百具烧焦了的尸体，实在无法忍受。光看看那些断垣残壁，也叫他发抖。他起了一种念头，觉得在这一场毁灭之中，全手全脚地活着就是罪过。他忽然感到罪孽深重。他到这死人城里来，为的是

83

要照料财产,考虑前程。而这么些个人都给屠杀了。

　　他又安慰自己。我辛辛苦苦,挣钱养家。我开办了书场——当然我想要看看它怎么样了。但愿书场安然无恙。这种希望像一面鲜明的小旗,在他的心里飘扬。他匆匆地走,心里不住地想,那可是我用血汗挣来的,也许它没挨炸。

　　到了书场那条街的路口,他不由自主地站住,一点劲儿也没有了。熟识的铺子,都给烧个净光。街当间有一堆冒着烟的木头。有家铺子只剩了个门框子。柱子上挂着一面铜招牌,还是那么亮,那么金光灿烂,太阳照在上面,闪闪发光。这是吉兆吗?他不敢朝他的书场看去。他像个着了魔的人,呆呆地站在那里。书场就在他背后,只消转过头去看就行了,可是他没有勇气。他双眉紧蹙,一条条的汗水,顺着鼻梁往下淌。大老远的跑了来,不看看他要看的东西就回去,多窝囊!

　　他费了好大的劲儿,才转过了头。书场还立在那儿。他的心快跳到嗓子眼了。他想放声大哭,却又哭不出来。他迈开步子走过去,又猛跑起来,一下子就到了上了锁的门前。墙依然完好,只是这地方显得那么荒凉。红纸金字的海报掉到地上了。他脚下的一张上面写着:"方秀莲"。他小心翼翼地捡起海报,卷起来,夹在胳肢窝底下。

　　门上的锁没人动,但搭链已经震断了。他打开门,走了进去。迎面扑来一阵潮湿的气息。虽说他走的时候是灭了灯的,场子里却显得很亮堂。他这才看出来是怎么回事。房顶已经给掀去了。碎瓦断椽子铺了一地。他那些宝贝盖碗全都粉碎了。他没拿走的那些幛子和画轴,看来就像是褪了色的破糊墙纸一样。

墙依然完好,只是这地方显得那么荒凉。

他慢慢地走过这一片叫人伤心的废墟。他简直想跪下来，把那一片片的碎瓷对上。但那又有什么用。他难过地在一把小椅子上坐下。过了一会儿，他仰起脸来，悄声自语："好吧！好吧！"书场是给毁了，可他还活着呢。

他走了出来，找了块砖当榔头使，拿钉子把门封上。敲钉子的声音好比一副定心丸。他总算又有点事干了。干活能治百病。他心里盘算着："换个屋顶，再买上些新盖碗，要顶好的，就又能开张了。桌子椅子还都没有坏。"他隔街冲对面那一片叫人痛心的瓦砾看去。他总还算走运。不过就是那些铺子，也还可以重建。等雾季一来，铺子又可以开张，生意又会兴隆起来。

他朝着公共汽车站走了一会儿，忽然想起书场里还有一些贵重东西。他一定要回去看一看。可以带一些到南温泉去。一转念，他又笑起自己来了。这就像用筛子装粮食，装得越多，漏得也越多。他继续走他的路。

他好受了一点。起码他已经知道了他的损失究竟有多大。这下他可以对这个挨炸的城市客观地看上一眼了。是不是能写段鼓词，《炸不垮的城市——重庆》。这完全是事实，一定会轰动。

他不知不觉，不由自主地就朝着唐家住的那一带走去。他们住的旅馆还在。这旅馆坐落在一堵高墙的后面，这堵墙遮住了室内的阳光，但却挡住了火势，救了这家旅馆。所有别的房子全烧毁了。这家旅馆看起来像一件破烂衣服上完好的扣子。

唐家也都没事。看见他，唐四爷眼里涌出了泪水。"我的老朋友，我们都以为您给炸死了。"他哽咽着说。

四奶奶掉了秤。她苍白的脸上，挂着一条条发灰的松肉皮。

不过她的脾气一点也没改。"您为什么不来看看我们?"她嘟囔着说,"就我们一家子在这儿,真差点死了。"

"我这不来了吗,"宝庆说,"当初来不了,火给挡住了。"

琴珠打卧室里走了出来。她脸发白,带着病样。头发在脸前披散着,眼睛起了黑圈。"甭听我妈的废话,"她对宝庆说,"带我们走吧!"

"废话?好哇!"四奶奶怒气冲冲地说。她还是一个劲地追问,为什么宝庆不来看他们。

宝庆问小刘上哪儿去了。谁也不答碴儿。他怕小琴师已经给炸死了。他看看这个,看看那个,满眼的疑惧。

最后,还是唐四爷开了口,"真是个懒蛋,不肯去防空洞,等到炸弹往下掉了,还躺在床上……完了又不要命地跑。"

"那阵儿响动呀,真邪乎,"四奶奶打岔说,"炸弹往下落的声音就跟鬼叫似的。"

宝庆瞪大了眼睛,毛骨悚然。可怜的小刘,他的把兄弟,他的宝贝琴师!

"是这么回事,炸弹一往下掉,他就使劲跑,"唐四爷还往下说,"也不瞅脚底下,脚踩空了,一头栽到楼底下,磕了脑袋。头上肿起拳头大个包,真是蠢得要命。"

"他在哪儿呢?"宝庆问,放了心。

"还不是在床上,"四奶奶尖着嗓门说,"他就离不开那张床。"

宝庆对他们说,他想在南温泉重起炉灶另开张。他告诉他们,那镇子很小,就是能挣钱,也不过刚能糊口。两家人凑起来,挣的钱准保能填饱肚皮。到雾季再回重庆。他已经合计好了,就是三个角儿:琴珠,秀莲和他自己。

四奶奶又要唠叨。宝庆赶忙说,"我先把话说在头里。全靠碰运气。没准儿一天的嚼谷也混不上。要是混不出来,别赖我。眼下就这德性,我或许不该要你们跟我去。"

唐四爷不等他老婆喘过气来,忙说,"您是我们的福星,好兄弟,您说了算。"

四奶奶说:"上哪儿去睡觉都成,哪怕睡猪圈呢,也比呆在这儿强。"

南温泉实在太小了,养不活一个齐齐全全的曲艺班子。宝庆拿定了主意,兵荒马乱的,夏天还是就呆在这儿好,等冬天再回重庆去挣钱。他已经盘算好怎么拾掇安置他的书场。

他把唐家带到了镇上,他们都很感激,——不过没维持多久。他们又怨天尤人起来:镇子太小,琴珠唱书的茶馆不称心;她挣的钱太少,住的地方像猪圈。他们不厌其烦地对宝庆叫冤叫苦,这都是他的不是。

末末了,宝庆觉着他跟唐家再也合不下去了。他受不了,心都给磨碎了。

他担心的是秀莲。他老问她想不想搬家,称不称心。他总问,叫她起了疑。有一天,他又问起来,她冲着他说:"干吗老问我,怎么了?"

"是这么回事,"他鼓起勇气说,"你和我祖辈都不是卖艺的,我有时候想洗手不干了。我们干这个,不一定那么合适。"

秀莲睁大了眼睛望着他:"您不乐意再说书啦?"

"我乐意自己唱唱,我是说……"他心烦意乱说不下去了。"唉,作了艺就不能不跟别的艺人一样。我是说,沾上他们的坏习气。"

秀莲没懂他的心事。"我喜欢这儿,我乐意老住在这儿。"她说。"我乐意住在个美地方。这比老搬家强多了。"她伸出了细长的圆胳膊。"您看那边的山多好看。一年四季常青,那么绿,那么美。我们要是也能那样,该多好!"

宝庆微笑了。他喜欢听秀莲说话。她说起这样的事来,好像打开了他心灵上的窗户。他明白了,她不是那种喜欢到处流浪的人。她不是天生作艺的。

"好姑娘。"他暗自说道。又想到了今后,他得为她存上一笔钱;还得办个艺校。他要传授出一代艺人来。他和秀莲绝不能沾染上艺人的习气。

十一

敌机有一个礼拜没到重庆来。难民们又回到城里。他们在南温泉和乡下找不着住处,也找不着饭吃。重庆到底是他们的家。回城有炸死的危险,可总比待在乡下饿死强。

宝庆决心留在城外。他经过反复考虑,才拿定这个主意。主要是因为他那个宝贝书场得重新翻盖。城里的工人都修防空洞,修政府的楼去了。无论他出多少钱,他和书场的房东都雇不来工人。还有,他怕再来空袭。只要再来上那么一回,书场就没法再做买卖了。在这小镇上,虽说进项微薄,还可以先凑合着过。也就是自己一家和唐家,肯定都能吃上饱饭。

青山环抱的南温泉,本应是个太平去处,但宝庆发现,就是在小镇上,要操心的事也和在大城市里一般多。镇子很小,人烟稠密,彼此都认得。多数人整天无所事事,爱的就是拉老婆舌头。

只要秀莲一出门,镇上的人就盯着她看,窃窃私议。可也没什么好挑剔的。秀莲和大凤常常一起出门去洗澡,总是穿得很朴素,举止稳重大方。南温泉的人觉得她们很新奇,很注意她们。可要是琴珠跟着她们一起出门,那就热闹了。年纪稍大的人就会打唿哨,嘘她们。年青男人会跟上来,说些猥亵的话。

宝庆很为这事发愁。他的两个闺女单独上街的时候,不会有什么差错。可要跟琴珠一块儿出门,全镇的人都会拿她们当暗门子。

有一回,秀莲从外面回来,脸涨得通红,一肚子气。"我跟她上街又怎么啦?那些人干吗老欺负我?"她问,"她有什么特别的地方?不跟我一样是个姑娘吗?"

宝庆不想说得太多:"少跟她出去。"

"是她要我跟她出去的——她老想出门。"

"那你就别去。"说着,他走开了。他干吗不跟她说说琴珠?他想说,方家和唐家不一样,可这就得扯到琴珠和男人的关系上去,他没法开口。他害怕。他怕说错了话,秀莲好奇起来,也会去试试,惹出麻烦来。

爸爸不肯说透,秀莲很纳闷,也很窝火。她有点怕琴珠,不过她也想知道琴珠到底有什么特别的地方,为什么她一上街,人家都要盯着她看。

有一天,她和琴珠沿着穿镇而过的小河散步。走到南温泉尽头,小河变宽了。前面是重重青山,小溪流水从山上落下,轻轻地注入小河,激起雪白的水花。青山绿水之间,是一带树林,背衬着蓝汪汪的天。真是风景如画!秀莲着了迷。她高兴地叫起来,加快了脚步,好似要往那远山脚下奔去。

忽见一个男人,坐在小河边一块大石头上。琴珠走过去,亲热地跟他打招呼。秀莲站住了,不知怎么是好。琴珠早跟人约好了,这是明摆着的。秀莲不乐意一个人往前走,就在离他们不远的地方,靠河边坐了下来,看鱼儿在那清澈的水里窜来窜去。

她觉着挺别扭。可是小鱼多有趣！有的只有一寸多长，眼睛像珠子般溜圆。她看得出神了。

琴珠一下子走到她跟前来了。"秀莲，"她叫着，嘴边挂着一丝笑容，"跟他去逛逛怎么样？这人挺不错，又有钱。他想见见你，你要什么他都肯给。"

秀莲猛地站起，好似挨了一刀。不知道怎么的，她打心眼里觉着受了委屈。她的脸红一阵，白一阵。想说点什么，又说不出来。她高高地昂起头，看了看那迷人的大青山，觉得不对劲，又回过来瞅了琴珠一眼。

完了她回身就跑。过了一会儿，她放慢脚步，走起来，小辫拨浪鼓似的在耳朵两边拍打着。她不耐烦地揪住小辫，继续往前走，一口气回到旅店里。

她径直上了床。半醒半睡地躺着，想着这件事。为什么琴珠要她跟个男人去逛？爱，到底是怎么回事呢？为什么女孩子能凭这个挣钱？近来她在南温泉，见过青年男女挨得紧紧地在乡间散步，或者手拉手坐在草地上。挺不错的嘛。她很羡慕他们。在她看来，那些人跟她比起来，简直是天上地下。他们天生有这种自由。她不过是个穷卖艺的，他们是有身份的洋学生。那些男学生，不会来请她去散步，因为她跟他们不一样，不是学生。可琴珠要她跟着去逛的那个男人，又是怎么个人呢？

这些男人到底图什么呢？他一定想摸摸她，就像在重庆的那个人摸琴珠一样。她是个下贱的人，这点她很清楚。她得明白这个，不要有非分之想。她就像把椅子，或者是一张桌子，可以买来卖去的。

她想起来，妈有时喝醉了酒就说："你想怎么，就怎么着吧，

93

总有一天我把你卖给个财主。"妈为什么要卖她？是不是嫌她挣的钱太少？亲爹娘就不会卖闺女。她的亲爹娘在哪儿呢？方家是怎么买的她？她小声哭了起来。

她不想把这件事告诉宝庆。也许最好是直截了当地问问他，是不是打算卖了她。他说过好多次，要给她找个好主。找个主和卖了她，是不是一回事？她妈常说的一句话，像霓虹灯一样在她脑子里亮了起来："小婊子，你也就是那臭×值两个钱。"嫁人也好，卖掉也好，看来都不是什么好事。

她琢磨了好多天。脸色也变了，光滑的前额有了皱纹。宝庆觉出来有点不对头。可一问她，她就冲他一乐，说没什么。

她寻思，不能把她的苦恼告诉爸爸。他是爸爸，明白不了。她的心事只能自己知道。从今往后，她是大人了，得自己拿主意。以后不能什么事都跟爸爸商量。她站起来，走到镜子跟前。她长大了。她踮着脚尖站着，笑了起来。是呀，她已经不是个小姑娘了，该懂得男女之间的事了，哪怕是自己去摸索呢。

宝庆看见秀莲变了样，心里很着急。他把心事告诉了老婆，她这几天一直挺清醒，"干吗那么大惊小怪，"她说，"你还不知道，女大十八变嘛！"

"可也变得太厉害了，简直是愁眉不展。"

二奶奶不想再往下说了。可他还没完没了。"你得对她好着点儿，替她想想。"

"我多会儿对她不好啦？"二奶奶冒火了。

宝庆赶紧溜了。他不想吵架。二奶奶也从来不记得醉后她骂了秀莲什么难听话。

有一天，二奶奶摇摇摆摆地走了进来，找宝庆说话。"你知道我怎么想的?"她嚷道,"得给秀莲找个男人了。她长大了,像她那样子,再不给她找个男人,就得出事。得给她找个男人,我知道这个。我也是打做姑娘过来的。"

宝庆吓了一跳,"她还只有十五岁呀!"他说,勉强笑了一下。"她不会学坏,还很不懂事呢。"

二奶奶的手指头,直戳到丈夫的鼻子上。"傻瓜,要是咱们打算弄笔钱养老,就得把她卖给个财主。至少可以弄它万把块钱。要是你不乐意这么办,你就留着她卖唱。那就得给她找个汉子,要不她会惹出麻烦。"宝庆嫌她说得难听,走了出去。

几天以后,有人来找宝庆。高高个儿,挺体面,衣着讲究。他自称陶副官,腰里掖了把手枪。他彬彬有礼,说是找宝庆谈买卖。

他们到一家茶馆里去谈。宝庆不明白这位体面人物想干什么,心里直打鼓,怕是没好事儿。

陶副官喝着茶,笑了起来。"我跟你一样是北方人,"他说,"所以咱们俩就情同手足。"他笑得很和气。宝庆要了两碟瓜子花生,对乡亲表表心意。他们一面吃着瓜子花生,一面拉扯着家乡的事。宝庆很纳闷,不知道这位副官打的是什么主意。

末了,陶副官脸上和气的笑容略微收敛一点,一对大黑眼珠紧盯着宝庆。那嘴挺神气地咧了咧。"方大老板,"他说,"我是给王司令办事来的。"

宝庆不动声色,一点也不显出内心的慌乱。他眼皮也不抬,随随便便问了一句:"哪个王司令?有好几位王司令呢!"

陶副官有些不悦,显然认为他的主子应该天下闻名。"二十来年前他当过司令,"他说道,"如今是这镇上数一数二、有头有脸的人物,就住在那边公馆里,"他的手指着山边,"真是个好去处。有空请过来走动走动。"

"一定去请安。"

陶副官笑了。"前两天晚上,司令听你说书来着。"

"是吗?我没认出来,没给他老人家请安,真对不起。我在这儿人生地不熟,眼又拙。"

"他不讲究这一套。他出门从来不讲排场。越有钱,越随便。他就是这么个人。"陶副官把胳膊肘撑在桌子上,把他那油光光的胖脸伸了过来。"方大老板,"他悄悄地说,"司令可是看上你们家秀莲小姐了。"

宝庆呆了一呆,陶副官接着又说:"他打发我来,跟你讲讲条件。"

宝庆咳了一声。副官以为他这就要漫天要价了。"他有的是钱,手头又大方。他会好好待承您,还有她。他心眼好,这点您放心好了。"

宝庆的脸发了白,但还是勉强笑了一笑。"陶副官,"他说得很轻松,但语气之间,又颇有分量:"如今买卖人口是犯法的,您还不知道么?"

"谁说要买她来着?王司令是要娶她。他当然得好好孝敬你。房子、地、钱,都成。明媒正娶,还不行?不买,也不卖——嫁个贵人嘛。"

宝庆也不含糊,他得让人家知道他不图这个。他挤出一丝笑容,问道,"您刚才说他二十年前就是司令?"

"是呀,他现在才五十五岁,身体硬朗着呢。"

"才比我大十五岁,"宝庆语带讥讽。

陶副官很自持地笑了一笑。"上了年纪才懂得疼人呢。你要明白，我的老乡亲。这对他们俩都有好处。"

"他老人家有几位姨太太？"宝庆问。

"也就是五个。他总是最宠那新娶的，顶年青的。"

宝庆的脸一下子涨红了。真把他气疯了，好不容易才按捺住自己。他走南闯北，见过世面，学会了保持冷静。他啜着茶，觉出来自己的手在发抖。

"老乡亲，"他语气温和，但又不失尊严，"您想错了。我跟有些卖艺的不一样，我不做那号买卖。秀莲挣钱养家已经好几年了。她就跟我亲生的闺女一样。我要对得起她，对得起我自个儿的良心。我不想照尊驾的办法办，在她身上捞一笔钱。您是聪明人，又是我的乡亲，还有什么不明白的。就烦您这样回复司令吧！"

陶副官把脸一沉，厉声说："可是你家里的已经答应了。她还要了价呢！"

"真的？您什么时候跟她商量来着？"

"昨天，我去的时候你不在家。"

"她喝醉了吧？"

"我可不能随便说你太太的闲话。"

"她说的都是酒后胡言，不能算数。"

宝庆的态度很严肃。他两眼瞧着前面，想心事想得出了神。

陶副官打断了他："我不管是不是酒后胡言，我到底怎么回复司令呢？你说？"

"我说老乡亲，容我回去先跟老伴商量商量。过一天一准回复。"宝庆鞠了个躬，"给您叫乘滑竿？"

"不用。我自己带着。王司令看得起我。"

宝庆拉了拉陶副官那软绵绵的胖手。"老乡亲,"他彬彬有礼地嘟囔着,忘了他本想说什么来着。

陶副官欠了欠身,站了起来。"我明天再来,别给我找麻烦。公事公办。"

"我明白,军人的天职就是服从。"

陶副官压低了嗓门:"记住,王司令可不是好惹的,小心着点。我这不是吓唬你,咱俩到底是乡亲,我得先关照你一声。"

"谢谢您,老乡亲,我领情。"

陶副官走了之后,宝庆又在桌边坐下,嘀咕起来。他首先想到应该回家去,好好揍那娘儿们一顿。她早该挨顿揍了。不过那有什么用?只会叫她更捣坏。他站起来,沿着小河走出镇子。他走得很快,眼睛朝着地,两手紧紧背在背后。发脾气有什么用。好男不跟女斗。

他走了约摸半小时。最不好办的是,王司令是这里的一霸,势力大。要是不把秀莲给他,一家人都不得安生。宝庆想到这里,不由得发了抖。他逃不出这恶霸的手心。王司令只消派个打手,他就得送了命,也顾不了家里人了。

他又往回里走。到了旅店门口,他已经拿定了主意。他去找大哥。窝囊废正坐在当院,两眼望着天。他们一块儿走到河边,在一棵垂杨树下坐了下来。

十二

窝囊废听着宝庆说,一言不发。宝庆一讲完,他拔腿就走。

"上哪儿去,哥?"宝庆拉着哥的袖子问。窝囊废转脸望着他,眼神坚定而有力,嘴唇直打颤。憋了半天才说:"这是我分内的事。鸡毛蒜皮的事,我不过问,大事,你办不了,得我管。我去见王司令,教训教训他,他是个什么东西。我要告诉他,现在已经是民国了,不作兴买卖人口。"窝囊废手指攥得格格作响。"哼,还自称司令呢!司令顶个屁!"他顿了一顿,瘦削的脸红了起来。"把秀莲这么个招人疼的姑娘,卖给个五十多岁的老头子,想着都叫人恶心!"

宝庆把手放在哥的肩上。"小点声,"他说,"别让王司令的人听见。坐下好好商量商量。"

窝囊废坐下了。"她挣了那么多钱养家,"他愤愤不平,"我们不能卖了她。不能,不能!"

"我没说要这么办,"宝庆反驳道。"我不过是把这事照实告诉您。"

窝囊废好像没听见。"往下说。说吧,想说什么就说什么。我不能揍弟妹,可我是你大哥,能揍你。别听老婆的,你得三思而行。"

"我要是跟她一条心,还能跟您来商量吗?"宝庆很是愤慨。"我决不答应。"

"这就对了。这才像我的兄弟,对我的心眼。要记住,咱们的爹妈都是好样儿的,咱们得学他们。作艺挣钱不丢人,买卖人口,可不是人干的。"

俩人都沉默了,各想各的心事。宝庆一下子说出了他所害怕的事。"大哥,"他说,"您想到没有,就是咱们搬回重庆去,也跑不出姓王的手心。有了汽车,四十多里地算得了什么。"

"你怎么知道他有汽车?"

"有没有我不知道,不过他是个军阀。我们就是回重庆去,他也会弄些地痞流氓去跟我们捣乱。虽说有政府,也决不会拿军阀怎么样,还不是官官相护,姓王的怎么胡作非为都成。谁来保护咱们呢。"

"那你就把秀莲给他啦?"窝囊废的眼珠都快蹦出来了。

"哪儿能呀!"宝庆答道,"我只不过是说,咱们逃不出他的手心,也不能得罪他。这件事呀,得好来好了。"

"这么个人,怎么好了法?"

"我想这么着。我去给他请安。带上秀莲,去给他磕头。他要是个聪明人,就该放明白点,安抚两句,高抬贵手,放了我们。要是他翻了脸,我也翻脸。他要是硬来,我就拚了。怎么样,大哥?"

窝囊废摇了摇脑袋。宝庆去跟人动手,是要比他跟人动手强,可他对兄弟的办法不大信服。"跟我说说,"他带着怀疑的口气问,"你要去磕头,找个什么原由呢。"

"俗话说,先礼后兵。卖艺的压根儿就得跟人伸手。没有别的路,给人磕头也算不了丢人。干我们这一行的,还能不给菩萨,不给周庄王磕头?给个军阀磕头,不也一样?"他笑着,想起了从前。"那回在青岛,督军的姨太太看上我,叫我到她自己那住处去唱书。我要真去了,就得送命。怎么办?我冲她打发来的副官磕了个头。他很过意不去,认真听我说。我告诉他,我是个穷小子,全家都指着我养活,一天不挣钱,全家都挨饿,不能跟他去。他信了我,还挺感动,就放了我。只要磕头能解决问题,我并不嫌丢人。也许能碰上好运气。要是磕头不管用,我也能动手。豁出去跟他们干。"

"干吗不一个人去?干吗要带秀莲?"

"我带她去给他们看看,她还是个孩子,没有成人——太小了,当不了姨太太。"

"老头子还就是喜欢年幼无知的女孩子。见过世面的女人难缠。"

对这,宝庆没答碴儿。

"我跟你一块儿去。"窝囊废说,不很起劲。

"不用。您就好好呆在家里,照看一下您弟妹。"

"照看她?"

"她得有人照看,大哥!"

第二天一早,秀莲和宝庆跟着陶副官上了王公馆。窝囊废就过来照看弟妹。"好哇,"他一本正经用挖苦的口气吵开了,"你叫这不懂事的孩子出来卖艺还不够,又要她卖身。你的良心上哪儿去了,还有心肝吗?"

二奶奶未开言先要喝上一口。窝囊废见她伸手去够酒瓶,就抢先了一步。他把瓶子朝地上一摔,瓶子碎成了片片。二奶奶吓了一大跳。她愣在那儿,瞪大了眼睛瞅着窝囊废。想说什么,又说不出来。她定了定神,说:"我亲手把她养大,就和我亲生的一样。她是没的说的。不过我明白,卖唱的姑娘,得早点把她出手,好让咱弄一笔钱,她有了主儿也就称心了。该给她找个男人了。要是这么着——对大伙都好。您说我错了,好吧,——那从今往后,我就撒手不管。我不跟她沾边,井水不犯河水。"

她那松弛的胖手指,哆哆嗦嗦地指着窝囊废。

"您要后悔的。您跟您兄弟都把她惯坏了。她要不捅出漏子来,把我眼珠子抠出来。我见过世面。她命中注定,要卖艺,还要卖身。她骨头缝儿里都下贱。您觉着我没心肝。好吧。我告诉您,我的心跟您的心一样,也是肉长的,不过我的眼睛比您的尖。我知道她逃不过命——所有卖唱的姑娘都一样。我把话说在前头。从今往后,我一声不吭。"

窝囊废劝开了:"耐着性子,咱们能调教她。"他说,"她学唱书来得个快。别的事也一样能学会。"

"命中注定,谁也跑不了,"二奶奶楞楞磕磕地说。"您看她怎么走道儿——屁股一扭一扭的,给男人看呢。也许不是成心,可就这么副德性——天生是干这一行的。"

"那是因为卖惯了艺,她从小学的就是这个,不是成心的。我准知道。"

二奶奶笑了。"喝一盅,"她端起杯子:"借酒浇愁。今朝有酒今朝醉,管别人的事干什么。"她是跟自个儿嘟囔呢,窝囊废已经走了。

宝庆、秀莲和陶副官上了路,坐着王司令派来的滑竿。秀莲一路想着心事。她觉出来情形不妙,可是对于眼前的危险,却又不很清楚。她知道这一去凶多吉少,心中害怕,如同遇见空袭。听见炸弹呼啸,却不知道它要往哪儿落;看见死人,却不明白他们是怎么死的。悬着一颗心,乏,非常地乏。她全身无力,觉得自己像粒风干豆子那样干瘪。她不时伸伸腿,觉着自己已经长大成人了。她心里一直想着,有人要她去当小老婆。小老婆……那就是成年的女人了。

也许那并不像人家说的那么坏?不,她马上又否定了这种想法。当人家的小老婆,总是件下贱事。当个老头子的玩艺儿,多丢人!实在说起来,她不过是几个小老婆中的一个罢了。她还很幼小,却得陪个五十多岁的老头子睡觉!她是那么弱小,他一定很粗蠢,一定会欺负她。她觉得他的手已经在她身上到处乱摸,他的粗硬的络腮胡子刺透了她的肌肉。她越往下想,越害怕。真要这样,还不如死了好。

前面是无边的森林,高高的大树紧挨在一起,挡住了远处的一切。王公馆到了,她会像只鸡似的在这儿给卖掉。那个长着色迷迷眼睛,满脸粗硬胡须的糟老头子,就住在这儿。要能像个小鸟似的振翅飞掉该多好!她一点办法也没有。眼里没有泪,心里却在哭。

滑竿慢下来了,她宁愿快点走。躲不过,就快点挨过去!她使劲憋住了眼泪,不想让爸爸看见她哭。

宝庆已经嘱咐过,她该怎么打扮,——得像个小女孩子。她穿了一件素净的旧蓝布褂子、旧缎鞋、小辫上没有缎带,只扎着根蓝色的绒线。脸上没有脂粉。她掏出小皮夹里的镜子,看了看自己。她的嘴唇很薄,紧绷着,她看起来长相平常,貌不出众。

男人要她干吗？她又小，又平常。还是妈说得对。"只有你那臭×值俩钱。"想起这句话，她脸红了，把小镜子猛的扔回小皮包里。

滑竿一下子停住了。他们来到一座大公馆前面的空地上。秀莲很快下了滑竿。她站在那里，看着天上。一只小鸟在什么地方叫着，树，绿得真可爱。清凉的空气，抚弄着她的脸。一切都很美，而她却要开始一场可怕的噩梦，卖给个糟老头子。

她看了看爸爸发白的脸。他变了模样。她觉出来他十分紧张，也注意到他那两道浓眉已经高高地竖起。这就是说，爸要跟人干仗了。只要爸爸的眉毛这样直直地竖起，她就知道，他准备去争取胜利。她高兴了一点。

他们穿过一座大花园，打假山脚下走过，假山顶上有个小亭子。草地修剪得挺整齐，还有大排大排的花卉。蝴蝶在花坛上飞舞。花坛上，有的是高高的大红花，有的是密密的一色雪白的花。在温暖的风里，迎面扑来花草的浓香。她爱花，但这些花她不爱看。花和蹂躏怎么也掺和不到一块儿。走到最美的花坛前，她连心都停止跳动了。花儿们都在笑话她，特别是红花，它们使她想起了血。她往爸身边靠了靠，求他保护。她的拳头，紧紧地攥成个小白球，手指头绷得硬邦邦的，好像随时都会折断。

陶副官把他们带到一间布置得十分华丽的客厅里。他俩都没坐下，实在太紧张了。宝庆脸上挂着一副呆板的笑容，眉毛直竖，腮帮子上一条肌肉不住地抽搐，身子挺得笔直、僵硬。秀莲站在他身边，垂着头，上牙咬着发抖的下嘴唇。

时间真难捱，好像他们得没完没了地这样等下去。宝庆想搔搔脑袋，又不能，怕正巧碰着军阀老爷进来，显得狼狈。他心里默默念叨着,把要讲的话又重复了一遍。他打算等王司令一进门就跪下,陈述一切。他要说的话,已经记得烂熟。

外面一阵热闹,有衣服的沙沙声。秀莲低低地叫了一声,又往爸爸身边靠了靠。

"嘘,"他提醒她,"别害怕。"他脸上的肌肉抽搐得更快了。

陶副官进来了。跟他一起来的,不是盛气凌人的王司令,倒是一位身穿黑绸衫的老太太。陶副官搀扶着她。她手里拿着个水烟袋。宝庆一眼就看清了她干瘪的脸,阔大的嘴巴和扁平的脑袋。一望而知她是四川人。

陶副官只简单说了句:"这是司令太太——这是方老板。"宝庆一时不知如何是好。他本以为会出来个男的,却来了个女的。他早就想好了的话,一下子忘个一干二净。司令太太仔仔细细把秀莲打量了一番。她吹着了纸捻,呼噜呼噜地吸她的水烟。

怎么办呢?宝庆一点主意也没有了。他不能给个女人磕头。她地位再高,哪怕是为了救秀莲呢,也不成。他忽然想出了一个主意。他拉了拉秀莲的袖子。她懂他的暗示,慢慢地在老太太面前跪下来,磕了个头。

司令太太又呼噜呼噜地吸了三袋水烟,三次把烟灰吹到秀莲面前的地上。秀莲还低着头。她透过汪汪的泪水,看见了地上的烟灰。

宝庆呆呆地看着,心里很犯愁。怎么开口呢?他看着老太太用手抚摸着水烟袋。正在这时,秀莲抽噎了起来。

司令太太冷冷地看着宝庆,一对小黑眼直往宝庆的眼里钻。"啥子名堂?"她用四川话问,"朗个?"

宝庆说不上来。陶副官慢悠悠地摇晃着脑袋,脸上一副厌恶的神情。

"我说话,为什么没有人答应呀?"司令太太说,"我说,朗个搞起的,我再说一遍,朗个这么小的女娃子也想来当小老婆?跟我说呀!"她冲宝庆皱起眉头,他的脸一下子变得通红。

宝庆到底开了口:"是王司令他要……"

她尖起嗓门打断了他的话:"王司令要啥子?"她停了一下,噘起嘴,响鞭似地叫了起来:"你要不勾引他,司令看都不会看你一眼。"

秀莲一下子蹦了起来。她满脸是泪,冲着老太婆,尖声喊了起来:"勾引他?我从来不干这种事!"

"秀莲,"宝庆机敏地训斥她:"要有礼貌。"

奇怪的是,司令太太倒哈哈笑了起来。"王司令是个好人。"她冲陶副官望去,"好吧,副官。"副官咧开嘴笑了笑。

"我们是清白人家,太太。"宝庆客客气气地加上了一句。

司令太太正瞪着水烟袋出神呢。她打陶副官手里接过一根火纸捻,又呼噜呼噜地抽起来。她对宝庆说:"说得好!是嘛,你不自轻自贱,人家就不能看轻你。"完了她又高声说:"陶副官,送他们回去。"一袋烟又抽完了,她吹了一下纸捻,又吸开了水烟。

一时,她好像忘了他们。宝庆不知所措了。这个老太婆倒还有些心肝。她是个明白人。不简单,显然她是要放他们了。

陶副官开了口,"司令太太,他们要谢谢您。"司令太太没答碴儿,只拿燃着的纸捻儿在空中画了个圈儿——这就是要他们走,她不要人道谢。

宝庆一躬到地,秀莲也深深一鞠躬。

于是他们又走了出来,到了花园里。这一回,他们像是进了神仙洞府。真自在。花儿从来没有现在这么可爱,简直像过节般五彩缤纷。秀莲乐得直想唱,想跳。一只小黄蝴蝶扑着翅膀打她脸旁飞过,她高兴得叫了起来。

陶副官也笑了。走到大门口,宝庆问:"乡亲,到底怎么回事?我一点也不明白。"

陶副官咧着嘴笑了。"司令每回娶小,都得司令太太恩准。她没法拦住他搞女人,不过得要她挑个称心的。她压根儿就不乐意他娶大姑娘,特别是会抢她位子的人。她精着呢。她明白自己老了,陪男人睡觉不行了,不过这一家之主嘛,还得当。"他噗哧地笑了起来。"你闺女跳起来跟她争,她看出来了。司令太太不喜欢家里有个有主意的女孩子。这下子你们两位可以好好回家去,不用再犯愁了。不过,你要是能再孝敬孝敬司令,讨讨他的喜欢,那就更好了。"

"孝敬他什么好呢?"

陶副官拇指和食指成了个圈形。"一点小意思。"

"多少?"宝庆要刨根问底。

"越多越好。少点也行。"副官又用拇指和食指圈了个圈。"司令见了这个,就忘了女人。"

宝庆向陶副官道了谢。"您到镇上来的时候,务请屈驾舍下喝杯茶,"他说,"您帮了我这个忙,我一定要报答您的恩情。"

陶副官高兴了,他鞠了个躬,然后热烈地握住宝庆的手:"一定遵命,乡亲,兄弟理当效劳。"

秀莲满心欢喜地瞧着可爱的风景。密密的树林、稻田和水牛,组成了一幅引人入胜的图画。周围是一片绿,一切都可心,她自由了。

她也向副官道了谢,脸上容光焕发,一副热诚稚气的笑容。她和爸慢慢地走下山,走出大树林子。宝庆叹了口气。"现在他不买你了,我们就得买他。得给他送礼。"

"钱来得不易,"秀莲说,"他并没给咱们什么好处,给他钱干吗?"

"还就得这么办。要是咱们不去买他的喜欢,他没得到你,就该跟咱们过不去了。只要拿得出来,咱们就给他。事情解决了,我挺高兴。我没想到会这么顺当。"他把手搭在她的肩膀上。"你干得好。我知道给那个老婆子下跪委屈了你。她说什么来着?'你不自轻自贱,人家就不能看轻你'。这话倒说得不错,记住这话,这也是至理名言。"

秀莲想着心事,半天没接碴儿。完了她说:"爸,甭替我操心。跪一跪也没什么。这一来,我倒觉着自己已经长大了。我现在长得快着呢,我能为了自个儿跟人斗。您知道吗,要是那个老头子真把我弄去当他的小老婆,我就咬下他的耳朵来。我真能那么办。"

宝庆吓了一跳。"别那么任性,丫头,别那么冲!"他规劝道,"生活不易呀,处处都是危险。记住这话:你不自轻自贱,人家就不能看轻你。这句话可以编进大鼓词儿里去。"

他们坐上了跟在他们后头的滑竿。刚往山下走了一半,迎面来了窝囊废,他正等着他们。他们又下了滑竿,一边走,一边原原本本地讲给他听。

等宝庆说完,窝囊废在路当间站住了。"小莲,"他叫起来,

"站住,让我好好看看你。"秀莲顺着他,心想大伯该不是疯了吧。他瞅了她好半天,抚爱地上上下下打量她。末了带着笑说。"小莲,你说对了。你看起来还是个孩子,不过也确实长大成人了。就得像今天这样,就得有股子倔劲儿。这样你就永远不会走下坡路;虽说你只不过是个唱大鼓的。"

秀莲平白无故地又想哭了。

十三

唐家这回总算是称了心,因为方家为了秀莲闹得很不顺遂。真不懂为什么宝庆不肯卖了秀莲。这个人真疯了!想想吧,为了留住个姑娘,还舍得往外掏钱。"真是个傻瓜!"四奶奶谵㛿①着嗓门说。

宝庆忙不迭打点着要给王司令送钱去。他是个说话算话的人,晚了,又怕要招祸。难办的是他没有现钱。他跟家里的商量,想卖掉她两件首饰,她马上嚷了起来:"放屁!我管不着!你还不知道吗?我跟你大哥说过了,秀莲是秀莲,我是我。往后再不跟她沾边。为了她还想把我的首饰拿去?嘿!嘿嘿!"

宝庆勉强陪着笑。"不过——你,……,唔,你真不开窍。"

"我不开窍!"二奶奶一派瞧不起人的劲头。"你开窍?别人都指着姑娘挣钱,你倒好,木头脑袋,为了这么个贱货还倒贴。当然啦,你要是真开了窍,就不会担心我不开窍了。"

"我是说,你还不明白如今的情形……,眼面前就有危险。"

"我明白也好,不明白也好。反正,一个子儿也不能给你。"

---

① 谵㛿,念 zhā la,意尖声。

宝庆要秀莲拿出点东西来。她有几件首饰。她打开首饰盒子,双手捧出来给他。一见她眼泪汪汪,他的心惭愧得发疼。"为了几件首饰,值不得哭,好孩子,"他说,"等再有了好日子,我给你买更好的。"

宝庆存了几个钱,可是非到万不得已,他不肯动那笔款。他按期存,一回也不脱空,要是一时存不上,那简直是要他的命。此外,他还有他的想法。他觉着,既是一家人,就得有福同享,有祸同当。秀莲已经大了,她尤其应该学着对付生意上的事。

末末了,钱弄到手,托靠得住的人给送了去。自打那会儿起,方家就分成了三派。

二奶奶自成一派。秀莲和窝囊废是一派,跟家里其余的人别着劲儿。宝庆和大凤采取中立态度。

宝庆想息事宁人。有一天,他去找秀莲,要她向妈妈服个软儿,"这样全家就又能和睦起来了,"他满怀希望地说。

秀莲同意地点了点头。等到妈妈酒醒了,她走到妈的身边,跪下,摸了摸妈的手,像个不懂事的孩子似的对妈笑着。"妈,"她恳求说:"别老拿我当外人。我是个没爹没娘的孩子,您就是我的妈。您是我的亲妈妈。干吗不疼疼我呢?"

二奶奶没答碴儿。她像座泥菩萨似的坐着,两眼笔直地望着前面。显然她下了决心,一句也不听。这一回,秀莲低声下气哀告了半天,又是毫无结果。好吧,这也就是最后一回了。她闭上眼,低下了头。

一股怒气打她心底升起。她抬起头来,对着那张苍白的脸,猛孤丁地吓了一跳。二奶奶在哭,泪珠儿打她眼角里簌簌往下落。她低下了头,好像不愿意让秀莲看见她正在哭。

秀莲站起来,想走。二奶奶叫住她,低下头,很温和地说起来:"我不是不疼你,孩子。你别以为——别以为我想把你撵出去。压根儿不是那么回事,不是的。不过我可怜的儿呀,你逃不了你的命。俗话说,既在江湖内,都是苦命人。命里注定的,逃不了。既是这么着,我也就是盼着你找个好人家,吃香喝辣的,我们两个老的,受了一辈子穷,也能捞上俩钱。你总不会让你爸爸和我赔本,是不是?我们在你身上花了那么多钱。"她抬起眼睛,定定地望着秀莲。

姑娘站在那儿,居高临下地望着她,两个小拳头紧攥着抵在腰间。她一下子想起了王司令太太的话。她嘴唇发白,说:"也许我命中注定了要受罪,不过我要是不自轻自贱,就不一定非得去当别人的小老婆。"

二奶奶刚把眼泪擦干,就又拿起瓶子来喝了一口。

把心里话跟妈说了,秀莲觉得好受了一点。妈并没对她软下心肠来,这叫她很失望。她需要母爱。

当天晚上,她下了决心。要是光凭说话还打动不了妈妈,行动总该可以了。得让家里人看看,她已经是个大人了。可是怎么办好呢?她忽然有了主意。她爬下床,走到柜子边,拿出了她的邮票本。她含着泪,久久地望着它,一狠心,把它扔进了垃圾堆。一个严肃、想做一番事业的姑娘,不能浪费时间去玩邮票。怎么开始新的生活呢?她一点也想不出来。她整夜在床上翻腾,睡不着。她几次想走出去,把宝贝邮票本捡回来,但她始终没这么办。

一个抗日团体,给宝庆来了信,要求他的班子为抗战做点事情。重庆本地人有些糊涂想法,怪难民带来了战争。应当动员全国人民团结抗战,鼓舞起重庆人的斗志,让他们知道,他们跟"下江人"是同呼吸、共命运的。

宝庆接到来信,心情十分震动。当琴珠问起他们肯出多少钱时,他大吃一惊。他知道人家连车马费都不会给的。琴珠一听,摇了摇头,做了个怪脸。唐四爷两口子直摇头:"不干。"

"我来付琴珠的车马费,"宝庆没辙了,只好这么说。唐家笑得前仰后合,觉着这实在太滑稽了。四奶奶笑了半天才憋出话来:"您钱多,宝庆,好哥们儿,您有钱。我们穷人得挣钱吃饭。一回白干,他们下回还得来。不过您……您有钱,您为了闺女宁肯往外掏钱,也不肯卖了她。您有那么多的钱,真福气。"

宝庆让他们笑去。回到旅馆,他把事情告诉了秀莲。"我干,"她说,"我乐意做点有意义的事。"

问题来了。唱什么好呢?就是那些有爱国内容的鼓词,也太老了,不合现代观众的胃口。宝庆顺口哼了一两段,都不合适,不行。秀莲也有同感。她近来唱的尽是些谈情说爱的词儿。她试了试那些忠君报国的,很不是味。谈情说爱的呢,又不能拿来做宣传。

宝庆开始排练。他先念上一句鼓词,然后用一只手在琴上弹几下,和着唱唱。有些字实在念不上来,就连蒙带唬,找个合辙押韵的词补上。每找到一个合适的词儿,就直乐:"嗬!有了!"

在屋子旮旯里睡着了的窝囊废,让宝庆给吵醒了。他从床上坐起,揉着眼,瞅着兄弟的秃脑门在闪闪的油灯下发亮。"干吗不睡呀,兄弟?"他挺不满意,"够热的了,还点灯!"

宝庆说,他正在琢磨《抗金兵》那段书,准备表一表梁红玉擂鼓战金兵的故事,鼓动大家抗日的心劲。

窝囊废又躺下了。"我还以为你打蚊子呢,劈里啪啦的。"宝庆还在拨琴,心里琢磨着词儿,主意一来,就乐得直咧嘴。

"秀莲唱什么呢?"窝囊废问。

"还没想好呢,"宝庆答道,"不好办。"

窝囊废又坐了起来。他清了清嗓子,很严肃地说,"你们俩为难的是不识几个字。她要是能识文断字,找段为国捐躯的鼓词唱唱,还有什么犯难的。"他下了床,"来,我来念给你听。你知道我有学问。"

宝庆奇怪了,看着他。"您认那俩字也不比我多呀!"

窝囊废受了委屈。"怎么不比你多?用得着的字我都认识。好好听着,我来念。"

兄弟俩哼起鼓词来了。窝囊废念一句,宝庆念一句,哥儿俩都很高兴。很快就练熟了一个段子。窗纸发白的时候,窝囊废主张睡觉,宝庆同意了,可是他睡不着。他又想起了一件揪心的事。琴珠要是不干,那小刘也就不会来弹弦子了。

"大哥,"他问:"您给弹弹弦子怎么样?"

"我?"窝囊废应着,"我——图什么呢?"

"为了爱国,也给自个儿增光,"宝庆说得很快,"咱们的名字会用大黑体字登在报上。明白吗?会管咱们叫'先生'。秀莲小姐,方宝庆先生。您准保喜欢。"

没人答碴,只听得一阵鼾声。

第二天上午,十一点,宝庆醒来一看,那把一向放在屋角里的三弦不见了。他跳下了床。怎么,丢了!没了这个宝贝,可就算玩完了。他用手揉着秃脑门,难过地叫起来。倒霉,真倒霉。

宝贝三弦呀,丢了!他一抬头,看见窝囊废的床空了——他笑了起来。

他急忙出了旅馆,往小河边跑。他知道窝囊废喜欢坐在水边。他一下子就找到了窝囊废。他坐在一块黑色的大石头上,正拨拉着琴弦。这么说,窝囊废是乐意给弹弦子了。他如释重负地笑了起来,走回旅馆去吃早饭。问题都迎刃而解了,有了弹弦子的,就不是非小刘不可了。

宝庆和秀莲加入了一个抗日团体,这个团体正准备上演一出三幕话剧。幕间休息的时候,要方家在幕前演出。宝庆很激动,也很得意。

重庆来的公共汽车司机,捎来了报纸。他看着剧目广告,得意的心直跳。他、他哥哥和秀莲的名字都在上面。用的是黑体大字,先生、小姐的尊称。他像个小学生一样,大喊大叫地把报纸拿给全家看。窝囊废和秀莲都很高兴。二奶奶说话还是那么尖酸。"叫你先生又怎么样?"她挖苦地说,"还不是得自个儿掏车马费。"

彩排那天,他们早早地就起来了,穿上最好的衣服。秀莲穿的是一件浅绿的新绸旗袍,皮鞋。小辫上扎的是白缎带。吃完早饭,她练习走道不扭屁股。要跟地道的演员同台演戏,得庄严点。走道要两手下垂,背挺得笔直,这可不是件容易的事儿。

窝囊废刮了胡子。他难得刮胡子,这回不但刮了,而且刮得非常认真仔细,一根胡子也没漏网。末了,他把鬓角和脑后的头发也修了修。他穿了件深蓝的大褂,正好跟兄弟的灰大褂相配。为了显得利落,他用长长的宽黑绸带把裤脚扎了起来。

中午时分,他们进了城。宝庆打算好好请大哥吃上一顿,报答大哥成全他的一番美意。但轰炸后的重庆那么荒凉,劫后余烬的景象,倒了他们的胃口。有些烧毁的房子已经重建起来了。有些还是黑糊糊的一堆破烂,有的孤零零地只剩了一堵墙,人们用茅草靠着这堵墙搭起了小棚棚,继续干他们的营生。满眼令人心酸的战争创伤,一堆堆发黑的断砖残瓦。宝庆觉着眼前是一具巨大的尸体,疮痍密布。他一个劲地打颤。还是先吃点东西好,给身子和心灵都补充点营养。

他们来到一家饭馆,饱餐一顿,然后上戏院去会同行——地道的演员,多一半是年青人。

一见方家兄弟,大家都迎了上来。所有的青年男女,都管宝庆叫"先生",他非常得意。这跟唱堂会太不一样了,人家那是把他们当下人使唤。

一开幕,剧团团长就请宝庆哥儿俩坐在台侧看戏。宝庆从没看过文明戏。他以为既是话剧嘛,必是一个个演员轮流走上台,一人说一通莫名其妙的话。谁知根本不是那么回事。演员们说话,就跟在家里或在茶馆里一样。宝庆瞧出来演员训练有素,剧本的技巧也叫人叹服。真了不起,真带劲儿!他直挺挺地坐着,几乎连呼吸也忘了。没有华丽的戏装,没有震耳欲聋的锣鼓声,就是平常人演平常人。他悄悄对大哥说,"这才是真正的艺术。"窝囊废点点头,"就是,真正的艺术。"

秀莲简直入了迷。这跟她自己的表演完全不同。她习惯于唱书,从来没想到能这样来表现情节。虽说是做戏,这可也是生活,她觉出来剧情感染了观众。她要也能这样该多好。

幕落了。一个挺体面的小伙子走过来,鞠了一躬,"方小姐,该您的了。"他面带笑容,放低了声音。"不用忙。我们的道具又老又沉,换一次景且得等半天呢。"

窝囊废郑重其事地走上台,秀莲跟在后面。幕前摆好一张桌子,一把椅子,还支着一面鼓。窝囊废挺有气派地站住,面向观众。一本正经地慢慢卷起袖子,摇了摇脑袋,弹了起来。

观众嗡嗡地说起话来。窝囊废犹豫了一下,接着还往下弹。他不了解剧院观众,不知道他们在幕间休息的时候,喜欢松一口气。观众没见过唱大鼓的,也不注意换景时幕前有些什么。见一个男人和一位姑娘走上台来,他们愣了一刹那,瞧了两眼。姑娘是个小个儿,脸上几乎没化装。说实在的,在那么强的灯光下,根本就看不出她的五官。不过是绿绸旗袍顶上一轮小小的圆月亮罢了。

前排有两三个人站起来,走进休息室。有人在招呼卖花生的,有人谈论剧情,或传播打仗的消息。都认为这个剧挺不错。可是,它的意义到底在哪里呢?有些人大声议论了起来。

窝囊废闭上了眼。受这样的气!这些人真野蛮!他住手不弹了。秀莲还在唱。她今天是秀莲小姐。她来是为了唱书,那么她就得唱下去。她不能在这么些个生人面前栽跟头。她继续唱,嗡嗡声越来越大。她当机立断,掐掉了一两段,把鼓槌子放下,向没有礼貌的观众鞠了个躬,走下了台。走到台侧,她掉了泪。

宝庆想安慰她,她哭得更厉害了,肩膀一抽一抽的。过来了几个年青的女演员。"别难过,秀莲小姐,"她们说,"您唱得好极了。这些人不懂行。"一个长着甜甜脸儿的姑娘,用胳膊搂着秀莲,替她擦干了眼泪。"我们都是演戏的,小东西,"她耳语说,"我们懂。"秀莲又快活了起来。

窝囊废站在台侧,脸气得通红。"我回家去,兄弟,"他说着,放下了三弦。宝庆拉住他的胳膊。"别那么说,"他挺了挺胸膛。"我还没唱呢。"

几个年青漂亮的女演员听见窝囊废的话,赶紧走过来。她们攥他的手,拍他的肩。"别,先生,别走。"窝囊废坐了下来。他的气消了。因为得意,红了脸。他如今也是个"先生",是个真正的艺术家了。

第二幕完了以后,方家兄弟像上战场的战士,肩并肩走上了台。观众还在嗡嗡地讲话,宝庆站住,照例笑了一笑。没什么反应。他跺跺脚,晃了晃油亮亮的脑袋。停了一小会儿,等挤满人的剧场稍稍安静一点,宝庆拿起了鼓槌子。虽说脸上还挂着笑,他可是咬着嘴唇呢。

宝庆高高举起鼓槌子,咚咚地敲了起来。七、八句唱下来,他看出听众有了点兴趣。他歇了口气,清了清嗓子。得把嗓门溜开,让场里每个角落都听得清清楚楚,得让人人都明白他唱的是什么。宝庆又等了一会儿,等到全场鸦雀无声,才又唱起来,声音高亢,表情细腻。吐字行腔,精雕细琢,让听众仔细玩味他唱的每一句书。梁红玉以一弱女子,不惧强敌,不畏艰险,在长江之上,迎着汹涌波涛,擂鼓助战。说书人凭一面鼓,一张琴,演得出神入化。只听得风萧萧,水滔滔,隆隆鼓声震撼着将士们的爱国心弦,霎时间,万马奔腾,杀声震天,大鼓书紧紧抓住了听众的心,三幕话剧早置诸脑后。①

---

① 为了译好《鼓书艺人》,我曾向熟悉老舍的尹福来、高凤山、李振英等曲艺界前辈请教。宝庆这段唱词在英译本中是取自周遇吉抗李自成的戏,歌颂忠、孝、节、义、满门殉难;建国后该戏停演。根据老艺人们的提示,我将这段唱词改为梁红玉抗金兵。——译者注

三弦的最后余音也消失了。场里一片肃穆,气氛兴奋又紧张。听众屏息凝神,像中了魔,末了,突然爆发出掌声。

宝庆跟地道的名角一样,大大方方地抓住窝囊废的手,举了起来。他鞠了一躬,窝囊废也挺不自然地鞠了一躬。听众一片叫好声。宝庆庄重地拿起三弦,走下了台——这是对他大哥,优秀琴师的一番敬意。

在后台,全体演员围住了宝庆和窝囊废。拍他们的背,跟他们拉手。年青的知识分子热情洋溢,宝庆激动得说不出话。吵吵嚷嚷的年青人围了上来,他立着,眼泪顺着腮帮子往下流。

散戏后,一个瘦高个儿走了过来。他看着像具骷髅。根根骨头都清晰可见,两颊深陷。又长又尖的下巴颏垂在凹进去的胸口。两鬓之上的脑袋瓜也抽巴了,像是用绳子紧紧勒住似的。宝庆从没见过这么古怪的样子。窄脑门底下,一对大眼睛却炯炯有光,极富魅力。这对眼睛燃着动人的热情,紧盯着宝庆。这个怪人的全副精力,仿佛都用来点燃他眼睛里的那点火焰了。

"方先生,"他说,"我陪您走几步,行吗?我有点重要的事想跟您商量商量。"他语气谦和,迟疑,好像担心宝庆会不答应。

"遵命,"宝庆笑着回答,"承您抬爱。"只见这人穿着一身破西装,没打领带。领口敞开的衬衫底下,露出了瘦骨棱棱的胸膛。

"我叫孟良,"这人说,"就是您刚才看过的这出戏的作者。"

宝庆恭恭敬敬地鞠了一躬,"孟先生,我来介绍一下,这是我大哥方宝森,这是我女儿秀莲。您的戏可真了不起。"

作家笑了起来。"老婆总是人家的好。"他老老实实地说,"文章是自己的好。我写的不能算坏,不过写剧本是件头痛的事。一般人都不了解写剧本有多困难。反反复复排练,甭提多烦人,要对观众的胃口,也是件绞脑汁的事。当然啰,剧本是有效的宣传工具。不过现在是抗战期间,穷得要命,要像模像样地演上一出戏,拿不出钱来。您是知道的。场子要出钱,租金又那么高。我们演戏给这儿的人看,激发他们的爱国心,可是怎么深入农村?那儿没戏园子。就是有,布景道具也搬不去。"

他摇晃着瘦削的脸。

"唔,唔,话剧局限性很大,不过您唱的大鼓书,倒真是个好门道,搞起宣传来再好不过。我真佩服。您凭一副嗓子,一个琴师和一段好鼓词,就能干起来。您可以在江边串茶馆,爱上哪儿就上哪儿。您演的是独角戏,但唱出的是千百万人的声音。您把观众吸引住了,记得吗?大家一动也不动,都动了心。"他那皮包骨的手指指着宝庆,"朋友,国家需要您。您的艺术效果最大,花钱最少。明白我的意思吗?"

孟先生一下子把话打住了。他站下来,看着宝庆,手插在西装口袋里。

宝庆笑了又笑,心里高兴极了。不是替自己,是替他的大鼓书高兴,也是因为这么个有学问的人,也承认它的重要。

"您明白我的意思吗?"剧作家接着往下说,又走了起来。"您得有新的鼓词。您得有适合抗战的现代题材。您和您的闺女都需要新题材。"他看着秀莲:"秀莲小姐,您一定得学习新题材。刚才听众对您唱的书不感兴趣,您伤心得哭了。别难过,唱人民需要的东西,他们就会像欢迎您爸爸那样欢迎您。"

"上哪儿去找新词呢?"宝庆问。

孟先生笑了。用那棱棱瘦指对着自己的胸口。"这儿,这儿,到我心里去找。我来给您写。"

"您来写?"宝庆重复着他的话,"哦,孟先生,真是不胜荣幸之至。那么一言为定,打今儿起,您就是我们的老师了。"

孟先生摆摆手,像是不让他们过分热心。"别着忙呀,朋友,别着忙。您还得先当我的老师呢,完了,我才能当您的老师。您得先教我一些老的鼓词,让我学会这门艺术。我想学学大鼓书的唱腔和韵律,学着把唱腔配上词儿。我们得互教互学。"

宝庆有点怀疑,他能教这位剧作家些什么呢?不过他还是同意了。他指着窝囊废。"我哥能帮您的忙,孟先生,他又会做,又会唱。"

孟先生高兴得容光焕发。"就这么定了。我要到南温泉来写新剧本。得空我就来,学学唱大鼓,学学写大鼓词。为了报答您教我学艺的一片心,我乐意教您的闺女读书写字。现代妇女嘛,文化总是有用的。"

宝庆抬头望天,心里有说不出的高兴。终于得到了赏识!这真是大鼓艺术的胜利。他从来没想到,未来是那么光明,以往是那么有成绩。

"大伯,爸!"秀莲叫了起来,"我就要当女学生了,我要下苦功跟孟先生学。我一定说到做到。"

十四

　　二奶奶从来没听说过这么荒唐的事,什么,秀莲也要念书?!她对年青的姑娘,自有她的看法:姑娘大了,不念书就会学坏;要是念了书呢,那就坏得更快,丢人现眼更厉害。"大姑娘家,早晚得嫁人,用不着念书认字。"她大声叫嚷,"知道的事多了,天知道她会干出什么事来。"

　　无论她怎么说,孟良都不当回事。他拿定主意,要到南温泉来教秀莲读书。他身子骨虽然单薄,可意志坚强。他要是下定了决心,哪怕是座大山呢,也得钻它仨窟窿。

　　秀莲急不可待,恨不得马上开始读书。上回在剧院,听众不听她的,好叫她伤心。她挺机灵,知道要应付这种场合,她还缺乏经验。她非常崇拜那些年青的女演员。她们那么自由自在,多叫人羡慕!她想,那些女演员一定都是些女学生。她自己虽说是个卖艺的,可要是有了文化,地位就不会像今天这样低贱。她决心好好跟着孟先生学。这辈子恐怕是不会有上学的机会了,不过要是她能读会写,和女学生也就差不多了。她能抽出时间来学习。

　　宝庆和大哥见秀莲有了读书的机会,都很高兴。他们知道她有天分。要是再受点教育,她的天分就能更好地发挥出来。

二奶奶说什么也想不通。她很担心再也镇不住这个女孩子了。想想吧,家里养着个能读会写的女孩子,那可就有得瞧的了。学生都讲自由恋爱。卖个姑娘不算什么,可要让她白白地把身子给别人……这么一想,她的心发抖了。她有时在小镇的街上走,碰到一对青年男女手拉着手走路,她就觉着恶心。

孟良第一天来教书,方家沟上最好的花茶,捧出许多好东西来给他吃。宝庆主张,第一课先教他大哥,孟先生不答应。他要教的是秀莲。他的安排是这样,他先教秀莲一个来钟头,然后跟着窝囊废学艺。据他自己讲,他可以一口气干上五个钟头,再多都行。

窝囊废高了兴。"我的时间全归您安排,"他说,"您要是乐意,咱们就干它个通宵。"

秀莲正等着上课。她努力打扮得像个女学生,穿一件白布褂子,不施脂粉。爸爸一叫,她连忙朝着堂屋走去。

可是,妈妈占了先。她一步就蹦到闺女前头,使劲推了她一把,不让她出来。她的脸煞白,横了心。"我先出去,"她说,"你在这儿等着!"秀莲没办法,只好服从。

宝庆见老婆出来,心乱如麻。她要对孟先生说什么?他和大哥都很敬佩这位有学问的人。要是二奶奶得罪了客人,怎么好。一见老婆胸有成竹地冲着他们走过来,他的脸绷得铁青。

他这一辈子,缺的就是读书识字。当初他要是想来段新鼓词,就得狠花上一笔钱,还得好酒好饭地款待写词的。眼下来了这么个人,愿意白教他闺女,还愿意白给他写新词。这样的好事,打着灯笼还找不着呢,要是他的老婆得罪了作家……

好歹向客人介绍了自己的老婆,他马上问:"秀莲呢?孟先生等着她呢。"二奶奶不理他。她两眼直勾勾对着孟先生,说开了。"先生,我们不过是穷卖艺的,"她说,"用不着念书认字。不念书更好。闺女不笨,一念了书,就得给我们添麻烦。她已经够拧的了。看得出您是个明白人,求您替我们想一想。"

窝囊废的脸发了白。他恨不能打弟媳妇一顿,只是当着这么体面的一位作家,他不敢吵架。宝庆吓得手脚无措。

孟先生却应付自如。他满脸堆下笑来,亲热地叫她:"我的好嫂子,请坐。"

二奶奶受宠若惊,坐下了。在她内心深处,害怕有学问的人。他们跟她不是一路人,比她懂得多,她总是想方设法,躲开他们。如今来了这么个人,亲亲热热地跟她说话,直冲她乐。一个作家还会管她叫"嫂子"。

孟良有的是办法。"好嫂子,您喜欢喝上一盅,这我知道,干嘛不喝呢。眼下就该喝一盅。咱俩是初次见面,所以我应当跟您一起喝一盅。俗话说,喝酒喝厚了,耍钱耍薄了。来,喝一口。"他两眼看着宝庆,"二哥,来瓶好酒,大家都喝一杯。"

宝庆佩服得五体投地。孟先生不光是有名的剧作家,还是个外交家兼魔术师。他明白要跟二奶奶讲理,那算白搭,可要灌她几杯呢,就能把事办成。

孟先生斟了三杯酒,一杯给二奶奶,一杯给窝囊废,一杯留给自个儿。他没给宝庆敬酒,因为他得保养嗓子。"干杯,"他叫起来,把杯子举向二奶奶。"干杯。"

他一口就喝干了,窝囊废不甘落后,也干了。二奶奶忸忸怩怩地表示反对,"我得慢慢儿喝,不跟你们老爷儿们比。"

"请便吧,嫂子,"孟先生笑了起来。"您随便,我们喝我们的。"他又给自己斟了一杯,又干了。他把手往上衣袋里一插,忽然作了个怪脸。"哟,嫂子,我的口袋烂了个窟窿,给我补补行吗,光棍可真难哪。"

二奶奶喝完酒,拿起了上衣。"孟先生,"她咯咯笑着,"您真随和。"她对剧作家产生了好感。不过她还是没叫秀莲出来听课。孟先生呢,为了给她个台阶下,也决定改天再来。临走,他答应二奶奶,下次来跟她打扑克,要是她喜欢,打麻将也成。他求她别把他赢得太苦了。这都叫她非常高兴。

第二天,秀莲上了课。她是个好学生。她努力做到每天认二十来个字,字写得虽然一溜歪斜,却小而整齐。孟先生很满意。他也很乐意学唱大鼓书。窝囊废不光教他唱,还没完没了的给他讲大鼓书的典故,孟先生听得入了迷。

教过几遍,孟先生就能跟着窝囊废的弦子唱鼓书了。他的嗓子溜不开,窝囊废没提这个。只要学生有进步就得。

有一天,孟先生正唱呢,旅店老板破门而入。他气极了,摇晃着手,扯着嗓门对窝囊废喊:"滚你的。吵死了,客人都让你给闹得不得安生。我受不了。"

孟良天真地笑了。"怎么啦!我们正要找你去呢。知道吗,我特别欣赏你那四川口音。来段四川清音怎么样?我敢打赌,就凭你这嗓子,一唱准保红。"

老板给捧得晕头转向。他本来不会唱,可是孟先生一再邀请他。"来吧,朋友,来上一段。"

老板笑了起来。他见内行人唱戏都是脸冲墙,所以他也就脸对着墙,手指头一个劲儿地揪嗓子,洋相十足地唱了起来,——是介乎叫和喊之间的一种声音。几句下来,老板停住了,脸憋得通红。孟良和窝囊废不等他再开口,都拍起手来。孟良拍了拍他的背,窝囊废又是作揖,又是打躬。

老板走了以后,两个人坐了下来,相视而笑,从头再来。等完了事,孟先生就陪二奶奶打牌。两人可投缘啦。他说的话,她有多一半不明白;他呢,又不跟她争。她听,他说,她所说的一切,他也认真地听着,不时还对她的才干巧妙地恭维一番。

要是她发了脾气呢,他并不是拔脚一走了事。他像哄个惯坏了的孩子似的,想法转移她的注意力。

每逢有客来,宝庆顶怕老婆发脾气,觉着那是砸了他的台。所以一有客,他就成了温良恭俭让的模范;就是不能完全顺着她,也得把话说得甜甜地,笑眯眯地。

孟良的手段更高。他把二奶奶治得服服帖帖,使宝庆少操多少心。单为这,宝庆也感激不尽。真够朋友,又是个有学问的人。

宝庆有他的心事。他自来多疑。为什么孟良这么肯帮忙,又这么好心眼?他图的是什么呢?根据他的人生经验,凡是特意来到的,非常客气,肯于帮忙的人,都是有所图的。孟良要的是什么呢?宝庆拿不准,他可又很生自己的气,恨自己为什么要怀疑这么个好朋友。

尽管心里有疑惑,他还是忘不了孟良是他的福星。他正替大鼓名角方宝庆写新鼓词呢。有了这些新鼓词,他和秀莲的身份就比其他唱大鼓的高得多了。光为这一桩,结交孟良就是三生有幸的事。不过心里的怀疑总还是摆脱不了。

孟良为什么还不把鼓词拿出来?两个月过去了,只字未提。

有天早晨,他正琢磨着要提提这件事,忽见孟良走了进来。他兴奋得两眼发亮,苍白的脸汗涔涔,螳螂似地摇晃着长胳膊。"来,二哥,"他一把抓住宝庆的袖子,说,"找个安静地方去谈谈。"

他俩迈着快步,走出了门。宝庆吃力地跟着作家,紧走还落下好几步。末了,他们来到一个长满小草的土坡顶上,一棵树叶发黄的大树底下。孟良一屁股坐下来,背靠着树干。

他打口袋里掏出七长八短一沓子纸来。"瞧,"他说,"这是给您写的三段新鼓词。"

宝庆接在手里。他的手发抖。他想说点什么,可是舌头不听使唤,说不出话来。他觉着,太阳真的是打西边出来了。三段新鼓词!特为给他写的!早先,他要是想请位先生给写上一段,不但要现钱先付,还得且等,成年累月地等。写的人满口答应,吃了他上百顿饭,临完,还忘了动笔。这个人可真是说到做到。还不止一段,整整三段!真够朋友,天才,大人物!

"您得明白,二哥,"孟良用谦虚的口吻说,"我从来没写过鼓词,所以我拿不准它到底是好是坏。不过这也没关系,您要是觉得不行,我就扔了它,咱们再从头来。要是大概其能用,有不合适的地方,还可以改。顶顶重要的是,您到底愿不愿意唱这一类的鼓书。"

宝庆这才说了话。"当然愿意。多少年来,我一直盼着能碰见您这么个人。我愿意为国家出把力气。多少人在前线牺牲了,我有一份力,当然也乐意出一份力。那还有什么说的,我乐意唱抗战大鼓,为抗战出把子力。"他心潮澎湃,泪水涌上了眼睛。

"我懂,"孟良丝毫不为朋友的激情所动,照旧往下说他的。"不过您要明白,要是您和秀莲唱这种新式大鼓,人家就都希望您白唱。大家还都乐意听。可您就赚不了钱了。对我也一样。现而今,剧院很叫座。看我戏的人比过去多多了,可我们赔了本。义演的场次多了嘛。当然我们乐意贡献自己的力量,不过爱国心顶不了债。塞饱肚子的东西,会越来越少。"

宝庆不听这一套。"也就是掏点车马费。开销并不大,这跟维持一个剧团不一样。"

"好,我佩服您的决心。还有一点我也要说在头里。习惯势力很不好办。人们都爱听旧鼓书。要是听点人人都熟悉的老玩艺儿,他们倒觉着钱花的不冤。可要是您在茶馆里唱这种新式鼓书,座儿就会少起来。"

"要想办点新事,就得有点勇气。"宝庆坚定地说。

孟良哈哈大笑起来。"您能对付,我这就放心了。思想上有了准备就好。来,我来念给您听。第一段是个小段,很短。是歌颂大后方的。这让秀莲去唱。另外两个长一点儿,那是给您写的。它不光是长,唱起来还得有丰富的感情,火候要拿得准。只有老到的艺人才处理得好。就是您,二哥,您来唱抗战大鼓,我是考虑到您的艺术造诣,特为您写的。"

于是孟良几乎一口气念完了鼓词。"怎么样?"他急切地问。

"好极了!有几个字恐怕得改一改,不过也就是几个字。我算是服了。如今我可以让全世界的人看看,咱们中国唱大鼓的,也有一份爱国心。"

"太好了。拿去,跟大哥一块去唱唱看。要是有改动,得跟我商量。只有我能修改我的作品。有改动一定要告诉我,不跟我商量,就一个字也别改。"

"那当然,"宝庆答应着,一张张捡起孟良散放在草地上的稿纸。"家去,喝一盅。"他把稿纸叠起来,小心翼翼地放进口袋,好像那是贵重的契纸一样。

孟良摇了摇头。"今儿不去了。我困极了。一夜没睡,赶着写呢!"孟良又点了点头,"既拢上火,就得续柴。我就在这儿睡一觉。您走您的。"

宝庆跟他分了手。他高高地昂起头,两眼炯炯闪光。孟良都能通宵达旦地干,他有什么不能的。窝囊废也一样。他们要连夜把新词排出来。

十五

重庆的雾季又来临,到处是叮叮当当锤打的声音,人们在重建家园。活儿干得很快,只几个月的功夫,战争创伤就几乎看不见了。起码,在主要街道上,破坏的痕迹已经不存在了。只有僻静地方,还有炸弹造成的黑色废墟,情势惨淡。城市面貌发生了变化。房屋从三层改为两层,都用篾片和板条架成,使城市看来更开阔了,整个城看着像个广阔的棚户区。

宝庆忙着帮书场的房东修缮房屋。他找来了工人,亲自扛材料,跟好不容易搜罗来的人手一起修屋顶。书场终于又能用了。说不上体面,可到底算个书场,马上又能开张了。

开锣那晚,演出抗战大鼓。秀莲先唱她那一段,宝庆坐在台侧瞧着。他每次瞧她,都觉得趣味无穷。这一回,他注意到她学了新技艺。她唱腔依旧,可又有了微妙的变化。她理解了唱词,声音里有了火与泪,字字清晰中听。他先愣了一下,然后也就恍然大悟。当然,这是因为她读了书。姑娘生平第一次,懂得了她唱的是什么。孟良一个字、一个字地把鼓词讲给她听,每一句都解释得清清楚楚。他把她要说唱的故事,编成一套文图并茂的连环画,让她学习,终于创出了奇迹。她用整个身心在讴歌了。

她理解了唱词,声音里有了火与泪,字字清晰中听。

听众也觉出了变化。他们欣赏新式大鼓,也为姑娘的进步高兴。她一唱完,掌声雷动。秀莲从来没有这么轰动过。

她飞跑回后台,小辫直舞,差点和宝庆撞个满怀。"爸,"她叫着,"真不知道是怎么回事。我上场的时候,好像一个字也不记得了,可忽然一下,鼓词又自个儿打心里涌出来,我就有板有眼地唱,一个字也不差。"她年青的脸儿红了,"为什么孟先生没来呢?我多盼着他能来听听。"

宝庆也奇怪。孟良一直没露面。秀莲叽叽呱呱说的时候,他已经在忖度着了。她跟他说,懂得了唱的是什么,事情就好办得多,孟先生教她的,真管用。

琴珠走了过来。她的脸绷得紧紧的,眉头皱着。她本打算给秀莲道喜,可又改了主意,只站在一边,听他们说话。她从来没妒嫉过秀莲,以为她根本不是自己的对手。这一回,她发了愁。真新鲜,就为了段新词,也值得给这么个毛孩子使劲鼓掌!她得不惜一切,想法儿胜过她。要是秀莲出了头,她就会把那班来捧场的最有钱的大爷给拉过去。

她咬着厚厚的下嘴唇,呆了好一会儿。然后摇摇头,转身走了。

轮到她上场,她唱了个黄色小调。但听众的爱国激情正高,不管她怎样打情骂俏,黄色小调还是吃不开。对琴珠来说,这是一次失败,听众第一次对她那么冷淡。她耷拉着脸,走进秀莲的屋子,往躺椅上一倒,沙哑着嗓子问:"有学问的小姐,你好!你那新鼓词哪儿弄来的?谁教的?是不是他的……,要不你怎么唱得那么动情呢。"

秀莲飞快转过身来,脸涨得绯红。她还没来得及开口,大凤冲了进来。"琴珠,你这话什么意思?"

琴珠满不在乎地咧开嘴笑了。"我说什么啦?不爱听,堵上你的耳朵。"

大凤气得要哭。"你再说这种话,我就告诉妈去。"她生气地说,站了起来。琴珠见这情形,走了出去,临出门还回头说了句脏话。

秀莲束手无策地看着大凤。"怎么都喜欢说脏话?你瞧,妈也爱那么说。"

大凤摇了摇头。"管它呢,"她老老实实地说,"就那么回事呗!"

秀莲又羞又恼,浑身发热。她照着镜子,也冲自己说了两句脏话。这又怎么样?就讨了便宜去啦?为什么有些人说脏话那么津津有味?孟先生就不说这种话,她也不应该说。她崇拜孟先生。他能解开她心里的疙瘩,跟他在一起,她从来不觉得自己低人一等。

宝庆也唱了新词。听众很捧场,不过有些人后来说,他们到戏园子里来,为的是逃避战争现实,还是听点老词好。宝庆只笑了笑,说:"有时候,人也得试着干点新鲜事儿。"

秀莲把琴珠的话告诉了爸爸。宝庆一笑,然后说:"她懒,不乐意学新东西,心里又嫉妒。"秀莲问爸爸,琴珠说起脏话来,怎么跟妈一个样。宝庆没言语。

宝庆上楼回到自个儿屋里,觉着今天是个好日子。秀莲如今也成了拿得起来的角儿了。唐家要是再来捣乱,就叫他们带着那婊子滚。真痛快!

生意兴隆了约摸一个来月。花插着,宝庆和秀莲还为抗日团体义务演出,替前方受伤将士募捐。报纸很快登出了义演的消息。他们的名字天天见报。宝庆觉着自己真的出了名,成了受人尊敬的人物,可以跟新戏演员平起平坐了。

有天晚上,他带着秀莲下小馆,把近来如何走红,跟她说了说。他特别提道,"去年这会儿,你还什么也不是呢。如今你也成了名角儿,比琴珠的身份高多了,你应当高兴。"

她没有马上答碴。"怎么样?"他又问,"你怎么想?"

她勉强笑了一笑。"您觉着,要是我继续往下学新鼓词,我就可以像那些演员一样,受人敬重了么?"她渴望提高自己的社会地位,不再跪倒在王司令太太面前,也不要卖给别人去当小老婆。

"那当然,"宝庆说,"你越有学问,人家就越尊重你。"说完,又觉得不该这么说。他挺担心,唯恐读书识字会毁了介乎成人和孩子之间的她。

他们没再多说什么。一直到家,秀莲几乎一言不发,就上床睡觉去了,这使宝庆很不愉快。这些日子以来,她总是沉默寡言,心事重重。

第二天一早,唐四爷就来了,还是那么鬼头鬼脑。宝庆一看他那副样子,就知道有事。

"宝庆,"唐四爷开了口,"我替闺女跟您请长假来了。"

宝庆笑了起来。"另有高就啦?"

唐四爷眉飞色舞,手舞足蹈。"是呀,我自个儿成了个班子。找到几个会唱的姑娘,想雇她们。"

宝庆高兴得真想跳起来。近来从上海、南京来了不少卖唱的。每天都有一两个人来磨他,想搭他的班。他不乐意要。因为多一半是暗娼,哪怕她们唱得跟仙女一样好听呢,他也不乐意要这种人来跟他一块儿上台。让唐四爷要她们去,让琴珠也滚。"恭喜恭喜,"他说,"恭喜发财。"

唐四爷的口气,颇宽宏大量。"好宝庆,"他说,"我们刚到重庆那会儿,您帮过我们的忙,我永世不忘。您是知道我的,我最宽大为怀。知恩感恩,欠了人家的情分嘛,不能不报答。我跟老伴说,不论干什么,头一桩,得向着我们的好朋友方大老板一家。所以,我打算这么着办。"他停了一下,小兔牙露了出来,一对小黑眼紧盯着宝庆。"我们请您和秀莲去和我们同台演出,怎么样?当然男角儿里您是头牌,秀莲呢——唔,她嗓子嫩点,就排第四吧。"

这样厚颜无耻!宝庆就是想装个笑脸,也装不出来了。"那不成,"他急忙说道,"我有我的班子,您有您的。"

唐四爷抬了抬眉毛。"不过您得明白,好兄弟,从今往后,小刘可就不能再给您弹弦子了。我自个儿的班子用得着他。"

宝庆真想揍唐四爷一顿,给他一巴掌,踢他一脚。老乌龟!无赖!

"四爷,"虽说他的手发痒,恨不能马上揍他一顿,他还是耐住性子,稳稳当当地说,"您算是枉费心机。我们的玩艺儿跟你们的不一样,再说,找个弹弦的也并不费难。"

唐四爷耷拉下眼皮,慢吞吞地眨巴着,然后溜了。

接着,四奶奶摇摇摆摆走了进来,宝庆知道又要有一场好斗了。她满脸堆着谄媚的笑,见人就咯咯地打招呼,一直走进了秀莲的屋。她手里拿着一把蔫了的花,是打垃圾箱里捡来的。她把花递给秀莲,就唠叨开了,"好秀莲,我紧赶慢赶跑来,求你帮帮忙。这个忙你一定得帮,你是个顶好心的姑娘。"

宝庆也不弱。他迎着四奶奶,热烈地恭贺她,不住地拱手,像在捧个名角儿。"四嫂子,恭喜恭喜!我一定给您送幅上好绸的喜幛。今儿个真是大家伙儿的好日子。"

四奶奶猛地爆发出一阵大笑,好像肚子里头响了个大炮仗。"您能这么着,我真高兴。好事还在后头呢!您想得到吗?琴珠跟小刘要办喜事了。当然,是时候了。这就把他给拴住了,是不是?我们作艺人家,顶讲究的就是这个。"她像个母鸡似的咯咯笑着,冲宝庆摇晃着她那张胖脸。宝庆呢,那副神气就像是个倾家荡产的人,忽然又拾到了一块钱。

"好极了,"他硬挤出一副刻板的笑容,"双喜临门!到时候,我们全家一定去给你们道喜。"

老妖婆走了以后,宝庆的事还没完。二奶奶那儿,还有一场呢。二奶奶对于怎么掌班子,自有她的看法。她数落宝庆,这下他们可算完了。都是他的不是。他压根儿就不该学那些新鼓词。再说,他为什么不把那些卖唱的姑娘都雇下来,好叫唐家捞不着?真缺心眼!

宝庆气呼呼地出了门,去找小刘。宝庆恭喜他的时候,小刘的脸红得跟煮熟的对虾一样。"真对不起,大哥,"他悔恨地嘟囔着,"太对不起了。"

"有什么对不起的?"宝庆甜甜蜜蜜地问,"咱俩是对着天地拜过把子的兄弟,同心协力一辈子。你跟琴珠结婚,碍不着咱们作艺的事。"

小刘一副为难相。"可我答应唐家,办喜事以后,就不再给您弹弦了。婚书上就是这么写的呢,大哥。"

宝庆真想往他脸上啐一口,可还是强笑着,"好吧,小兄弟。我不见怪,别过意不去。"

宝庆飞也似地回到南温泉,背后好像有一群鬼在追。

他找到了窝囊废。"来,兄弟。"窝囊废说,"又得了两段新词。是孟先生写的。来听听!"

"先别管那些新词了,"宝庆说,"咱们这回可要玩完。"他把事情的前前后后告诉了窝囊废,临完,问,"怎么办,大哥?您得帮着我们跟唐家干。"

"真还是件事,"窝囊废回答着。他瞧出来,往后怕是得干活了。他忽然觉着冷。

"什么东西,"宝庆气哼哼地说,"我多会儿亏待过他们?连小刘,为了个婊子的臭货也不理咱们了。这个小婊子!让他当它一辈子王八去。"见窝囊废想装没事人儿,他严厉地说,"这么多年,您一直由我养活,您总得给我句好话。别光站在那儿不吭声!"

窝囊废叹了口气。泪珠子在他眼睛里转。他摇了摇头,说:"别发愁,宝庆,我跟着你就是了。我不是你的哥吗?我给你弹,还能不比那小王八蛋强吗?不过你得给我出特牌。牌上就写:特约琴师方宝森先生。我不乐意当个挣钱吃饭的琴师。"

宝庆答应了,激动得眼泪直往外冒。他爱他的大哥,知道窝囊废确实为他作出了牺牲。"哥,"他哽咽着说,"您真是我的亲哥,人家管您叫窝囊废,真冤屈了您。我每逢有难,都亏您救我。还是您跟我最同心协力。"

窝囊废告诉他,孟先生要他跟着进一趟城。他马上掏出钱来,叫买车票去。孟先生是他的福星,不是吗?

回来的路上,宝庆坐在公共汽车里,算计着他的得失:走了个暗门子琴珠,乌龟小刘;来了个新班子跟他唱对台戏,失去几个懒得到他书场来的主顾。换来的是,大哥来当琴师,秀莲成了名角儿,当然,还有面子。如今他也有了面子。他高兴得唱了起来,边唱边编词,"大哥弹,兄弟唱,快起来,小秀莲,起来,起来,你起来吧。"

别的乘客好奇地瞧着他,没说什么。他们想,这些"下江人"真特别!

秀莲听了这消息,乐极了。下一道关,是宝庆怎么去跟老婆说。他打算学学孟良那一着。他打发大凤去买酒,包饺子外带炸酱面。

第二天晚上,有人来找宝庆。打头的是小刘,愣头磕脑地就撞了进来,站在一边,光哆嗦,不说话。唐四爷跟在后面,垂头丧气,好似丧家之犬。俩人都不言语。

"怎么啦?"宝庆问。

唐四爷几乎喊起来了。"行行好吧,您一定得帮忙。只有您能帮这个忙。"

宝庆挑了挑眉毛。"到底出了什么事?我一点儿不明白,怎么帮忙呢?"想了一想,他很快又添上了一句,"要钱,我可没有。"

小刘尖着嗓子,说出了原委。"琴珠让人给逮走了。"他两手扭来扭去,汗珠子从他那苍白的脸上冒了出来。

"逮走了,"宝庆随声问道:"为什么呢?"

两个人面面相觑,谁也说不出口。末了还是唐四爷伤心地说了出来:"这孩子太大意了。她在个旅馆里,有几个朋友聚在一起抽大烟。她当然没抽,可是别人抽了。她真太大意了。"

宝庆恨不能纵声大笑,或在他们脸上啐一口。这个乌龟!不能再到街上去拉皮条了,倒来找他帮忙!……一转念,他又克制了自己。不能幸灾乐祸,乘人之危。不跟他们同流合污,但也不要待人太苛刻了。

"你们要我怎么办?"

"求您那些有地位的朋友给说说,把她放出来。我们明儿晚上开锣。头牌没了,可怎么好呢?要是您没法儿把她弄出来,您和秀莲就得来给我们撑门面。"

"这我做不到。"宝庆坚决地回答,"我抽不出空来,要是有办法的话,帮您去找找门路倒可以。"

唐四爷还是一个劲地苦求:"您和秀莲一定得来给我们撑门面。准保不让她跟别的姑娘掺和。务请大驾光临。"

宝庆点了点头。不明白自己为什么没有勇气说,要去,必得让秀莲挂头牌。不论怎么说,这个头牌一定要拿过来。他觉得好笑。唐家班的开锣之夜,倒让秀莲占了头牌!要是让他来写海报,他就这么写。

秀莲高兴得不知怎么是好。她这是第一次挂头牌。

第二天散场后,她紧紧地攥着唐四爷开给她的份儿,决定把钱交给妈妈,讨她的欢喜。她如今也是头牌了。挣了钱来,把钱给妈妈,看她是不是还那么冷漠无情。

她手里拿着钱,快步跑上楼,一边走,一边叫:"妈,给您。我挣的这份钱,给您买酒喝。"

二奶奶笑了起来。按往例,她从来不夸秀莲。不过有钱买酒喝,总是件快活事。"来,"她说,"我让你尝尝我的酒。"她拿筷子在酒杯里蘸了一蘸,在秀莲的舌头上滴了一滴酒。

秀莲高高兴兴,唱着回到自己的屋里。她把辫子打散,像个成年女人似的在脑后挽了个髻,得意地照着镜子,觉着自己已经长大了。不是吗?连妈妈都高了兴。她边脱衣服,边照镜子。大凤进屋时,她正坐在床沿上。大凤一眼瞧见了她的髻儿,嘻嘻地笑了。"疯啦,干吗呢?"她问。

十六

陶副官是个漂亮小伙子,高个儿,挺魁梧,白净脸儿,两眼有神。他是个地道的北方人,彬彬有礼,和和气气。当初,他为人也还算厚道,但在军队里混了这么些年,天性泯灭了,变得冷面冷心。他可以说是又硬又滑。他显得很规矩,讨人喜欢,但他到底什么时候说的是真话,你永远捉摸不透。经过这么多年,他的天良早已丧尽,原先是个什么样子,连他自己也已经忘得一干二净。

他每次做交易,该得多少好处,要按实际情况来定。就拿唱大鼓的宝庆和他闺女那档子事来说,陶副官当初还真是想帮忙来着。不是吗,都是北方人,乡里乡亲的,总得拉上一把。不过,在见王太太以前,他并没有给宝庆和秀莲出过主意,教他们怎样避祸。秀莲顶撞完老太婆,陶副官忽然觉着自己成了方家的救命菩萨。他既然对他们有恩,那知恩感恩的老乡,就该表表感激之情。

他常上南温泉,几乎天天要找个借口到镇上来一趟。开头,他往往打王家花园弄一束花,或一两篮子菜来给二奶奶。这么好的一个副官,不让人家喝上一两盅,做顿好的吃,就能给打发走了吗？他确实挺招人喜欢。他带来的东西，一文不用自己掏腰包，而方家老招待他，可真受不了。

陶副官酒量惊人，宝庆从没见过这么豪饮的，喝起酒来，肚子像个无底洞。一喝醉，他的脸煞白，可还是很健谈。他从不惹事，不得罪人，偶尔吹嘘两句，也还不离谱儿。

多年来，宝庆阅历过的人也不算少，可陶副官究竟属于哪种人，他说不上来。他并不喜欢他，可也不能说讨厌他。离远了，他觉得这人毫无可取之处；但副官一来，又觉得他也还不错。

陶副官还是有些使他看不惯的地方。这人太滑，老想讨好，喝起别人的酒来没个够。

二奶奶跟陶副官最投机。二奶奶是什么样的男人都喜欢，跟陶副官尤其合得来。她也喜欢孟良，不过那完全不一样。孟良受过教育，有文化，跟她不是一路人。他也玩牌，也有说有笑，不过陶副官一来，可就把孟良比下去了。副官的话要中听得多，因为他是北方人，跟她的口音一样，见解也很相近。他要是说个笑话，她一听就懂，马上就笑。

这两个人成天价坐在一块儿逗乐，说些低级趣味的事。二奶奶打情骂俏很在行。跟男人调起情来，声调、眼神运用自如。她对副官并无兴趣，也可以说，压根儿就不想再找男人。不过跟他胡扯乱谈，可以解解闷。说到陶副官，他懂得该怎么对付二奶奶。要是她上了劲儿，他就赶快脱身，而仍跟她保持友好。跟王司令多年，他学会了这一招。王司令有好几个小老婆，有的也对年青漂亮的副官飞过眼儿。

陶副官对二奶奶讲起他的身世。他是个奉公守法，胸有抱负的青年。他很想结婚，成个家，但至今找不到可心的人儿。这些本地的土佬儿,不成!说着,他摇了摇油光水滑的头。一个北方人,怎么能跟这种人家攀亲!说着,他瞟了瞟坐在窗边的大凤。大凤像只可怜的小麻雀,恨不能一下子飞掉。陶副官又缓缓地叹了口气,是呀,他还没找着个合适人家,能够结亲的。

二奶奶心里动了一动。这位副官倒是个不错的女婿。她很乐意有这么个漂亮小伙儿在身边。她已经年老色衰了,有这么个小伙子守着,消愁解闷也好。

陶副官决不放弃能捞到好处的任何机会。大凤算不得美人儿,可总是个大姑娘,结实健壮,玩上它几夜,还是可以的。她还能管管家,做个饭啦什么的。再说,这就能跟方家挂上钩,而对方家,是值得下点功夫的。方老头一定有钱,要不,他怎么能一下子孝敬王司令那么多?这个主意妙。娶了姑娘,玩她几天,再挤光那俩老的。

有天晚上,他跟二奶奶郑重其事地商量了这件事。开头她拿腔作势,故意逗他,不同意这门亲事。但陶副官单刀直入,提出了充足的理由:要是王司令再来找麻烦,可怎么好呢?你们要是把姑娘嫁给我副官,他王司令还能有什么办法?只要我陶某人辞掉王司令那儿的差事,还能不给您方家好好出把子力气?他站起来,伸屈了一下胳膊,让二奶奶看他结实的肌肉。"看我多有劲,要是我往你书场门口那么一站,还有谁敢来捣乱?我跟过王司令,这回让你爷儿们面上有光。他就不想要我这么个人?"

当晚,二奶奶跟宝庆说,要把大凤嫁给副官。宝庆先是大吃一惊。转念一想,又觉得不无道理。这位油头滑脑的副官没有挑上秀莲,真是运气。不过拿大凤作牺牲,究竟是不是应该呢?

陶副官一定不会很清白,可能结过婚。就是他真的结过婚吧,抗战时期,也无从查对。他倒也具备个好女婿的条件。不管怎么说,他一天到晚泡在家里,白吃白喝,还不如干脆叫他娶了大凤去。

宝庆整夜翻来覆去,琢磨着这件事。大凤也该成亲了。可以问问她,愿不愿意嫁人,喜不喜欢陶副官。她要是喜欢,那最好不过。嫁出门的闺女,泼出去的水。记得哪本书上说过,父母不能照应儿女一辈子。要是以为自己全成,就太痴心了。

他刚跟大凤一提,大凤就红了脸。这就是说,她乐意。所以,他也就接受了。不过,他还是很不安,觉得对不起她。这孩子说来也怪,明明是亲骨肉,在家里却向来无足轻重。她的处境,一向比养女秀莲还不如。她性情孤僻,常惹娘生气。好吧,这就是她的命。既然陶副官开了口,就把她嫁给他。而他宝庆,也就尽了为父的心。喜事要办得像个样子,就小镇的现有条件,尽可能排场一点。得陪送份嫁妆,四季衣裳,还有他特意收藏着的几件首饰。不能让人家说长道短,好像嫁闺女还不如打发个暗门子。他有他的规矩。方家的姑娘出阁,得讲点排场。是艺人,但是得有派头。

刚过完年,镇上两位头面人物就送来了陶副官的聘礼,是分别用红纸包着的两枚戒指,婚书上面写着副官的生辰八字。为了下定,宝庆在镇上最上等的饭馆广东酒家摆了几桌席,还请了唐家和小刘。借此让他们知道,等琴珠结婚的时候,他也会有所表示。

秀莲几次想跟大凤谈谈这门亲事。定亲请客那天晚上,大凤穿了件绿绸旗袍,容光焕发。秀莲从没见过她这么漂亮。不过大凤整晚上一直古怪地保持着沉默,羞红的脸高高抬起,谁也不瞧。

"你走了,我真闷的慌。"当晚,准备睡觉的时候,秀莲说。大凤没言语。秀莲跪下来,拉住大凤的手。"说点什么吧,姐姐,就跟我说这么一回话也好。"

"我乐意走,"大凤阴沉沉地说。"我在这儿什么也不是,没人疼我。让我去碰碰运气。嫁鸡随鸡,嫁狗随狗。不这样,又有什么办法?我不会挣钱吃饭,我不能跟着爸和你到处去跑。谁也不注意我,谁也不要我。我恨我自个儿不会挣钱养家,我不乐意成天跟你在一块。你漂亮,又会唱,人家都看你,乐意要你。可我呢,除了陶副官,谁也没有要过我。"她淡淡地一笑。"等过了门,我也跟别的女人一样,能叫男人心满意足。"

秀莲觉得受了委屈。古怪的姐姐,竟说了这么一通话。这么多年,她秀莲可一直想对姐姐好,跟她交朋友。"你恨我吗?姐?"她有点寒心。

大凤摇了摇头。"我不恨你。你的命还不如我呢。我总算正式结了婚,你连这个都不会有。所以嘛,我可怜你。"

这真像一把利箭刺穿了秀莲的心。

"你看琴珠,"大凤继续往下说,"爸干嘛要把她这么个人请到家里来吃喜酒。她跟小刘,跟好多别的男人睡过觉。她是个唱大鼓的,跟你一样。"

秀莲两眼射出了凶光,发白的嘴唇抿成了两道线。"好,原来你把我看成跟她是一路货,"她焦躁地说,"你不恨我。你觉得我一钱不值,就像一堆脏土一样。"

大凤又摇了摇头说:"我不知道我对你应该怎么看。"

沉默了好一会儿，秀莲到底开了口。"姐，你就做做样子，假装疼疼我吧。谁也没疼过我。妈怎么待我，你是知道的，你总不能跟她一个样。你就说你疼我，咱俩是好朋友。你就是不那么想，光说说也好。总得给我点想头。没人疼我，我很想有人疼疼我。"她咬住嘴唇，眼泪在眼睛里直转。"就是，我希望有人爱我。"

"好吧，"大凤让了步，"我来爱你，真是个蠢东西。我是你顶好顶好的朋友。"

秀莲擦了擦眼泪，马上又问："你跟个生人结婚，不觉着害怕吗？你想他是不是会好好待你呢？"

"我当然害怕啦，不过有什么法儿？我不过是个女孩子。女人没有不命苦的。我们就跟牲口一样。你能挣钱，所以不同一点，可你又能得到什么好处？你靠卖唱挣钱，人家看不起你。我不会挣钱，所以要我怎么样，就得怎么样，叫我结婚，就得结婚。没有别的办法。一个男人来娶我，得先在一张纸上画押，还得先美美地吃上一顿。哈！哈！"

秀莲想了一会儿。"那些女学生呢，她们跟咱们是不是一样呢？"

"这我哪知道？"大凤心酸地顶了她一句，"我又不是女学生。"她哭起来了，眼泪花花地往下掉。

秀莲也哭了。可怜的大凤！这么说，这么些年来，她也觉着寂寞，没人要。如今，她要出嫁了。这就是说，她，秀莲在家里的地位，会提高一点？他们也要她嫁个生人吗？谁说得上？她想起了妈的话："卖艺的姑娘，都没有好下场！"大凤还说，她将来比她还不如，连个正式的婚姻也捞不上！她得像琴珠一样，去当暗门子。不过,靠爸爸陪送,嫁个生人,又比这好多少呢?

她走到床边坐下,床头上搁着一本书。她想读,可那些印着的字,一下子都变得毫无意义。这些字像是说:"秀莲,你不过是个唱大鼓的,是琴珠第二。你当你是谁哪?是谁?你有什么打算?甭想那些了。你一辈子过不了舒坦日子。"

孟良来教课的时候,她还在冲着书本发愣。她笑着对孟良说:"我想问您点儿书本上没有的事儿。"

"好呀,秀莲,问吧!"孟良把手插在口袋里,玩着衣服里子里面的一颗花生。

秀莲问:"孟先生,什么是爱?"

孟良挺高兴,但又很为难。他说:"怎么一下子给我出了这么个难题?这可没法说。"

"谁都说不上来吗?"

"人人都知道,可又说不清楚。你干吗要问这个呢?秀莲?"孟良那瘦削的脸显得挺认真。他在对面的椅子上坐下,好奇地盯着她。

秀莲舐了舐嘴唇。"我就是想知道知道,因为我什么也不懂。我没有兄弟姐妹,没有朋友,没人疼我。男人追我,都想捏我一把。这就是爱吗?我姐就要嫁人了,嫁给个她不知道的人。他跟她睡觉,她给他做饭。那就算爱吗?男学生跟女学生,手拉手在公园里散步,在草地上躺着亲嘴。那就是爱?还有,随便哪个男人,只要给琴珠一块钱,就可以跟她睡觉。那也算爱吗?"

孟良大声喘了口气,好像打肚子里喷出了一口看不见的烟雾。"别着急呀,姑娘!我一口气哪儿答得上来这么一大串问题。答不上来的,所以,咱们先解决它一个。比如说,你姐姐的婚事。这说不上爱,这是一种封建势力。姑娘大了,凭父母之命,就得嫁人。她要是个革新派,按新办法办,就该自己挑丈夫。"

"像琴珠那样?"

他摇了摇头。"她那样不是挑丈夫,是出卖肉体。爱情不是做买卖,是终身大事。"

秀莲想了一会儿,"孟老师,要是我跟个男人交朋友,有什么不对吗?"

"没什么不对,这事本身,没有什么不对。"

"要是我自个儿打主意要嫁他,有错儿吗?"

"按我的想法,没什么错儿。"

"自个儿找丈夫,比起姐姐的婚事来,过日子是不是就更舒心些呢?"

"那也得看情况。"

"看什么情况呢?"

"我也说不准。我已经跟你说过,这样的问题,没个一定之规。"

"好吧,那咱就先不说结婚的事儿。我问您,要是我有个男朋友,家里又不赞成,我该怎么办呢?"

"要是值得,就为他去斗争。"

"我怎么知道他值不值得呢?"

"这我怎么跟你说呢?你自己应当知道。"孟良叹了一口气。"你看,你的问题像个连环套,一环套一环。我看,还是学我们的功课更有用一点。"

秀莲这天成绩很差。孟先生为什么不能解答她的问题?他应该什么都教给她呀。她对他的信仰有点动摇了:他就知道谈天说地,对她切身的问题却不放在心上。他认为她有权自己挑丈夫,她说什么他都表示同意,甚至主张她违抗父母。他到底是怎样一种人,竟随随便便提出这些个看法,对主要问题,却又避而不谈。

雾季一过,他们又回到南温泉。在重庆的这一阵,宝庆的生艺不见好,因为唐家班抢了他的生意,当然勉强维持也还可以。在重庆,常上戏园子的有两种人,一种人爱看打情骂俏的色情玩艺儿,对说唱并不感兴趣;另一种人讲究的是说唱和艺术的功底。后一种人是宝庆的熟座儿。宝庆对付着,总算是有吃有穿,安然度过了夏天。

他急着想把大凤的事办了。既然已经把她许给了陶副官,他就又添了一桩心事。他这才意识到,照应自己的亲生闺女,也是一层负担。他有时觉着,他像是收藏着一件无价的古磁器,一旦缺了口,有了裂纹就不值钱了。当爸爸的都操着这份儿心。姑娘一旦订了亲,就怕节外生枝,也怕她会碰上个流氓什么的。

所以,他打算一回南温泉就办喜事。秀莲盼着办姐姐的喜事,比家里其余的人更起劲。她像是坐在好位子上看一出戏。她可以好好看看,一个姑娘嫁了人,到底会有什么变化。她也要看看,姐姐究竟是不是幸福。这样她就可以估摸一下,她自己是不是有幸福的可能。多么引动人的心,许多个夜晚,她睡不着,渴望弄它个明白。

大凤还是老样儿,整天愁眉不展,闷声不响。她埋头缝做嫁妆。秀莲注意到她有时独自微笑,想得出了神。她明白她为什么笑。可怜的大凤没命地想离开家,去自立,逃开这个由成天醉醺醺的妈妈管辖的邋遢地方。她想离家的心情太迫切了,连跟个陌生男人睡觉的恐惧,都一点儿吓不倒她。

喜事一天天逼近了,窝囊废成天跟弟媳妇在一起划拳喝酒。他陪着二奶奶喝,觉着要是家里只有她一个人喝醉酒,未免太丢人,而他不愿意她丢人现眼。再说,大凤走了,他觉着悲哀。大凤从没给谁添过麻烦,从没额外花过家里一文钱。她总是安安稳稳,心甘情愿地操持家务。如今她要走了。

二奶奶往常并不关心大凤,不过她醉中还记得,这是她亲生的闺女,要是陶副官待她不好,她会伤心的。这种母爱是酒泡过的,比新鲜的醇得多。

秀莲想跟妈说,她盼着能在妈心里,也在家里,代替大凤的地位。不过眼下这个节骨眼说这话,看来还不合时宜。她不能不想起,大凤要出嫁了,妈又哭又叹,可是当初她被逼着去给王司令当小老婆的时候,妈没滴过一滴泪。

猛地,堂屋里一阵闹腾,秀莲走到门边去听。妈妈在扯着嗓子嚷,大伯大声打着呵欠。妈妈说的话,叫她本来就不愉快的心,一寒到底。只听妈妈在那儿嚷:"大凤这一走,我得好好过过。我去领个小男孩来,当亲生儿子把他养大。眼下是打仗的时候,孤儿多得很,不是吗?要领个好的,大眼睛的小杂种,要稍微大一点,不尿裤子的。"

这么说,妈一辈子也不会疼她了,这是明摆着的。不管她是靠卖唱挣钱,还是靠跟男人睡觉挣钱,妈都不会有满意的时候。她不过是个唱大鼓的,没有亲娘。这个世道到底是怎么回事?嗯?她心酸,觉得精疲力尽,好像血已经冻成了冻儿,心也凝成了块。爸好,他的心眼好,可那又有什么用?他解决不了她的问题,他没法又当爹又当娘。

　　她觉出爸走到了跟前,于是转过身来。他显得苍老,疲倦,不过两眼还是炯炯有神。他拍了拍她的肩膀,悄悄地说,"不要紧,秀莲。等你出嫁的时候,我要把喜事办得比这还强十倍。办得顶顶排场。要信得过我。"

　　她一言不发,转身回到自己的卧室。爸干吗要那么说?他以为她妒嫉啦?她才不妒嫉呢。她恨这个世道,恨世界上的一切。泪涌了上来。

十七

结了婚,大凤换了个人。短短三天工夫,她起了神奇的变化。秀莲见了,既高兴,又奇怪。姑娘变起来这么快!刚出阁的陶太太第一次回门,变得那么厉害,简直叫人认不出来了。她眼睛发亮,容光焕发,沉浸在极度的幸福之中。就连她的体态,仿佛也有了变化。结婚前,她穿起衣服来死死板板,她是衣裳的奴隶,是衣服穿她,不是她穿衣服。如今她穿起衣服来,服服帖帖,匀称合身。她结实的胸脯高高隆起,富有曲线美,这是从来没有过的,就连她那细长的胳膊,也好像变得柔和秀丽,给人以美感了。

她还是那么沉默寡言。秀莲惊讶地听见她跟妈说了一句粗话。当她还是方家那个干巴巴的小毛丫头大凤的时候,她哪敢说这种话!结婚这么能变化人。结了婚,就有权说粗话;结了婚,人还会显得漂亮。她费了好大劲,把这些想法写在一张纸上。

等没人的时候,她问大凤,婚后觉得怎样,高兴,还是不高兴?秀莲一个劲地问,可大凤好像压根儿就不听她。她只顾自个儿照镜子,把胳膊抬起来,看看衣服套在她那刚刚发育成熟的胸脯上,是不是合适。

秀莲仔细观察着,心里还是很空虚。她的词汇不够用。不过她还是记下了各式各样的问题,等着问孟良。

唐家也到了南温泉。他们挣的钱多,自然而然,就染上了恶习。唐四爷和琴珠抽上了大烟,把小刘也给带坏了。

唐四爷除了损人利己,拚命捞钱之外,抽大烟是他最大的乐趣。他一个劲地抽,不光是为过瘾,还觉着这样会抬高他的身份。人家一听他是个鸦片鬼,就会说:"唐先生一定很有钱,"这话叫唐四爷听了,说不出地受用。

他抽,琴珠抽,小刘也抽。瘾越来越大,人也越来越懒,越来越脏。生意上是四奶奶包揽一切,她可没有应酬人的本事。说实在的,她真叫人一瞧就讨厌。哪怕是顶顶好脾气的人,见了她,不等她耍开她那刀子嘴跟人吹胡子瞪眼,就得火冒三丈,吵起来。唐家的生意一败涂地。在重庆,抽大烟不少花钱,地面上的地头蛇三天两头还来讹上俩钱,好也去弄点抽抽。可不是,要想白抽,最好的办法是讹那些有钱的,让他们掏腰包,这些人顶怕的就是坐牢。琴珠给关过一回,一回就够受了。为了把她保出来,她爹没少花钱。

唐家回到南温泉,已经是一贫如洗。四爷擦了把脸,换了件衣服,就去找宝庆。他烟抽多了,满脸晦气,瘦得像个鬼。不论怎么说,他还是比老婆有本事,用不着跟人吵闹,就能把买卖谈成。他出了个主意:夏天,唐家和方家合起来,在镇上茶馆里作艺。

宝庆不答应。他眼下很过得去。他正忙着排练孟良的新词,准备雾季拿进城去唱。唐家,滚他妈的蛋吧,让他们自个儿干去。不过呢,话又说回来,没准什么时候会用着小刘,窝囊废未见得肯长干下去。他没长性,保不住还会生病。说实话,他也有把子年纪了,吃惯了现成饭,乍一干起活来,确实够他受的。再说,宝庆做事喜欢稳稳当当。唐四爷去找宝庆,见他光着脊梁,穿着一条挺肥的裤子,油黑发亮的宽肩膀上,湿漉漉的都是汗。

宝庆说他太忙,没工夫考虑到茶馆里唱书的事,要他等几天再说。唐四爷觉得他架子不小,根本不把他看在眼里,随随便便就把他撂在一边。他心里又怨又恨,"哼,咱们走着瞧,看老子不收拾了你。"

他叫四奶奶去找二奶奶。她冲二奶奶大吵大嚷了一阵子。"怎么,你也疯了吗,秀莲和宝庆明明可以挣钱养家,偏偏坐吃山空,你就看着不管?真蠢!"

四奶奶一走,二奶奶就照这话,劈头盖脸数落了宝庆一通。他不理,她又絮叨了一遍。他只顾练他的新词儿,压根儿就不听她的。二奶奶急了,使劲嚷了起来。宝庆放下鼓词,站了起来。他掖了掖裤子,说:"甭说了,好不好?也听我说两句。事情是这么着,唐家跟我们不是一路人,我不乐意跟他们沾边。他们抽大烟,我们不抽,这总比他们强点。你也该知足了,你没给我生过儿子。为这,我跟你打过架吗?想娶过小吗?没有,是不是?你爱喝一盅,我不喝。这么着,咱们各干各的。我得练我的鼓词,我想为国家出把力气,我得保养我的嗓子。我要的就是这么些,能算多吗?到了冬天,我天天都得扯着嗓子去唱。我挣的钱,够你舒舒服服过日子的,所以,你就别管我的事,让唐家滚他们的吧。"

宝庆难得说这么多话。二奶奶倒在椅子上，愣着，说不出话来。这么些年了，除了刚结婚那一程子，宝庆从来没跟她讲过这么多心里话。这一回，他特意找了个她清醒的时候来跟她说，这就是说，是跟她讲理来了。他说得很对；正因为说对了，听着就更扎心。不过，她现在没有醉，所以没法找碴儿跟他吵。

末了，她说："你说我没给你生儿子，这不假。不过，我打算抱个男孩子，这就去抱。咱们很快就能有儿子了。"

宝庆没言语。趁她瞅眼不见，冲她吐了吐舌头。老东西还想抱儿子呢，连她自个儿都照顾不了。

秀莲没事干，常去找琴珠。她总得有人说说话儿。大凤从来不多言不多语的，不过秀莲还可以叽叽呱呱跟她乱说一气。大凤走了，她得找个伴，而琴珠是唯一能作伴的姑娘。

再说，她找琴珠，还另有想法。这位唱大鼓的姑娘对男女之间的事儿非常在行，秀莲常问她有关这方面的事。琴珠有时跟她胡扯一通，有时光笑。你想知道吗？自个儿试试去就知道了。对秀莲这颗幼稚的心说来，琴珠教她的，比起孟老师来，明确多了。

秀莲跟琴珠来往，宝庆很生气。他忙着练他的鼓词，顾不得说她。他让老婆瞅着点秀莲，不过她光知道喝酒。

大凤又回来了。灰溜溜的，两眼无光，脸儿耷拉着，好像老了二十岁。

秀莲急不可待地等着，想单独跟她说两句话。"姐，怎么啦？"她一边问，一边摇着大凤的肩膀。"跟我说说，出了什么事儿？"

大凤掉了泪。秀莲轻轻地摇她，像要把她晃醒似的。"跟我说说,姐,到底怎么回事?"大凤满脸是泪,抽抽咽咽地说了起来:"嫁狗随狗是什么滋味,这下我可尝够了。"她卷起袖子,胳膊上斑斑点点,青一块,紫一块。"他打的。"她哽咽着,说不出话来,双手捂住了脸。

"凭什么打你?"秀莲硬要打破砂锅问到底,"为了什么呢?"

大凤没言语。

"你就让他打?"

大凤挺不服气地瞧着她。"我能让他打吗,傻瓜!我是打不过他。"

"那就告诉爸去。"

"有什么用?爸也拿他没法儿,他老了。再说,他不过是个唱大鼓的,我呢,我是唱大鼓的闺女,他能有什么办法?"

秀莲心里一震。可怜的大凤!爸把她给了个男人,男人揍她,她一点办法也没有。她不会挣钱养活自己,所以只好忍气吞声。大凤忽然低低地哎哟了一声。"怎么啦?"秀莲挺关心,柔和地问,"怎么啦?"

"我有了身子啦,这我知道,"大凤嘟囔着说,"他也一清二楚。"有了身子,她要想另嫁别人,就不容易了。她要秀莲答应,一定不跟爸说。她梳洗打扮了一番,回家去了。脸儿高高扬着,还带着点儿笑,好像要让人家知道,她确是挺幸福。

秀莲还是告诉了宝庆。他瞪着两眼瞅着她,好像怀疑她在撒谎。他从来没想到会有这样的事。打从大凤出了嫁,他压根儿就没想到过她。这个油头粉面的狗崽子竟敢打她!怎么办?他不能去跟陶副官吵,吵有什么用?再说,到王公馆去,还不定会碰上什么倒霉事呢。陶副官会仗着王司令的势力,跟方家过

157

不去。打老婆的人,什么都干得出来。宝庆真的没了辙。他对自个儿说,这件事嘛,他其实无权过问。不过呢,也许还是应该管一管。

他得好好想一想,到底该怎么办。他不让秀莲跟妈和大伯说,更不能告诉琴珠。要是唐家知道了,镇上的人就都会拿方家当笑话讲。

秀莲紧盯着爸爸的脸,两个拳头抵在腰间。"那您就让那小王八蛋揍我姐姐,不管她啦?"

他脸红了:"我并没这么说。咱们得好好合计合计,总会有办法的。"

秀莲气疯了:"我要踢出他的……"她气得直嚷,顿着脚说:"女人都是苦命。大姑娘也罢,暗门子也罢,都捞不着便宜。"接着就用了一句琴珠的口头禅。

宝庆吓了一跳,走开了。这一程子他忙着练孟良写的鼓词,没想到出了这么多的事。事情真变得快。

这件事,秀莲一直没吭气,她等着孟先生来上课。也许他有办法。他有学问,会运用他的智慧,跟这种野蛮势力作斗争。秀莲把话跟他说了,然后下了最后通牒:"孟老师,我不打算再念书了。我们家是卖艺的,没有出息。一辈子都出不了头,何必白费劲儿。我们这样的人,永世出不了头。"

孟良半天没吭声。他光坐在那儿,傻瞅着太阳光。他这么一声不吭,惹得秀莲很生气。心想,又碰到了个他不肯解答的问题。

"秀莲,"末末了,他提出了反问,"你说,中国人现在都在干什么?"

"打日本呀!"

"打赢了吗?"

"没有,正在打呀!"

"说得对。既然还没赢,为什么又要打呢?"

"要是不打,就得亡国。"

"一点不错。你能明白这个,就好办了。你看我们国家这么穷,这么弱,可也抗战三年了。我们的人民为了生存,奋勇抗战。国家就跟一个人一样,因为国家本是一个个人组成的嘛。个人经历的,特别是求生存的斗争,也跟国家经历的一样。你越是发奋图强,遇到的困难就越多。你得下决心克服一切困难,否则就一事无成。你们女人是旧社会制度的牺牲品。这种旧制度的势力还很强大,顽固,有害的影响也还大量存在。就拿我打个比方吧。我是写剧本的,我有我的问题。你是个女人,你有你的问题。在我们这么一个古老的国家里,女人总是受欺凌,受歧视的。你想要有作为,就得争取进步。我觉着今天妇女的地位,就像个跟人赛跑的小脚姑娘。当然你的脚并不小,思想也没受那么多约束。你要做的,就是刻苦用功。你姐姐挨了揍。为什么挨揍呢?因为她从来没有打算要有作为。她就知道百依百顺,三从四德。她哪知道,女人自己起来反抗,可以消灭奴役妇女的旧势力。要是我们不抗战,今天早已经亡国了。陈规陋习也一样。你不跟它斗,它就会压垮你。"

秀莲想了很久,完了说:"我还是觉着,再学下去也没用。没准我也得嫁人,也得教个臭男人揍。"

孟良笑了起来,有点不耐烦了。"哪能呢,你不会的。"他拿起铅笔,龙飞凤舞地在一张纸上写了点什么。"秀莲,我给你安排个新生活吧。我主张你去上学,跟别的姑娘一样,好好念书去。你晚上才唱书,白天反正没事干。上学去吧。这样你就可以脚踩两只船了。要是学得好,成了女学生,就用不着再唱书了。要是学不出来呢,还可以再唱书,总还比别人学识多一点。怎么样?白天上学,晚上作艺。你瞧,我希望你能自立,必要的时候,能挣钱养活自己。想想吧,要是大凤会一门手艺,她的处境就会好得多。她可以离开那个家伙,自己挣钱吃饭。要那样,她压根儿也就用不着嫁给他了。"

"这么说,我要是读了书,就不会像琴珠那样了?"

"根本就不会那样。"

"我爹妈能让我去上学吗?"

"我去跟他们说说,再把你大伯也拉来帮忙。"

"我姐怎么办呢?"

"那可就得另说了。总得想个办法。多想想,准能想出好主意来,不过也得好好想想,不能太莽撞。眼下咱们已经取得了点胜利。咱们已经下定决心,不让你像大凤那样,更不能学琴珠。你要做新中国的妇女,要做个新时代的新妇女,能独立,又能自主。你看,那多好!"

于是,秀莲一心一意用起功来。每天,太阳落山之前,她一定要学上几十个字。在她看来,一个个字像奔腾的大红马,能把她载进一个新社会。那儿没有暗门子,没有鸦片,不允许把闺女随便嫁出去受折磨。在那个新社会里,到处都是像孟老师那样有学问的人。她觉着自己也成了新中国的一部分,不再是无足轻重的了,摆脱了发霉发臭的旧时代,进入了光明灿烂的新时代。

秋天已到了,方家收拾行装,准备回城里去。他们磨磨蹭蹭,没有及时走掉。一天下午,也是没拉警报,来了一群敌机,在镇上扔了一串炸弹。谁也不明白敌人要炸的是什么。这里是游览区,有不少阔人的别墅。据传说,有些大阔佬囤积了大量石油,准备卖黑市。日本人的探子,可能就把这些油罐当作军用物资,报告了敌人。

一阵轰隆轰隆的爆炸声,又死了一批人,汽油罐倒安然无恙。

方家住在镇边的小河旁。空袭突如其来,谁也来不及躲进防空洞。他们只好跑到野地里,趴在河边的大石头底下。

除了窝囊废,全家都在一块儿趴着。窝囊废喜欢走动,又讨厌那一群群绕着岩石飞的蚊子。他慢慢沿河边走着。听见天上嗡嗡响,他漠然抬头看了看,心想,那不过是往重庆去的,总不会在南温泉下点什么。看起来倒挺好看,蓝蓝的天上飞着几只银色的飞机,高射炮响了几下,迸出几小团雪白的烟雾。真废物,一炮也没打中。真孬种,这种事,也该有人来管管!

飞机只管飞它的。窝囊废坐在他顶喜欢的一棵树底下。"还往前飞,"他对自个儿念叨着,"空袭一次,就得毁多少房子,死多少人。真不是玩艺儿!多咱才能给他们点儿颜色看看?"

飞机又回来了。窝囊废奇怪起来。也许是来炸南温泉的?最好还是躲一躲。他站起来,瞧着那排人字形的银色飞机,嗡嗡地飞了过来。倒是怪好看的,好看得出奇。高射炮就是打不中。快跑吧。没准扔个炸弹下来。到那石头底下去,别呆在这树底下,万一挨一下呢。

窝囊废跑起来了。他听见了炸弹的呼啸,轰的一声,大地在翻腾。又一个炸弹嘶嘶响着掉了下来,他的耳鼓好像要胀破了。

他没命地跑,炸弹崩起的一块大石头呼地飞过来,打中了他的脑袋。

宝庆在大哥常常傍着坐的一棵大树附近,找到了他。窝囊废手脚摊开,背朝天趴着。宝庆摸了摸,"哥,哥,醒醒。"窝囊废没答应。

他把窝囊废翻了个个儿。没有血,没有伤口,睡着了。他一定是睡着了,再不就是醉了。宝庆扶起他来,靠着自己。窝囊废的脑袋耷拉下来,像没了骨头似的。

宝庆不信他的哥会死。他嗅了嗅他的嘴。窝囊废的嘴唇又凉又僵,早咽了气。两手冷冰冰的,毫无生气。

秀莲也过来了,哇的一声哭了出来。宝庆轻轻把哥放倒在草地上,给他扇着苍蝇。这些苍蝇在已经停止了生命的脸上爬着,钻着。"大哥,大哥,为什么单单您……"

秀莲跑去告诉了妈,一下子全家都哭起来了。邻居也来了,都掉了泪,对方家致了哀悼之意。他们围着宝庆,宝庆站在哥的身边,呆呆的,像个石头人。他眼冒凶光,干枯无泪,满面愁容。他挪不动步,说不出话。

为什么偏偏轮到窝囊废?他是他的哥。多年来,一直靠他养活,每逢有难,都是哥救了他。哥有才情,那么忠厚,就是牢骚多点。他能弹会唱,有技艺。可怜的窝囊废!他最怕的就是死在外乡,如今偏偏是他,炸死在遥远异乡的山区里。

太阳早已落山,月亮在黑沉沉阴惨惨的天上高高升起。邻居们都回家去了,只有宝庆还站在哥的尸体旁。天快亮时,秀莲走了过来,拉了拉爸的袖子,"爸,回去吧,"她悄声说,"咱们把他抬回去。"

十八

丧事由二奶奶操持。天还热,三天以内就得下葬。宝庆已是六神无主,他就知道哥已经炸死,人死不能复生,再也听不见哥的声音了。他的脑子发木,什么也感觉不到,吃不下,睡不着,蓬头垢面。

二奶奶却来了精神。她打点一切,做孝衣,跟杠房打交道,供神主。她帮宝庆穿孝衣,招呼他吃喝。他愣在棺材边,一声不吭,伤心不已。她时不时走过来瞧瞧,怕他背过气去。有人来吊孝,是她站在门口接应客人;宝庆知道来了人,可无心应酬。他机械地起立,行礼,接着守他的灵。人家跟他说话,他光知道点头,一点儿也不明白人家说的是什么。他成了活死人。

只有一个人,他见了,多少还有些触动,那就是孟良。孟良是那么友爱,那么乐于助人,他最能体贴人,了解人。宝庆沉浸在无边的悲痛里,不能自拔,只有孟良的热心肠,能给他些安慰。孟良这样关怀他们,方家非常感激。

他们一向认为,孟良和他们之间,有一道鸿沟。他是作家,又是诗人,来这里是为了研究大鼓书。如今他完全成了他们中的一个,是真心的朋友,一心想帮忙。朋友来吊孝,孟良陪着。

帮着应酬客人,陪他们吃饭,跟着守灵。宝庆虽说是伤心不过,也觉着他虽然失去了亲爱的大哥,可也有了个真诚的朋友。

他们在山顶上买了块坟地,由孟良负责监工筑坟。棺材入了穴,宝庆按照家乡风俗,在棺材上撒了把土。他的泪已经流干。他站着,秃着头,铁青着脸,茫然瞪着大眼,瞧着坟坑,看杠房伙计把土铲进坟里。大哥就这么完了。这冰凉的土地上,躺着窝囊废。

人都散了,宝庆还站在坟头,孤孤单单,悲悲切切。不多远站着二奶奶、孟先生和秀莲。

一个脚夫挑着宝庆的鼓、窝囊废常弹的三弦,上了山。天是灰蒙蒙的,镶着白边的黑云,滚滚越过山头。在苍茫的暮色里,宁静的田野异常的绿,树木的枝条映着背后的天空,显出清晰、乌黑的轮廓。

宝庆从脚夫手里接过三弦,深深一鞠躬,恭恭敬敬把它放在坟前地上,把鼓架了起来。

宝庆高举鼓槌子。一下、两下、三下,敲起来。咚咚的鼓声像枪声,冲破了死一般的寂静。孟良觉得大地在震动,树叶在发抖。

宝庆手按鼓面,打住了鼓声,说起话来。他说:"哥,哥,我再来给您唱一回。求您再听我这一回吧。咱哥儿俩不那么一样。您爱弹又爱唱,爱艺如命,但您不肯卖艺吃饭。我又是另一样,我得靠作艺挣钱养家。外人看着咱哥俩各不相同,可咱们不就这点差别吗?就这么一点儿。"他停了一停,恭敬地鞠了一躬。"大哥,我明白我再也见不着您了,不过我还是想请您再给我弹一回。再弹弹吧,让我再听听您好听的琴声。记得咱们在一块,唱得多痛快?如今你我已成隔世的人,不过咱还能一块儿唱。咱们一块过了四十多年哪,哥。有的时候咱也吵,但手足总还是手足。现在不能吵了,也不能争了。我只有一样本事,就是唱,所以我来再给您唱这么一回。大哥,您也就用您那巧手,再给我弹这么一回弦吧!"

宝庆又使劲敲了敲鼓。然后等着,头偏在一边,好似在倾听那三弦的琴声。站在一旁的人,只听见风拂树木发出的叹息。秀莲用手绢堵住嘴,压住自己的啜泣。二奶奶在哭泣,孟良轻声咳着。

宝庆给大哥唱了一曲挽歌,直唱得泣不成声,悲痛欲绝。

孟良挽住朋友的胳膊。"来,宝庆,"他劝道,"别尽自伤心。人人都有个归宿;有死,也有生,明天的人比今天还多,生命永不停息。谁也不能长生不老,别这么伤心。大哥这一辈子,也就算过得不错。"

宝庆用深陷的双眼看着他,满怀感激。"日本人炸死了我的哥,"他悲伤地说,"我没法给他报仇,不过我要唱您写的鼓词,我这下唱起来,心里更亮堂,我要鼓动人民起来跟侵略者斗争。"

孟良拿起鼓,挽住宝庆的胳膊。"家去,歇一歇,"他劝着,宝庆不肯走。过了会儿,他转过身来,再一次对着坟头说,"再见吧,大哥,安息吧,等抗战胜利,我把您送回老家,跟先人葬在一起。"

第二天,孟良请了个大夫来瞧宝庆。宝庆病了,是恶性疟疾。他身体太弱,病趁虚而入,把他折磨得死去活来。二奶奶又喝开了,现在是轮到秀莲来照顾病人。对她来说,这是件新鲜事,她从来没有侍候过重病人。爸病得真厉害,可别死了。她从没见过他这样,脸死灰死灰的,双眼深陷,浑身无力,坐都坐不起来。她想,人有死,有生,又有爱。生命像一年四季,也有春夏秋冬。但在冬季到来之前,死亡也会像夏天的暴风雨一样,突然来到。大伯不就是这样的么。她自己,总有一天也得死。不过死好像还很遥远,难以想象,因为她现在还很年轻,健壮。孟良也跟她这样说过。谁也不能长生不老。要是爸真的跟着大伯去了,她可怎么办呢?

她更爱爸爸了,一定要救活他。她日日夜夜不离病床。宝庆只消稍动一动,她就拿药端水地过来了。有时孟良来陪她一会儿。除了爸,孟先生就是世界上顶顶可亲的人了。

守在爸床头,秀莲在漫漫长夜里,想了好多事儿。她看出来,打从大凤出了嫁,大伯又死了以后,家里整个变了样。妈一定很疼大伯。他活着的时候,她跟他吵起架来,也很厉害。可现在她常坐在椅子里,悄悄地哭,就是不醉,也这样。她又想起了那个老问题:为什么妈妈单单不爱她?拿孟良来说吧,妈信得过他,他怎么就能得她的欢心呢?

宝庆总算渡过了难关。有天晚上,秀莲踮着脚尖进来,打算给他喂药,见他轻轻松松躺在床上,脸上挂着笑。脑门不再发烫,身上也不再大汗淋淋。他跟她说话,说他替大凤担心。为什么她不来吊孝,为什么她女婿也不来?出了什么事?秀莲一个劲安慰他,说大凤会照顾自个儿,不会有什么事。不过她知道,说这话也白搭。爸在心疼闺女呢。秀莲很奇怪。人为什么总要到事后才来操心?他早就该操这份心,不该让他闺女去遭那份儿罪!

宝庆已经见好,有天上午,正躺着休息,大凤跌跌撞撞走了进来。她把一个包袱往地下一扔,就冲爸爸扑了过去。她搂着爸哭了又哭。二奶奶听见响动,走过来瞧。她不知道怎么疼闺女才好,生拉活拽,硬把女儿从病床边拉开,把她安顿在一把椅子里。大凤止了哭,可是说不出话,像个木头人。二奶奶一个劲盘问,但闺女压根儿就听不见。折腾了约摸半点来钟,二奶奶没了辙。到了还是宝庆有气无力地开了口。"我又老又病,为你操心,叫我伤神。趁我还没死,说说你到底是怎么回事。"

"他不要我了,就是这么回事。他把我扔下不管了。"大凤放声大哭,二奶奶尖声喊了起来。宝庆瞅着大凤,呆了。他心如火焚,猛地倒在枕头上。

"他敢不要你,"二奶奶吼着,摇晃着拳头。"不要你?叫他试试,狗杂种。我跟你去,看我不收拾了他。老娘要是收拾不了他,就管我叫废物老婊子!"

"他已经走了,妈。"大凤说。

二奶奶气呼呼地瞪着女儿。"废物,怎么就让他走了?他说句不要,你就让他走啦?你是什么人?笨蛋!你有法收拾他,结了婚,就有法收拾他。"

大凤没言语。二奶奶为了平一平火气,冲进隔壁房间,喝了一杯酒。真气死人:结婚没几个月,就让丈夫跑了。她敢说闺女是好样儿的。要是闺女不规矩,也还有可说,可大凤是黄花闺女,小娃娃似的那么天真。是不是因为她年青时不守本分,报应落到女儿身上?她攥紧了胖拳头,低下了满是泪痕的脸。她嫁宝庆以前,还真风流过一阵。所有卖唱的姑娘都一样。不过闺女是清清白白养大的,怎么也落得这般下场?姑娘让个下三滥的混蛋副官给甩了！她越想越气,心都快炸了。婊子养的狗崽子！老娘要是抓住他,非把他肠子踢出来不可。

她又冲回堂屋里,紧追紧问,硬逼着大凤说了实话。

还是为了王司令那个老混蛋。这个军阀打过秀莲的主意,已经有了好多小老婆,是个色鬼,见女人就要。

"开头几天挺不错,"大凤开了口,"他待我挺好,后来王司令知道我们结了婚,吃醋了,把他叫了去,说:'好呀！我要那卖唱的姑娘,你不弄来给我,倒给自己找了个老婆。混蛋！看我不收拾你。'他一发起脾气来,怕死人。王公馆上上下下,人人自危,这种时候,连王老太太也怕他三分。后来司令瞧见了我,就说,得把我分一半给他。他对我丈夫讲,'卖艺人家的闺女没一个正经的,不但不在乎,还会高兴呢。'"大凤哭起来了。"老爷就是这么说的。他说我天生是个婊子,有俩男人准保高兴。"

二奶奶气得直哼哼,"往下说,还有什么,都说出来。"

大凤擦了擦眼泪,接着往下说。说她真愁坏了。不知道该怎么办。她觉着,有的时候,他仿佛情愿把她送给老爷,有的时候,又拚命吃醋。还说王司令吓唬他,要把他送回军队,还当他的上士班长,吃粮去,不让他留在王公馆享福。有一天,王司令趁她丈夫不在家,跑到她家。一来就动手动脚,可她不干。

她丈夫回家后,认为老爷已经占有了她。大凤说,她并没有不贞洁,可他不信,骂她婊子,说她什么人都要。她越分辩,他骂得越凶。每天王司令把他打发得远远的,然后跑来跟大凤纠缠,事情越来越糟。大凤说:"我有什么办法呢。背弃了丈夫,就得倒霉一辈子。守着他呢,他又得丢差使,不论怎么着,丈夫都怪我不好。"

每天晚上,陶副官当差回来,都要狠揍她一顿,她怎么辩解,都是白搭。陶副官怎么都不信。他揍她,蹂躏她。

王司令没达到目的,气坏了,撤了陶副官的差事,赶他回军队去,让他马上滚。

陶副官对大凤说,他不打算回军队去,要跑。当晚他收拾了几样东西,准备溜。大凤也跟他一块儿收拾,可是他说他不能带她。没法带。她说,他到哪儿,她也跟到哪儿。夫妻嘛,理应如此。嫁鸡随鸡,嫁狗随狗。陶副官听了笑起来,在她屁股上狠狠打了一巴掌,打得她倒在了床上。然后跟她说了实话。他早就结过婚,孩子都好几个了。他俩的婚姻,压根儿不算数。她最好回家找妈妈,把这档子事儿忘个一干二净。

"这个狗杂种,婊子养的……"二奶奶喊了起来。别的人,谁也没再开口。大凤又哭了起来。她抽抽噎噎地说,陶副官把她的首饰和所有值钱的东西都卖掉了。她带回来的,只有一个在她肚子里活蹦乱跳的孩子。

宝庆这下才猛醒过来。"大哥说得对,"他缓缓地说,"艺人都没有好下场。"

秀莲拉住了大凤的胳膊。"上我屋里去,擦把脸。"她催促道,"擦点儿粉,抹点口红,就会舒服点。"

大凤这才冲她笑了笑,眼神里透着温柔。"说得真对,好妹妹。过去的事,哭也没用。"

十九

唐家急着趁宝庆生病的机会,捞它一把。他们算计,窝囊废死了,宝庆和秀莲没了弹弦的。要是不改行,就得来搭唐家的班子,借重小刘。唐家这回真是稳拿啦。要是方家改了行,那最好,唐家可以独霸天下,没了对手;要是宝庆和秀莲来搭班呢,唐家又可以讹它一下,要个好价儿。他们兴头得了不得,忙不迭回到重庆,口袋里仿佛已经沉甸甸地装满了大把大把的钱。

重庆的情况在变。全国都在坚持抗战,战争负担异常沉重,小民们的腰包都掏空了。投机倒把的奸商囤积居奇,大发国难财。物价飞涨,生活程度高得出奇。老百姓手里攥着一大把钱,可是买不来多少东西。少数人过着灯红酒绿,醉生梦死的生活。人民不满。于是,官方想出了个主意,在节制娱乐上下功夫,订了个规章。只许五家戏院,四家影院和一个书场在重庆开业。

宝庆有名望,唱的又是抗战大鼓,书场总算保留了下来。这时候,他还在南温泉给大哥服丧。

唐家这一挨的不轻。独一份儿的书场眼看要到手,又黄了。他们以为宝庆走了什么歪门道,把他们的书场封了。唐家两口子急急忙忙跑回南温泉,找卧病的宝庆算账。

他们撞进来的时候,宝庆正躺在床上。他听着,脸上挂着点儿凄凉勉强的微笑。他压根儿不想听他们的。他还没退烧,打不起精神来理他们。他双眼半睁半闭,硬撑着靠在枕头上,看着两位不受欢迎的客人。唐四爷指手划脚,吹胡子瞪眼。宝庆瞧着他们,凄惨地晃了晃苍白的脸。"唉,"他有气无力地分辩,"我是个病人,打从我哥去世,没起过床,能去跟你们作对吗?你们设身处地,替我想想。我哥去世了,闺女又离了男人,揪心事儿这么多,我压根儿不想再作艺了,干吗还要跟你们过不去?"

四爷瞪眼瞅着他老婆。臃肿的四奶奶脸上,恶毒的神情和虚伪的笑容交织在一起。她朝丈夫看了一眼,略微点了一下头。这是变换战术的信号。

唐四爷马上换了一副神态,甜腻腻地问,"老朋友,您不出来作艺,别人怎么办呢?小刘还盼着给您俩弹弦呢。他成天惦记的就是这个。您得替他和我闺女想想,不能看着他们挨饿。"

"还有我们俩呢,"四奶奶又叫起来了,"总得活下去呀,钱没了,物价又这么涨,您总不能丢下我们不管。"

宝庆摇了摇头。"好吧,"他答应着,"等我好了,去找你们。"

他们垂头丧气走了出去。他们前脚刚出门,宝庆这里就掉了泪。"您说得对,大哥,"他自言自语,"艺人都是贱命,一钱不值。"

矇眬之中,他看见大凤苦着脸在那儿晃来晃去,费劲地操持家务。为什么不下决心改行,另找一份体面的事儿?想想自己的闺女,只因爹是艺人,上了人家的当,像个破烂玩艺儿似的让人给甩了。这不是人过的日子,世道真不公平。而这,就是现实,就是社会对他的犒劳。他叹了一口气。他从来没做过亏心事,一向谨慎小心,守本分,一直还想办个学校,调教出一批地道的大鼓艺人。现在一切都完了。所有攒的钱,都给窝囊废办了后事。姑娘出嫁,他的病,花费也很大。钱花了个一干二净,连积蓄都空了。生活费用这么高,不干活就得挨饿。

想到这里,他挣扎着起了床,觉着自己已经好多了。既已见好,就不能再这么呆着。他已经能站,能走,能想了。没时间再病下去。过了一个礼拜,他去了趟重庆,发现什么东西都涨了。薪水没有动,物价倒翻了好几番。光靠薪水,谁也活不下去。人人想捞外快,没有不要钱的东西。宝庆凭三寸不烂之舌和一副笑脸,再也换不来什么好处。非大笔花钱不能办事。

老百姓懂得钱不值钱了,所以钱一到手,就赶快花掉。谁也不想存起来。

宝庆也变了。他一心一意唱书,照料书场,但再也笑不出来了。只要一有空,就会想起哥的死。他总觉得是自己给哥招了灾。窝囊废不肯卖艺,是他逼着他干的。还有那可怜的被人遗弃的闺女。她一天到晚愁眉苦脸,实在难过了,就去找妈妈,可妈一天到晚醉着,难得有一刻清醒。

宝庆认为自己应该帮帮大凤。他想法哄她,体贴她。她遭了不幸,比个寡妇还不如,往后怎么办?想到这里,他心里火烧火燎,呆呆坐着,急得一身汗。刚出嫁就遭不幸,怎么再嫁人?他脑子里萦绕着这些问题,无计可施,只好买些东西来安慰安慰她——糖果啦,小玩艺儿啦,凡是一向常给秀莲买的,现在必定也给大凤买一份。

唐家一直没露面。琴珠天天来干活,唱完就走,从来不提爹妈。小刘照常来弹弦,一声不吭,弹完就回去。宝庆很不安。唐家一定又在打什么馊主意了,他已经精疲力尽,懒得去捉摸他们到底要干什么。随他们去,他厌烦地想,没个安生时候!他一天一天混日子,有时拿句俗话来宽宽心:"今天脱下鞋和袜,不知明天穿不穿。"

有天下午,小刘请宝庆上茶馆,宝庆去了。小刘今儿个怎么了?往常他的脸白卡卡的,带着病容,这会儿却兴奋得发红。他近来常喝酒。唔,总比大烟强点。

宝庆等着小刘开口。小刘呆呆地冲着墙上的大红纸条"莫谈国事"出神。他啜着茶,不说话。宝庆急躁起来。小刘的脸越憋越红。

"小兄弟,"到底还是宝庆先开口,"有什么事吗?"

小刘的眼神里透着绝望。瘦脸更红了,敏感的嘴角耷拉着,样子痛苦不堪。

"我再也受不了啦,"他终于下了决心,难过地说,"我受不了。"

宝庆不明白,"你说的是什么,兄弟?我不懂。"

小刘两眼发红,声音直颤。"我虽说是艺人,也得有份儿人格。我跟琴珠过不下去了,她跟什么样的男人都睡觉。我本以为这没什么大关系,可我想错了。我满以为我们能过上好日子。结了婚,我弹,她唱,小日子准保挺美。我满以为结了婚她就不会再跟人乱来了。您知道她爹妈是怎么个主意吗?他们让她陪我,也陪别的男人。我受不了这个。我一提结婚,他们就笑,问我能不能养活她。为了讨她的好,我把我开来的份儿,多一半都给了他们,怎么就养活不了她?我要琴珠一心对我,她光瞧着我,说:'你吃哪门子的醋呢,男人都一个样。'我怎么办呢?"小刘低下了头,悄声说了一句:"我起先以为她这样做是父母逼的,其实不完全是这样,我看她喜欢这么干,她天生是个婊子。"

"女人一开了头就糟了,"宝庆想不出更好的话来说,只好这么讲。

小刘咳嗽一下。终于下了决心,挺认真地说,"上回,他们拿她来勾引我,不让我给您弹弦。他们硬要我答应,我也就干了。您待我那么好,我对不起您。这回他们又没安好心。他们想把您撂下,到昆明去,听说那儿买卖好。城里人多,又没个戏园子。他们要我跟去,我不,我才不去呢!"

"你要不去,琴珠就唱不成啦,"宝庆说。没把他的想法说出来。"他们一定得想法儿让你去。"

"大哥,所以嘛,我才来找您给我拿主意。求您拉我一把。事情是这么着,我跟琴珠并没有正式结婚,满可以跟她断绝关系。"他那长长的细手指越攥越紧。"等我跟她吹了,唐家就拿我没法儿了。没法再摆布我。所以嘛,大哥,我就想了这么个主意。"小刘说着,犹豫了一下,脸变得通红。

"说吧,什么主意?"

"您可别生我的气。"

"怎么说呢,我又不知道你是怎么个打算。"

"大哥,"小刘眼不离茶杯,"我要是能另找个人结婚,就不用再跟唐家一起住着,他们也就拿我没法儿了。"

"对呀,这办法不错。"

"真谢谢您,要是我……"

"怎么样?"

"我说不出口。"

"说吧,咱俩是弟兄,又是老交情。"

"唔,我……我想娶您家大姑娘。"

宝庆惊呆了。仿佛一盆凉水从头浇到脚。"可咱俩是把兄弟,小刘,这怎么行呢。"

"我比您小十几岁,"小刘反驳了,"再说我那么敬重您。这些事我都想过了。您的大闺女人品挺不错,很老实。我决不会欺负她。我喜欢她。说实在的,我早就想娶她,只是没胆量跟您开口。我早就觉着您不乐意她嫁个艺人,更甭说傍角儿的了。我现在还是乐意娶她。她遭遇不幸,我一定要好好待她。我打算把大烟戒了,做个正派人。大哥,不论怎么说,咱们是同行。这样好些……我的意思是说,她嫁给我,比嫁给外路人强。"

宝庆好一会儿答不上话来。恶性循环。卖艺的讨个艺人的闺女,生一群倒霉蛋。这小子跟琴珠鬼混了这么久,琴珠耍他,骗他,这会儿他又想来娶大凤。能叫大凤嫁给他吗?他摇了摇头,想起了窝囊废说过的话:"一辈作艺,三辈子遭罪。"

他不知不觉把这话大声说了出来,小刘傻乎乎瞧着他。在宝庆面前,他活像一只小白狗,等着主人施一口吃的。

"我得跟家里商量商量,"宝庆说。

小刘笑了,"最好快着点儿,唐家要我这个礼拜就跟他们走。"

宝庆心里暗骂,这小王八蛋想讹我。还有什么坏招,都拿出来好了。他正想找点什么话搪塞过去,小刘又冒冒失失说了一句,"您要不答应,我可就要跟他们到昆明去了。"

宝庆气得想大声嚷起来。一点儿不讲交情,毫无义气。人和人的关系就像下象棋,你算计我,我算计你。他哪点对不住小刘?这是什么世道?还有没有清白忠厚的人?

他脸上装出一副满不在乎的神情。何必让小刘看出来他很窝火?要是琴师跟着唐家走了,他可就没辙了。

当天晚上,他跟老婆商量了这件事。把大凤嫁给小刘,好不好?当然,在她看来,没什么不好的。就是以后出了差错,也赖不着她。她没什么可说的。她借口商量正经事儿,喝了几口酒。

宝庆又去跟大凤商量。她冷冷地听着,一点儿不动心。脸上没有红云,两眼呆滞无光。宝庆觉得她的兴趣只是想再找个男人就是了。

"可是他没跟我离婚,"她说。

"用不着离,他早已经是结过婚的了。他要是敢回来,我就去告他重婚。"宝庆恨恨地说。

"好吧,爸爸,您觉着怎么好,就怎么办吧。我听您的。"

宝庆觉着恶心。闺女真听话。只因爸爸一句话,她肚子里带着一个人的娃娃,就去跟另外一个人同床共枕。他满怀羞耻。他热爱大哥,是有道理的。全家只有大哥有理想。其余的人都受金钱支配。大凤不反对嫁给小刘,是因为这能帮助父母挣钱吃饭。他笑了起来。

大凤问:"您干吗笑话我?"

"我没笑话你呀,"他半开玩笑地答道,"你是个好孩子,知道疼爸爸。真懂事。"

婚事就这么定了。

秀莲厌恶透了。打从大凤一回家,她一直想安慰大凤,做她的好朋友。如今她畏缩起来,闷闷不乐。要是姐姐不爱小刘,却能跟他结婚,那她和他的关系,岂不就和琴珠差不离,跟个暗门子一样。爸怎么办了这么档子事?他在她心目中的地位下降了。虽然不能说他卖了闺女,但毕竟是用她换了个弹弦的来。为了自己得好处,利用了大凤。这跟卖她有什么不同?

"姐,"她问大凤,"你真稳得住,就那么着让爸爸摆布你的终身?"

"不这样又怎么办呢?"

秀莲很不以为然地摇了摇头,因为生气,眼睛一闪一闪的。"要是随随便便就把我给个男人,还不如去偷人呢。你就像个木头人,任人随意摆弄。"

"甭这么说,"大凤也冒火了,"偷人,我才不干那种见不得人的事呢。你以为我软弱、窝囊。其实满不是么回事。我自有我的想法,要不我干吗答应嫁给他。我要爸疼我,爸不疼我,我就完了。嫁给小刘就遮了我的丑。"

这下秀莲没的可说了。她奇怪,人的看法会有这么大的差别,姐和孟良多么不同。过了一会儿,她对姐说:"姐,小刘要是也敢打你,你就告诉我,我帮你去跟他干!"

唐家气疯了。琴珠气得脸发青,她其实打心眼儿里喜欢小刘。为了钱跟别的男人玩玩也不错,过后回到家里,需要有个朝夕相处的伴侣。起码他干干净净,和和气气。别的男人,什么样的都有,胖而凶,脏而丑的,都有。只要肯拿钱,她就陪他们个把钟头。她一向觉着,她跟小刘迟早会有好日子过。她待他像个慈母,喜欢哄着他玩,在一些小事儿上照顾他,让他舒舒服服。有他守在身边,是一种乐趣。当然他们也吵架,不过最后总是琴珠来收场,哄他上床睡觉,一边说,"来吧,乖乖,别生气了,妈跟你玩会儿。"

这下好梦做不成了。琴珠决定大干一场。她打算跟大凤干到底,她算豁出去了。

琴珠撞进门的时候,方家正在吃午饭。她的头发散披在背后,脸耷拉着,铁青。她跨进门来,见了宝庆,就忘了要跟大凤干的事。她冲他晃着拳头,尖声叫唤:"方宝庆,出来,我要跟你算账,就是你!"

宝庆只顾吃他的饭。大凤猜到琴珠要干什么,根本不往她那边瞧。宝庆一边吃,一边盘算着,跟琴珠吵闹不值得。她是女流,又是泼妇。让女的来对付女的。他瞅了瞅老婆。二奶奶显然也生了气,慢慢打桌边站起来,摇摇摆摆冲琴珠走过去。她那胖胳膊挥得挺带劲儿,像是要把琴珠给收拾了。她两眼瞪得老大,亮闪闪的,脸上挂着不怀好意的微笑。

"琴珠,你要干什么?"她问着,离那蓬头散发气糊涂了的姑娘还有好几步远,就站住了。琴珠看出了点苗头,往后退了几步,一只手捂着胸口。她还没来得及开口,二奶奶就说开了。琴珠以为她要用脏话骂人,正打算回嘴,只见二奶奶既没大发雷霆,也没硬来。"你知道,琴珠,"二奶奶说得挺和气,可又挺硬棒。"你要还想跟我们在一块儿干,你就得留点神。干吗那么疯疯癫癫的,好好谈谈不行吗?我们不强迫你跟我们搭伙儿。没你也成,可要是你乐意来呢,也可以。你怎么打算呢?"

琴珠本想跟方家闹一场,没想到二奶奶倒跟她讲起作艺的事儿来了。除了她不能跟小刘一块儿回家去,别的一切照常。二奶奶的话,挑不出什么毛病,不过琴珠还是得挽回面子。于是就骂开了。她用脏话把宝庆、大凤、小刘挨个骂了个遍。二奶奶回敬的也很有分量,使琴珠觉着非得从头再骂一遍,才敌得过。骂完了,她转身就走,临行告诉二奶奶,她要照常来干活,散了戏,小刘爱干什么干什么,跟她不相干。

秀莲心里很不是味儿。她从来没听见过像琴珠和妈对骂的这么多难听话。这是怎么回事?她一向以为爱是纯洁、浪漫的。可琴珠和妈说得那么肮脏,爸一言不发。仿佛他已经司空见惯,也是这么看的。

她看看爸,又看看姐,他们是那么可怜。他们希望这个婚姻能对方家的生意有好处,同时又给大凤找个丈夫。为了这,他们可以豁出去。这就是人情世故。姐不是卖艺的,她守本分,结了婚,处境就会好些。秀莲觉着大凤像个可怜的小狗,脖子上套着链子。踢它,啐它都可以。但人家毕竟认为她是个正经人,因为她是秉承父母之命出嫁的。她皱起了稚气的眉头。她的命运又当怎样?想起来就不寒而栗。她跑进自己屋里,痛哭了一场。

二奶奶给自个儿倒了一大杯。她胜利了,得意得脸都红了。她一直想要好好教训教训那个遭瘟的小婊子琴珠。这回算是出了口气,把她会说的所有骂人脏话,统统都用上了。她坐在椅子里,回味着一些顶有味的词儿,嘟嘟囔囔又温习了一遍。总算把那小婊子骂了个够,要是唐家老东西胆敢来上门,照样也给她来上一顿!

二十

  宝庆忙着要给新郎新娘找间房。炸后的重庆,哪怕是个破瓦窑,也有人争着出大价钱。公务员找不着房子,就睡在办公桌上。

  找房子,真比登天还难。他到处托人,陪笑脸,不辞劳苦地东奔西跑,又央告,又送人情,才算找到了一间炸得东倒西歪没人要的房子。房子晒不着太阳,墙上满是窟窿,耗子一群一群的,不过到底是间房子。宝庆求了三个工人来,把洞给堵上,新夫妇就按新式办法登了记,搬了进去。大凤有了房子,宝庆有了琴师,书场挺赚钱。还有什么不知足的?

  是呀,宝庆又有了新女婿。不过他虽然占了唐家的上风,却并没有尝到甜头。他把可爱、顺从的女儿扔进小刘的怀抱,一想起这件事,就羞愧难当。他一向觉着自己在道德方面比唐家高一头;可是这一回,他办的这档子事儿,也就跟他们差不多。

  琴珠在作艺上,挺守规矩。按时来,唱完就走。她不再吵了。失去小刘,仿佛使她成熟了。宝庆不止一次地看出,她那大而湿润的眼睛里,透着责备的神情。宝庆觉着她仿佛在说:"我贱,我是个婊子。你不就是这么想的吗!不过,你那娇宝贝跟个婊子玩腻了的男人睡觉。哈哈。"宝庆羞得无地自容。

大凤越来越沉默。她常来看妈妈,每次都坐上一会儿。她比先前更胆怯了,干巴巴的,脸上一点儿表情也没有。宝庆见她这样,心里很难过,知道这是他一手造成的。只有他,懂得那张茫然没有表情的脸上表露出来的思想。在他看来,大凤好像总是无言地在表示:"我是个好孩子,叫我怎么着,我就怎么着。我快活不快活,您就甭操心了。我心里到底怎么想,我一定不说出来。我都藏在心里,我一定听话。"

他深自内疚,决定好好看住秀莲。她可能背着家里,去干什么坏事。他觉出来,即便是她,也不像从前那么亲近他了,而他是非常珍惜这种亲密关系的。怎么才能赢得她的好感,恢复父女的正常关系呢?他步行进城,买了好东西来给她。她像往常一样,收下了礼物,高兴得小脸儿发光,完了也就扔在一边。

有的时候,他两眼瞧着她,心里疑疑惑惑。她还是个大姑娘吗?她长得真快,女大十八变,转眼发育成人了。胸脯高高耸起,脸儿瘦了些,一副火热的表情。他心里常嘀咕。她有什么事发愁吗?私下有了情人啦?跟什么男人搞上了?有的时候,她像个妇人,变得叫人认不出;有的时候,又像个扎着小辫儿的小女孩。她爱惹事,真叫人担惊受怕。

他想,应该跟老婆去说说,求她好好看住秀莲,像亲娘似的开导开导她。他当爸的,有些话开不了口。再三思量,他又迟疑不前。二奶奶准会笑话他。大凤已经是重身子了,二奶奶成天就知道宠闺女,眼巴巴盼着来个胖小子。要真是个小子,她就用不着到孤儿院去抱了。自个儿的外孙,总比不知是谁的小杂种强。二奶奶肚量再大,也没工夫去顾秀莲。要忙的事多着呢,还有那些酒,也得有个人去喝。

宝庆觉着自己没看错,秀莲连唱书也跟过去不同了。她如今唱起才子佳人谈情说爱的书来,绘声绘色,娓娓动听,仿佛那些事她全懂。可有的时候,又一反常态,唱起来干巴巴,像鹦鹉学舌,毫无感情,记得她早先就是这么唱来着。她为什么这么反复无常?像鹦鹉学舌的时候,准保是跟情人吵了架了。

有一天,他在茶馆里碰到附近电影院里一个看座儿的。这人好巴结,爱絮叨。他开门见山,要宝庆请客。宝庆答应了,看座儿的就给透了消息。据他说,秀莲很爱看电影,常上影院。看座儿的认识方家,就老让她看蹭戏。这给宝庆添了心事。秀莲总跟妈说,她去瞧大凤,实际上跑去看电影了。他小心谨慎地把这人盘问了一番。看座儿的很肯定,她老是一个人。那还好,宝庆想,撒这么个谎,没什么大不了。电影院,倒也安全无害。不过,要是她能撒这种谎,一旦真的另有打算,什么事干不出来呢?

他半开玩笑地对秀莲说:"我发现了你的秘密。你上……"

"上电影院了,"她接着碴儿说,"这对我学习有用处呀。银幕上几乎所有的字,我都认识了。我光认识中文,外文是横着写的。"她试探地看着他,接着说:"以后我还要像孟老师一样,学外文。我要又懂中文,又懂英文。"

宝庆没接碴儿,光严肃地说:"秀莲,下次你要看电影,别一个人去。跟我说一声,我带你一块儿去。"

过了几分钟,秀莲跟妈说,她要去看大凤,然后一径上了电影院。按她现在的年龄,电影能起很大的影响。坐在暗处,看银幕上那些富有刺激性的爱情故事,使她大开眼界。有国产片,也有美国片。男女恋情故事刺激着她。她开始认为,爱情是人生的根本,没什么见不得人。女人没人爱就丢人,弄住一个丈夫,就可以在人前炫耀。她心想,要是电影上说得不对,中外制片老板,为什么肯花那么些钱来拍这些故事?孟老师说过,女人应该为婚姻恋爱自由去斗争,那和美国电影里讲的,不同之处又在哪里呢?

电影里,有的姑娘叫她想起琴珠。比方,美国电影里那些半裸的姑娘,夜总会的歌女,她们坐在男人腿上,又唱又舞,叫男人喜欢,在大庭广众之下接吻。那些姑娘看样子挺高兴,有的微笑,有的大笑,男人拿大把票子塞给她们。有些人就是这么个爱法,未见得没有意思。也许琴珠并不那么坏?至少,她没在大众面前那么干。于是,她对琴珠有了新的认识。琴珠是在寻欢作乐,跟好莱坞明星一样,而她……她想起了自己。自己不过是个无足轻重的小人儿,没有勇气去寻乐,只敢背着爸爸坐在电影院里,看别人搞恋爱。

原来大凤也是有道理的。她急于结婚,毫不奇怪。跟男人一起真有意思。银幕上的接吻场面,都是特写镜头。看了使秀莲年青的躯体热烘烘的,感到空虚难受。大凤说她结婚是奉父母之命,真瞎说!大凤准是为了寻乐才结的婚,她真有点生大凤的气了。琴珠至少还能直言不讳,而大凤却讳莫如深。她那张小脸,看来那么安详、善良,原来是在那儿享受婚姻的乐趣!

秀莲到家,回了自己的屋。电影弄得她神魂颠倒。她打算像电影上一样,做个摩登的自由妇女。她脱下衣服,坐在床上,伸开两只光光的大腿。这就是摩登。几个月以前,哪怕是独自一人,她也不敢这么放肆。这会儿她觉着这怪不错的,半倚半靠,躺在床上,伸着一条腿,跷着一条腿。自由自在,长大了。

她坐了起来。拿起纸和毛笔,给想象中的情人写信。要摩登,得有个男朋友。男朋友是什么样人,没什么要紧。她有许多心里话要对他说。她在砚台上蘸了蘸毛笔。妈不爱她,姐嫁了人,她在自己的天地里,孑然一身。一定得找个爱人。

谁能做她的爱人呢?唔,不是有孟先生吗。孟老师是有头脑的凡人,会用美丽的辞藻,还教她念书写字。她拿起笔来,写了孟老师三个字。不对,不能那么写。姑娘家,怎么能管情人叫老师呢?别的称呼,听着又那么不是味儿,不庄重。她觉着,哪怕是在最热烈的恋爱场面里,孟老师也会很庄重。所以就这么着吧。"孟老师……有谁能爱我这么个姑娘吗?有谁会要我,能叫我爱呢?"还写什么呢,心里有那么点意思,可是写不出来。她写的那些字,乍听起来挺不得劲儿。她瞅着那张纸。所有憋在心里的话,都写在那两行字里了。

一抬头,孟老师正站在她跟前。她坐着,脸儿仰望着他,光光的大腿懒洋洋地伸着,汗衫盖不住光肩膀,手里拿了一张纸,就是那张情书。她一下子脸红起来,把腿缩了回去。

"在干吗呀,小学生?"孟老师问了。

"写封信,"她一边说,一边很快穿上衣裳。

"太好啦,写给谁的呢?"

她笑了,把纸藏了起来,"给一个人。"

"让我看看,"他伸出了手,"说不定会有错字。"

她低下眼睛,把信给了他。她听见他扑哧笑了一声,于是很快抬起头来。

"干吗给我写呢,秀莲?"他问了。

"哦,不过是为了好玩……"

他读着,眉毛一下子高高地扬起,"……'像我这样的姑娘',这是什么意思,秀莲?"

"我正要问您呢,"她说。在孟老师跟前,她从来不害臊。她敢于向他提出任何问题。"我想知道,有没有人能爱干我们这一行的姑娘。"

他笑了起来。瘦脸一下子抬起。"哦,秀莲,"他热情地叫起来,"你变了。你身心都长大了。我只能这么说,要是你乐意进步,下定决心刻苦学习,你准能跟别的新青年一样,找个称心如意的爱人。你会幸福的,会跟别的姑娘一样幸福。你要是不肯好好学习,当然也会找到爱人,不过要幸福就难了,因为思想不进步。你现在已经识了些字,但还得学。你应该上学去,跟新青年一起生活,一起学习。"

"我上学?哪儿上去?爸一定不会答应。"

"我跟他说去。我想我能说服他。他真心疼你,就是思想保守一点。我想他会懂得,读书是为了你好。"

下了课,孟先生见宝庆独自一人呆在那里。宝庆见了他非常高兴。在所有的朋友当中,他最敬重孟良。只有他,能填补窝囊废死后留下的空虚。

孟良直截了当地说了起来。"二哥,秀莲的事,你得想个办法了。"他说,"她已经大了,这个年纪,正是危险的时候。半懂不懂的。没个娘,也没个朋友。大风一嫁人,她连个年龄相仿的伴儿也没了。很容易上人家的当,交坏朋友,学坏。变起来可快呢。"

宝庆看着孟良,佩服得五体投地。他怎么就能猜到自己日日夜夜担着心的事儿呢?

185

"孟先生,我正想跟您提这个呢。打从大凤出了嫁,我真愁得没办法。不论怎么着,我也得把秀莲看住。可我一点儿办法也没有。怎么看得住呢?我老说,这事呀,唯有跟您还有个商量。您不会笑话我。"

孟良直瞪瞪瞧着宝庆的眼睛,慢吞吞,毫不含糊地问。"您是不是已经打定主意,决不卖她呢?"

"那当然。我盼着她能再帮我几年,然后把她嫁个体体面面的年青人。"

孟良觉得好笑。"您的确不打算拿她换钱,您想的是要替她物色个您觉着称心的年青人,把她嫁出去。您还落了点什么没有?"

"落了什么啦?"宝庆觉着挺有意思。

"爱情——俩人得有感情呀!"

"爱情?什么叫爱情?就是电影上的那些俗套?有了它,年青人今儿结婚,明儿又吹了。依我看,没它也成。"

"那么,您不赞成爱情啰?"

宝庆犹豫起来。他不想得罪孟良。孟良是剧院的人,他的想法,跟有钱的上等人的想法不一样。他决定先听听孟良的,再发表自己的意见。

"我知道您不赞成自个儿找对象,因为您不懂男女之间,确实需要有爱情。"孟良说了起来,"不过您还是应该学着去理解。您别忘了,时代变了,得跟上形势。爱情跟您我已经没有关系了,但是对年青的一代说来,可能比吃饭还要紧。它就是生活。现在这些年青人都懂得,人需要有爱情,谁也不能不让他们谈恋爱。你拦不住他们,也不应当去拦。您是当爸的,有权把她嫁出去,不过那又有什么好处呢?"孟良停了一会儿,定定地看着宝庆。"唔,您下了决心,不肯卖她,作得很对。不过这还不够。为什么不干脆做到底,放她完全自由,让她受教育,充分去运用自由呢。应当让她和现代青年一样,有上进的机会。"

宝庆目瞪口呆。孟良的口气有责备的意思,他觉着冤。没把秀莲卖给人当小老婆,在艺人里面说来,已经是场革命了。他打算把她嫁个体面的年青人,这,在他已经觉着很了不起了。这还不够?孟良还想要她去自由恋爱,自找对象!在宝庆看来,自由恋爱无非是琴珠的那一套勾当。要说还有另外一种,那就是有的人不像暗门子那样指它挣钱罢了。这么一想,他的脸憋得通红。

"我知道您的难处,"孟良又安慰起他来,"要一个人很快改变看法,是不容易的。多少代来形成的习惯势力,不能一下子消除。"

"我不是老保守,"宝庆挺理直气壮,"当然,也不算新派。我站在当间儿。"

孟良点了点头。"我来问你。嫂子不喜欢这个姑娘,她不管她。您得照应生意上的事儿,不能一天到晚跟着她。要是有一天她跑了,您怎么办呢?"

"她已经自个儿偷偷跑去看电影了。"

"对呀,这就是您的不是了,二哥。您怕她学坏,不乐意她跟别的作艺的姑娘瞎掺和。她没有朋友,没有社交活动,缺乏经验。她成了您那种旧思想的囚徒。怎么办呢?她很有可能闷极了,跑出去找刺激。您的责任是要把她造就成一个正直的人,让她通过实际经验,懂得怎样生活。等她有了正当朋友,生活得有意义,她就不会跑了。"

"那我该怎么办呢?"宝庆问。

"送她去上学。她到底学些什么,倒不要紧。主要是让她有机会结交一些正当朋友,学学待人处世。她会成长起来的。"

"您教她的还不够吗?"

"当然不够。再说我也没法儿继续教下去了,我随时都可能走。"

宝庆胡涂了。"您说什么？干吗要走?"

"我有危险,不安全。"

"我不明白。谁会害您呢？谁跟您过不去?"宝庆一下子把秀莲忘到了九霄云外。这么贴心的朋友要走,真难割难舍哪。

孟良笑了。"我没干什么坏事,到目前为止,人家也没把我怎么样。不过我是个新派,一向反对政府的那老一套,也反对当官的那种封建势力。"

"我不明白。封建势力跟您走不走,有什么关系呢?"

剧作家摇了摇头,眼睛一闪一闪,觉着宝庆的话挺有趣。"您看,您的圈子外边发生了什么事儿,您一点儿都不知道。您已经落在时代的后面了。二哥,中国现在打着的这场抗日战争,可不是件简单的事儿。问题复杂着呢。我们现在既有外战,又有内战。新旧思想之间的冲突,并没因为打仗就缓和了。现在虽说已经是民国,可封建主义还存在。我们现在正打着两场战争。一场是四十年前就开始了的;另一场呢,最近才开始,是跟侵略者的斗争。到底哪一场更要紧,没人说得准。我是个剧作家,我的责任就是要提出新的理想,新的看法,新的办法,新的道理。新旧思想总是要冲突的。我触犯了正在崩溃的旧制度,而这个制度现在还没有丧失吃人的能力。政府已经注意剧院了。有的人因为思想进步,已经被捕了。当局不喜欢进步人士,所有我写的东西,都署了名,迟早他们会钉上我。我决不能让人家把我的嘴封上。他们不是把我抓起来,就是要把我干掉。"

宝庆一只手搭在诗人的肩上。"别发愁,孟先生,要是真把您抓起来,我一定想法托人把您救出来。"

孟良大声笑了起来。"好二哥,事情没那么简单。谢谢您的好意,您帮不了我的忙。我是心甘情愿,要走到底的了。我要愿意,满可以当官去,有钱又有势。我不干,我不要他们的臭钱。我要的是说话的自由。在某些方面说来,我和秀莲面临同样的问题。我和她都在争取您所没法了解的东西。告诉您,二哥,您最好别再唱我给您写的那些鼓词了。我为了不给您找麻烦,尽量不用激烈的字眼,不过这些鼓词不论怎么说,总还是进步的,能鼓舞人心,对青年有号召力。腐朽势力已经在为自己的未来担心。我们要动员人民去抗战,去讨还血泪债。而老蒋们要的是歌功颂德、盲目服从。"

宝庆摇了摇头。"我承认,我确实不明白这些事。"

"您对秀莲也不了解。我了解您和嫂子,因为从前有一阵,我也和你们一样。我现在走过了艰难的路程。我随时代一起前进,而您和嫂子却停滞不前。或许我是站在时代的前列,而您是让时代牵着鼻子走。我了解秀莲,您不了解她。这不是明摆着的吗,二哥?所以我说,要给她个机会。我给您写封介绍信,让她去见女子补习学校的校长。只要您答应,她就可以去上学,经历经历生活。您要是不答应呢,她就得当一辈子奴隶。到底怎么办,主意您自己拿,我不勉强您。"孟良拿起帽子。"记住,二哥,记住我临别说的这些话,也许我们就此分手了。要是您不放她自由,她就会自己去找自由,结果毁了自个儿。您让她自由呢,她当然也有可能堕落,不过那就不是您的责任了。很多人为了新的理想而牺牲,她也不例外。我认为,与其牺牲在旧制度下,不如为了新的理想而牺牲。"他走向门边,"我走了,天知道什么时候能再见。好朋友,好二哥,再见。"他转眼就不见了,仿佛反动派就在后面追。

二十一

孟良走了以后，宝庆呆呆地坐着，发了半天愣。又失掉了一个亲人。先是死了亲哥，接着又走了最要好，最敬重的朋友。孟良，他才华四溢，和蔼可亲，又那么贴心。他为什么要走呢？这点他闹不明白。因为不明白，就要愁闷了。好像孟良刚帮他打开了一道门缝，让他看了一眼外面的世界，又马上把门关上了，周围仍是漆黑一团。

孟良跟他，到底有什么不同？他不由自主，把自己和秀莲的老师，仔仔细细地比了一番。自己为人处世，表里不一，世故圆滑，爱奉承人，抽冷子还要耍点手腕。现在，这都显得很庸俗。而孟良是那么勇敢、坦率。讲起话来，总是开门见山，单刀直入，决不拐弯抹角，吞吞吐吐。宝庆觉着自己实在太软弱了，只知道讨好别人。

他猛地站了起来，把孟良给他的信往口袋里一搁，走出了门。不能再瞻前顾后了。他要到学校去看看。要是称心，就马上让秀莲去念书。不能再拖延了。孟良说得对，办事要彻底。要好好拉扯秀莲，尽量帮她一把，让她有成长起来的机会。要是她不成材，那是她自己的错儿。他加紧脚步，容光焕发，兴奋得心怦怦直跳,仿佛他自个儿也要开始一场新生活了。

学校设在山顶上一幢大房子里,只有三个教室。校长是位老太太,她办这所中等学校,专收想读书的成年女子,以及因为逃难耽误了学业的人。

她彬彬有礼,恭恭敬敬地听他说。宝庆毫不隐瞒,把他是干什么的,为什么要送秀莲来读书,都一五一十告诉了她,特别强调闺女干的是行贱业。老教师马上表示,她并没有成见。她说,每个人都有权利上学读书,她乐意收秀莲做学生。最好先上三门课:语文、历史、算术。一天只有三个钟头的课。往后,要是秀莲乐意,还可以学烹饪、刺绣和家政。要想找个好丈夫,这些都很有用。这一类课程的进度,没有一定之规。老师讲,学生可以回家去照着做。

据她说,多一半的姑娘不光上基本科目,还上家政,为的是受了教育,好找个好丈夫。"时代变了,"她淡淡的一笑,说:"长得再漂亮,不识字的姑娘,还是不容易嫁出去。找不着称心的丈夫。"

她的话给宝庆开了窍。她跟孟良的说法不同,可意思一样。时代变了,姑娘要是没文化,就成了没人要的赔钱货。要嫁个像样的丈夫,就得识字。

学费之高,使他吃了一惊。贵得出奇,不过他还是高高兴兴付了钱。秀莲总算是有了受教育的机会,能结交一些体面朋友。他几乎把孟良的介绍信给忘了。他后来终于想起,把信掏出来,给了老教师。她高兴极了。"孟先生有学问,有眼光,比我们强。二十年前我也跟他一样,现在我落伍了。"

第二天,宝庆送秀莲去上学。

秀莲穿了一件朴素的士林布旗袍,不施脂粉,也不抹口红。胳膊底下夹着个小白布包,里面装着书和毛笔。

一出门,宝庆就问:"雇辆洋车吧?"

秀莲高高地昂起头,两眼发亮,笑眯眯地说:"甭雇了,爸。我乐意走,让重庆人瞧瞧,我成了个勤恳用功的学生啦。"

宝庆没言语,见秀莲那么高兴,他很满意。

走了没几步,秀莲又低下头说:"爸,还是雇辆车吧。不知道怎么的,我的腿发软。"

宝庆正打算招呼车子,她又抬起了头,说,"不用了,爸。我不坐车了,我得练习走道儿。我不乐意把钱花在坐车上,就是下了雨,我也不坐车。"

"要是打雷呢?"宝庆问。

"我就拿手把耳朵堵上。"她调皮地笑着。

秀莲正在胡思乱想,想到什么说什么。"爸,您不是说过要办个艺校吗?等着我,爸。等我毕了业,我来帮您教书。没准我以后也会写新鼓词,写得跟孟老师一样棒。"

"你吗?"宝庆故意打趣,他也高兴得很。

"就是我,"秀莲说着,挺了挺胸脯。"我记性好。我是个唱大鼓的,不过我要当学生了。我在唱大鼓的这一行里,就是拔尖儿的了。"

到了山脚下,宝庆要陪她上去,她拦住了他。"爸,"她说,"您在这儿站着,看着我往上走。我要一个人,走进新天地。"她轻快地爬上了石头台阶。

爬了几步,她转过身来冲着他笑,两手拍着书包。"爸,回去吧。一下学我就回家,我是个乖孩子。"

193

"我看着你上去,我看着你上去。"宝庆舍不得走。

她慢慢走到学校门口,先停了一下,看了看学校背后那些高大的松树,然后转过身来,跟山脚下的爸爸招手。

宝庆仰起脸儿来看。远远瞧着,她像个很小很小的女孩子。他清清楚楚,看见她时常用来装书的白书包。他想起了当初领她回家那一天的情景。那时她真是又小,又可怜。他一边跟她招手,一边自言自语。"好吧,现在总算是对你和孟老师,都尽到了责任。"他转身回了家。

秀莲一直瞧着爸爸,直到看不见影。然后她抻了抻衣服,整理了一下头发,走进了校门。

一进大门,她就忘掉了自己的身份。她只是"秀莲"。

是呀,她就是秀莲。往日的秀莲已经一去不复返,如今是新的秀莲了。纯洁,芬芳,出污泥而不染,真像莲花一样。

校长在教室里分派给她一把椅子,一张课桌。一起的还有二十来个学生。有的已近中年,有的还是十几岁的少女。秀莲注意到,少数穿得很讲究,多一半跟她一样朴素。有的读,有的写,还有几个正在绣花。屋当间坐着级任老师,是个四十多岁,矮矮胖胖的女人。

秀莲高兴地看出,没有琴珠那样的人。她很兴奋,乐意跟这些姑娘们在一起,和她们交朋友,照她们那样说话。她们说的事儿,或许会跟孟老师说的一个样。

不过她很快就觉出来,大家都定睛瞧着她。她让人瞧惯了,倒也不在乎。所以她就看了看坐在她身边的姑娘,笑了笑。那位姑娘没理她,秀莲红了脸,继续写她的字。忽地一下,她有了个很不愉快的想法:要是这些姑娘认出她来,那可怎么好呢。

唔,肯定会认出来。因为总会有人上过戏园子。但愿没人能认出她来,可又有什么法儿呢。重庆只有两个唱京韵大鼓的,一个是琴珠,另外一个就是她。

她仿佛听见她们正在高声耳语:"就是她。"沉默了一会儿,她听到了嘘嘘声。一下子,像起了风暴似的,姑娘们叽叽呱呱地说开了。过了一会儿,又是沉默。只听见一个刺耳的抱怨声:"哼,年头变了。没想到咱们还得跟个婊子一块儿念书。"马上又有另外一个声音接着说,"这到底是个什么学校,叫有身份的人跟个卖艺的坐一块儿?"这个女人约摸三十来岁,两眼恶狠狠,冷冰冰,不怀好意地看着秀莲。秀莲认识她,她是个军阀的姘头。另外那个姑娘,是个黑市商人的女儿。

有个姑娘捡起了一团纸,冲秀莲扔了过来。有人叫:"把她撵出去,把这个臭婊子撵出去!"

老师擂了擂桌子,"注意,注意,"下面还是一片嗡嗡声。姑娘们愤怒地瞅着秀莲,大声吵嚷。

秀莲气得脸煞白。她像个石头人,呆呆坐着。她们是什么人,凭什么骂她。她转身看她们。有个姑娘拿大拇指捂着鼻子,另外一个做了个鬼脸。秀莲越想越气。

老师走到门边,喊校长。黑市商人的女儿趁机大声喊道:"要是让婊子来上学,我就退学。我不能跟这种人在一起。"

"我赞成,"军阀的姘头叫起来,把她织的毛衣朝地上一摔。"把这个小臭婊子撵出去。"

秀莲站了起来,开始用发抖的手把书撕成碎片。然后,像演完戏走进下场门一样,走出了门。她听见女孩子们在她背后哄笑。恶毒的语言利箭般朝她射来。

走出教室,她迸出了眼泪,校长撵上来的时候,她已经走到了大门口。小老太太把她带到办公室,替她揩干了眼泪。"真对不起,没想到会有这样的事,我应当负责任。我听了孟先生的劝告,想收一些下层社会没机会受教育的姑娘,没料到会出这样的事。你很规矩,是她们欺侮你。我真过意不去。"

秀莲坐着,咬着嘴唇。

"别难过,我来处理这件事。我要好好跟她们谈谈。"老太太接着说:"你是个好孩子,不该这么欺侮你。"

秀莲没言语。老太太叫她第二天一定来,她摇了摇头,慢慢走回家去。

走到山脚下,她扭转头来,仰脸儿看那所大房子。她的头又昏又胀,她还得往回走,回到那满是娼妓、小老婆和肮脏金钱的世界里去。她决不再上这座山,让人家这么作践!决不再来!

她继续往回走,怀着一颗沉重的心。因为悲伤,全身都在发疼。还是妈说得对:一日作艺,终身是艺人。永无出头之日!唱大鼓的,谁也瞧不起。她不再责怪琴珠。琴珠的生活太悲惨,她是苦中作乐。还是琴珠聪明,她压根儿不打算出头,也没人去作践她。她是今朝有酒今朝醉,给所有的男人玩就是了。大凤也很对,结婚总比上学强多了。她内心有个声音说:"秀莲,往下滑,走琴珠和大凤的路吧。这条路不济,可你也就这么一条路了。快滑下来,别那么不自量了。真是个小蠢婊子。"

她不想回家去,坐在路边一块大石头上,看来来往往的车辆。没有爹娘,没有兄弟姊妹。孤孤单单,干的是行贱业,前途茫茫。今天,她想要进入一个新天地,却被人撵了出来。她算是没路可走啦!

她听见女孩子们在她背后哄笑。恶毒的语言利箭般朝她射来。

过了街就是嘉陵江,黄黄的江水湍急地流过,都往长江口涌去。就是它!就在这儿结束她毫无意义的一生吧!不过,她并不想死。她看了看自己的脚,多美的小脚,多么结实,茁壮。还有一双白白的,有力的腿。这么早,就让它们死掉?她摸了摸脸。皮肤光光溜溜,一丝皱纹也没有。这是她的脸,不能就这么毁了它。她把双手扣在胸脯上,胸脯又柔软,又结实。不能毁了它们。

生活还在前头,现在就想到死,多么愚蠢!不上学,也能活下去。那么多作艺的姑娘,连那些当了小老婆和暗门子的,也在活。那样的事,不会要你的命。

她又迈开了步,血热了起来,她要活。一有机会,她就去看电影,享受享受。琴珠都能快活,她为什么不能。

她加快了步伐,小辫儿在微风中晃荡。她发觉人家都在那儿瞅她,可她不在乎。她叫秀莲,秀莲要去看电影了,看电影比上学强。

随后,她回了家。她本想把这件事告诉爹妈,可一见妈的脸,又不想说了。告诉她,有什么用。她不会同情自己,说不定还会笑话她。她仿佛听见妈说:"狗长犄角,羊相。哈,哈!"不行,不能告诉妈妈。爸爸呢,听了会生气,不能让他丢脸。她爱爸爸,不能把这件事告诉他,谁也不能告诉。到时候她就假装去上学,但决不真去。

她屋里还有几本书,几支毛笔。她拿起一本书,看了几个字。她一下子冲动起来,把书撕成碎片,统统扔到窗外。去它的!书呀,永别了。妈不识字,琴珠、大凤、四奶奶,都不识字,她们都活得好好的。她在膝盖上把毛笔一折两半,把笔毛儿一根一根揪下来,放在手心里。然后,一口气把它们吹跑了。

二十二

自从日本人袭击了珍珠港,敌机就没再到重庆来。空袭警报经常有,但飞机始终未见。成都、昆明、桂林成了美国空军十四大队的基地后,在军事上变得比重庆更重要了。

重庆的和平假象,还有那日益增长的安全感,使方家留在重庆过夏天。重庆热得可怕,不过总算是个安身处所,书场生意又好。

有一天,宝庆又碰到了伤心的事,给他震动很大,不亚于空袭。他到学校去,想看看闺女进步怎样了。他兴冲冲穿上最好的衣服,带上给老师送的礼,在炎炎烈日下,挺费劲地爬上了山坡。

老太太很坦率,把发生了什么事,秀莲为什么不肯来,都原原本本,告诉了他。还提出要退还那一大笔学费。对这,他一点没理会。他愣住了。当然,他很快就明白,她是受了侮辱。他也体会到她那敏感的心,该是多么难过。他自个儿不也有过类似的遭遇么?一旦做了艺人,自己和全家,就得背一辈子恶名,倒一辈子霉。不过他还是得活下去,想尽量过得好一点,改善环境。不然,更得让人作践。

他心事重重,回了家。他很生秀莲的气,可又非常同情她。怎么办?他为人并不比别人差。在艺人中,算是出类拔萃的了。对抗战,作出过应有贡献。难道这些都不算数?他多次义演,连车马费都不要。他从没作过危害国家,危害社会的事。为什么人家总看不起他?他抬起饱尝艰辛的脸,长叹了一口气!

他想起了孟良说过的话。他确实不了解目前这个时代,他承认这个。孟良所说的这个时代,并没有把旧日的恶习除掉。明明已经是民国了,为什么还要糟蹋艺人,把艺人看得比鞋底上的泥还不如?

他见秀莲蹲在堂屋地上,正玩牌。他想,骂不管用,还是得哄着她。"好呀,"他笑嘻嘻地说,"小猴子,这下我可逮住你了。爸花了那么多钱送你去上学,你呢,倒玩起来了,这样对吗?"

秀莲脸红了。她抬起头,看看宝庆,没作声。她咬着薄薄的嘴唇,拚命忍住不哭出来。

宝庆继续用玩笑的口气往下说。"小姐,你上哪儿去啦?但愿你交的都是正经朋友。我真替你操心。"

她总算是笑了一笑。"哦,我不过看了看电影,我喜欢看电影。姑娘家上影院,没什么不好的。影院里黑乎乎,谁也看不见我,能明白不少事,跟在学校一样。我想呼吸点新鲜空气,到街上走走,可人人都盯着我瞧,我只好看电影去。"

宝庆皱了皱眉头。"你的书呢,上哪儿去了?"

"撕了。我再也不念书了。"

"你说这话,真的吗?"

"真的。干吗要念书?不念书,人家看不起;念书,人家也看不起。干吗要浪费时间,费那么大精神?我就想找点乐子。"

她的脸发起白来,声音里饱含痛苦。

"那你就信了你妈的话,艺人都没有好下场?"

秀莲没言语。

"你想想,"宝庆接着往下说,"咱们在重庆,人生地不熟。为了落个好名声,咱俩吃了多少苦,费了多大劲。要是不那么着,今天是个什么样子?人家凭什么瞧不起咱?我们又不像唐家那样。你忘了王司令太太说什么来着?"

秀莲摇了摇头。"我没忘。她像鹦鹉学舌一样,用又挖苦又轻蔑的口气说:'你不自轻自贱,人家就不能看轻你。'"

眼泪涌了上来。宝庆想弯下腰去,拍拍她。可不知为什么,又没那么做。

"爸,"她终于哀告了,"就让我这么着吧。这样,还好受一点。一天天混下去,什么也不想,痛快多了。"

这么说,她跟别的卖艺姑娘一样,自暴自弃了。这些姑娘受人卑视,只好自甘堕落。她们心里没有明天,抛却了正当的生活,先是寻欢作乐,沾染上恶习,最后堕落下去。年青时是玩物,老了就被人抛弃。想到这里,他的心害怕得揪成一团。好孩子,小花儿,如今也走上了这条道儿。

"我给你请个先生,到家里来教你。"他最后说。

秀莲不作声。

"秀莲,好孩子,"他恳求说:"好好想想,学校里所有的功课,在家里照样能学。"

还是不作声。他火了。真叫人受不了。她就是不说话,这个不要脸的小……。他管住了自己的嘴巴,绝望地伸出两手。"秀莲,"他又恳求说,"秀莲,我也有脾气,耐心总有个限度。现在还不晚,听话吧,照我说的办。要是你去走你妈说的那条道儿……"他犹豫了一下,嘴唇刷白,脱口而出,"要是逼得我不能不按你妈的法儿办……,可就来不及了。"

她一下子跳起来,冲着他,脸儿铁青,眼睛冒火。浓密的黑发飞蓬,柔软年青的身体挺得笔直,像个小野兽。"好吧,随您的便。我现在长大成人了,十八岁,能照顾自个儿了。谁敢卖了我,我就……"

他用严肃的、几乎是悔恨的口气打断了她:"我不会卖你,秀莲,这你还不知道吗。"他结结巴巴,说不下去了,"别,哦,别,别叫我难过。日子够苦的了,咱们得互相体谅。"

她一言不发,回屋去了。她躺在床上,思前想后。也许不该反对请先生,不过她对书本已经没兴趣了。还是别的事情更有意思,更要紧。不用孟良、琴珠帮忙,她自个儿就懂了。用不着等人家批准你跟男人去拉手。她不光想这么干,她想干的比这还多。爱情跟书本、音乐不一样。它藏在人的身体之内,存在于男女之间。它温暖、热烈、甜蜜、滋润。她的身体燃烧着奔放的欲望。

她躺在床上,想得出了神,手脚发僵,双手绞在一起。忽然霹雳一声,她从床上跳了起来。哎呀,打大雷,真可怕!她飞快奔进堂屋,爸还坐在那儿愣着。他看着又老了几岁,低着头,脸上满是皱纹。她在门边椅子上坐下,心里盼着爸没看见她。雷又轰隆起来,她颤抖了。宝庆忽然抬起头来。"别害怕,秀莲。雷不伤人。记得吗,孟先生说过,有文化的人从来不怕打雷,他们懂得打雷是怎么回事。"

她走回里屋,扒下衣服,静静躺下。外面温暖黑暗的夜空

203

中,闪电一掠而过。

等,等什么呢?孟良要她等。别人也说,应该等一等。她是不是该等着爸给她找个丈夫,或者等着醉醺醺的妈来卖她?真笨!电影里的人物从来不等。他们向往什么,就追求什么,准能到手。他们从不念书。她也不要念书,不愿等待。她愿意玩火,哪怕烧了手,又有什么要紧。烧疼了,也心甘情愿。爱能解决所有的问题。

她想起李渊,心跳得更快了。她是在电影院里认识他的。他是个漂亮小伙子,是她秘密的男朋友。他大约二十五岁,高高个儿,阔大方正的脸,粗手粗脚。他五官端正,一双小黑眼温和潮润,富于表情。他看上去很粗犷,可是在她所见过的人里,也就算很有风度的了。他一笑起来,露出两排整齐漂亮的牙,莫名其妙地使她挺动心。

李渊给个官太太当秘书。这差事用不着多少文化,不过他倒是能读会写,跑街,记账,样样行。谁给太太送了礼,由他登记,外带跑腿。官太太没有职务,可秘书的薪水由政府开支。他挺讨人喜欢,活儿相当轻松,他很满意这份差事。美中不足之处,是薪水太少,不过总算有个秘书的头衔,有的时候,也管点用。

有一天,他在电影院里遇见秀莲,跟上她,交开了朋友。秀莲喜欢黑暗中有个男朋友陪着坐坐,而李渊觉着跟重庆最有名的唱大鼓的交往,十分得意。

他第一次跟她说话时,她脸红了。不过很快,俩人就规规矩矩坐到一块儿看电影了。

开头,他们的关系发展缓慢,双方都很谨慎。在黑暗中,两人的脸有时挨得很近,总是秀莲先挪开。不过他的脸还是离得不远,叫她心惊肉跳。有时李渊的脸颊几乎碰到了她的脸,她觉得全身发热。

关系越来越密,她盼着电影快完的时候,他会像男主角吻女主角那样,吻她一下。但是李渊没这样做。她焦躁起来,头一动也不动,也斜着眼看他,他直挺挺坐着,目不斜视。她气得站起来就走,连个再见也不说。难道他不懂得女朋友的心理?她一起身,他马上发觉,说:"明儿见,还是老时候。"她回了家,而他还坐着,继续往下看。

第二天,她不想去影院了。干嘛要跟个麻木不仁的人一块儿坐着看电影?他从来就不乐意跟她一起到街上去,干嘛还那么贱,要去会他?他为什么从来不请她吃饭?她怒气冲天,不过到了两点,还是匆忙赶到电影院,在往常的座位上坐下。不管怎么说,他是她第一个感兴趣的人,虽然只会木头人似地坐着,他可挺漂亮呢。

他一直在大厅里等她,是跟她一块儿进来的。他跟平常一样,也坐在老位子上。在昏暗中,他越发显得俊俏。他比以前坐得更挨近她。说话的时候,嘴唇离她耳朵那么近,她能感觉到他那灼热的呼吸。她的心跳得更快了。

他靠了过来,拿起她的手。她的手攥在他手心里,像个被人逮住的小白鸟儿,柔软、娇嫩、战战惊惊。他的手虽大,动作却很温柔。她一动也不敢动,手心直出汗。

她轻轻把手拿开,用手绢擦了擦手心。干嘛让他碰她的手?不能那么贱。

散了电影,李渊的嘴唇几乎挨到她的耳朵,悄声说了话。跟他去吃顿饭怎么样？她的心怦怦直跳。事情有了进展，他要请她吃饭了。跟李渊一块儿吃饭，当然乐意，多美呀！

他带她到一个极小极脏备有单间的饭馆去。李渊请她上这样的馆子，为的是显摆一下，他见过世面。不过，他这番心机算是白搭，因为秀莲并不懂得，这种设有雅座的馆子，在重庆是最费钱的。

他要了酒。酒呛了她的嗓子。不过她还是笑着，假装挺喜欢。第一次喝，不妨尝一点，她渴望闯练人生。

李渊出奇地沉默寡言。她觉出来他的眼睛一直没放松她，眼光上上下下打量她，看她的胳膊、脖子，还有脸。

"干吗这么瞧着我？"她高高兴兴地问。

他脸红了，一句也说不出来。

酒刺激了她。她想唱点什么给他听，但是没有勇气。她有很多话要对他讲，才子佳人的鼓词都用得上。想说点自个儿心里话吧，倒又说不出来。于是俩人都坐着，愣愣磕磕，一言不发。心里的话，找不到适当的言词表达，不过俩人都觉着美滋滋的。

打这回起，他们常见面。嘴里不说什么，心里暗暗使劲，笑起来心领神会。有的时候，为了他不肯跟她一起走道儿，不愿意人家在公共场所看见他们，她气得直骂。"你当我是什么人？不喜欢我吗？我哪点配不上你？"这么一说，他就笑起来，用那双会表情的眼睛，爱慕地看着她。

挨了骂，他就买些东西送她。一盒糖，一块小手绢。她喜欢他送东西，但又迟疑着不敢收。爸爸说过，不能要男人家的东西。李渊给的，怎么能不要。不能得罪他。有一次，她犹豫着不敢要，他挺难过。

两个月以后,李渊还是只敢拉拉她的手。他有他的难处。他当然想要她,可事情挺复杂。他没钱,娶不起媳妇。他对秀莲,也不大放心。她要是个暗门子,那可怎么好,——不过又不像。不论怎么说,她跟一般的姑娘不一样。不管是不是吧,麻烦都不少。他太爱她了,舍不得就此离开。可又非常害怕,不敢占有她,连吻一下也不敢。他浑身冒汗,迟疑不前。

他对她的态度,使她很生气。她有了男朋友,能跟她拉手,聊天。不过,他为什么不像银幕上的人那么有胆量?为什么呢?嗯,为什么?

这年夏天,重庆真热得叫人受不了。有一天,宝庆穿着夏布大褂在书场里坐着。忽然来了个听差的,叫他到个小公馆里去。他心安理得地去了,也许有堂会吧。

到了那里,人家把他一直带到一间客厅里。这时,他觉出有点不妙。迎面坐着个打扮得很时髦的女人,他认得这个娘儿们。但她显然不愿意提起过去。"你就是唱大鼓的方宝庆吧,"她气呼呼地嚷着说。

他点了点头,摸不着头脑。

"你有个闺女叫秀莲?"

他又点了点头,提心吊胆的,心里憋得很难受。

"唔,老东西,打开天窗说亮话。你闺女卖×,得找个阔主儿,不该勾引穷公务员。"这位太太打扮得妖里妖气,服饰考究,头发烫得一卷一卷的,手指甲经过仔细修剪,涂着蔻丹。不过,天呀,她说起话来真寒伧!老百姓从来不说这种肮脏话。他自己也不说。这娘儿们说的都是下流话,夹着窑子里的行话。

等她说完,他面带笑容说:"您给说说吧,我一点儿也不明白。"

"还有什么可说的,你这个老——!"她喊了起来,"我的秘书,在你那婊子闺女身上花了五万块钱。"她朝地板上吐了一口,宝庆赶快往外挪了挪,叫她够不着。

"真有这么回事吗?"他问。

"这还假得了?你自己的闺女,还不知道?"

他摇了摇头。"我清清白白把她养大,送她上学。她还是个黄花闺女哪,从来没干过那种事儿。听了您的话,我该怎么说呢,真是有口难言哪。"

她冷冷地、但又狠狠地瞪他一眼。"已经把李渊抓起来了,"她说,"他退不出赃,承认把钱花在你闺女身上了。你最好把钱拿出来,省得丢人。"

"拿钱可以。不过拿了钱,就得放人。我不能花冤枉钱。"

"拿钱来,当然放人。"她厉声说。她觉着钱比人要紧。五万块,花在个婊子身上!她这一辈子,还没遇到过这么窝火的事儿。

宝庆急忙赶回家。他问秀莲认不认识李渊,她红了脸。"他送过你东西吗?"爸生气地盘问。

她点了点头。"几盒糖,一块小手绢。就这些,我还不希罕呢。"

"没别的吗?"

"没有,他请我吃过饭,我并不饿,可他非要我去。"

宝庆头偏在一边,仔细看了看她。五万块!糖、一块小手绢,还请吃饭!她有了男朋友,这事倒痛痛快快承认了。孟先生说过她要谈恋爱了,这不就来了吗。李渊这个人,到底怎么样?

是不是应该给她另找个人儿,赶快把她打发出去?要是惩罚她,她一定会跑掉。

"秀莲,"他假装漫不经心地问:"你俩是怎么回事,关系到底怎么样?"

"哦,不过是朋友关系,"她也回答得挺随便。"我们一块看电影,有时候拉拉手。就这些,没别的,没干什么见不得人的事,也没有什么特别有意思的事。"

"哼,"宝庆摇了摇头。"不管怎么说吧,你的男朋友坐牢了。他拿了人家五万块钱,说是都花在你身上了。"

爸的话,真叫秀莲没法信。有人为她坐牢!真浪漫!真跟鼓词上说的一个样!李渊为了爱她,在监牢里可能快死啦!虽然他不大会谈情说爱,可还真够味儿!就像鼓词里的落难公子一样,总有一天会放出来,娶了她去,从此幸福无比。一定要给他送点吃的和香烟什么的去。她觉着自己像艳情故事里一个忠诚的妻子,要到监狱里去探望心爱的人。唔,眼睛里得挂上点泪,脸上要带点凄凉的微笑。可怜的李渊,真是又可爱,又大胆呀!

"秀莲,"爸爸严肃地说了,"我真不明白你。还有心思笑!我们在这儿,好不容易才有了点好名声,可你呢,不听话,冒冒失失,给我们丢人现眼。"

秀莲看着他,脸上还挂着笑,心里一点不服。恋爱有什么丢人?可怜的爸,他太老了,不懂。要是爱情见不得人,为什么还有人唱情歌,银幕上也演它?美国不是很强大,跟中国一块儿打日本吗?既是那么着,爱情一定也错不了。

"好吧,秀莲,"爸说了,"你还有什么说的?"

"我就有这么点要说。恋爱不丢人,也不犯罪。李渊为了我坐牢,我觉得挺骄傲。我只要爱情,爱情,爸爸。您听见了吗,爱情!我要的是爱情!"

宝庆立时下了决心。她既是真的爱上了李渊,就得采取措施,等年青人一放出来,赶快让他们结婚。

二十三

宝庆掏腰包,付了那五万块钱。钱虽不值钱,可到底是他辛辛苦苦用血汗挣来的。拿出这么一笔,他很心疼。有了钱,李渊也就放了出来。

李渊丢了差事。他没钱,没住处,没饭吃,只好来跟方家一块儿过。方家吃得好,宝庆能挣钱。不过李渊不愿意白端人家的碗,他盼着有份儿差事,自食其力。没跟秀莲交朋友以前,他一直过得很节省,所有的开销,都记着账。

秀莲见了他,非常高兴。但相处不久,就腻歪了。跟他在一块的时候,他总是直挺挺地坐着,连摸摸她的手都不敢。他一坐半天,再不就是出门瞎转游。找差事,可总也找不着。秀莲很烦他。她没有设身处地替他想想:他不好意思吃饱,悲苦不堪,十分害臊。非常想亲近她,又不敢采取主动。

大凤快坐月子了,二奶奶成天围着闺女转,没心思顾秀莲,倒叫宝庆松了口气。宝庆一跟老婆提起这些揪心事儿,她就笑:"我不是跟你说过了吗,该给秀莲找个丈夫了。你不肯卖她,又舍不得把她嫁出去。好吧,这下她自个儿找了个男人来。哼,让她留点儿神吧……"

二奶奶酒过两盅,想起秀莲被她说中了,就更来了劲。"现在卖她还不晚,"她跟宝庆说,"趁她还没出漏子,赶快出脱了她。等有了孩子,或是弄出一身脏病,就一文不值了。用你那笨脑袋瓜子,好好想想吧。趁她这会儿还看不出有什么不妥,赶快卖了她。"说完,她把头发盘成个髻儿,穿好衣服就去看大凤了。

宝庆明白她的话有理,不过他也有他的难处。李渊失了业,不能撵他出去。秀莲跟男朋友朝夕相处,难免不出差错。怎么好,他拍打着脑门。真是孤单哪!要是窝囊废,或者孟良还在,总还有个商量,这会儿,他可就得自己拿主意了。他不能成天守在家里看着他们,想给李渊找份儿差事,又找不着。

当然啰,最好是把小伙子请出去。能不能在别的县城里,或者秀莲去不了的什么地方,给李渊找个事?只要把李渊打发了,他就可以跟秀莲认真谈一谈,给她找个合适的主儿。这些日子来,他找不到跟她单独说话的机会,因为李渊总跟着。

有一天,宝庆在街上走,猛地站住。有了主意了:再找个靠得住的年青人,来竞争一下。他选中了张文。小伙子挺漂亮,以前又欠过他的情分。宝庆拿出了不小的一笔数目。有了钱,张文就会听话,服服帖帖。他不知道张文是个便衣,眼睛里只认得钱,有奶便是娘。

张文认真地听着宝庆,不住点头,表示已经懂了。他的任务是看住李渊和秀莲,不伤大雅地假装献献殷勤,作为朋友,常上门去看着点儿。是呀,方大老板不乐意李渊跟秀莲亲近得过了分,他得看住他们俩。"没问题。方老板只管放心,李渊那小子,甭想沾边。"

张文是民国的一分子,是时代的产物。他从小受过训,他的主子从纳粹那里贩来一套本事,专会打着国家至上的幌子来毒化青年。张文从一小就会穿笔挺的制服,玩手枪,服从上司,统治下属,谁是他的主子,他就对谁低眉顺眼,无条件服从。

他没有信仰,既不敬先辈,又不信祖训。权就是他的上帝。在他看来,你不杀人,也许就会被人杀掉。要是单枪匹马吃不开,就结个帮,先下手为强,干掉对方。

他会打枪,会盯梢,为了钱,什么都做得出来。政府常雇他。眼下他正在家赋闲,宝庆的托付来得正是时候。他记得那唱大鼓的小娘儿们,要是他记得不错的话,是个挺俊的俏姑娘。他挺了挺胸脯。"没错,方老板,您只管放心,我一定看住她……"

宝庆很高兴。有张文在,李渊一定不敢去亲近他女儿,一定会另打主意。又来了个男的,李渊说不定知趣就走了。

这办法真妙!宝庆信得过张文。张文能干,只要给钱,使唤起来得心应手。战前,大城市里像他这样的人多得很。只要有钱,叫他们干什么,没有办不到的事。宝庆以为,张文属于老年间的那种人,拿了人家的钱,一定会给人尽心。付了钱,他放了心,相信小伙子一定会把事儿办得妥妥帖帖。

"可别来硬的,兄弟,"宝庆提醒他,张文点了点头。

秀莲一见张文,心就怦怦直跳。真标致,又有男子气概!他有点像小刘,不过比小刘讨人喜欢得多了。小刘身体虚弱,张文结实健壮。衬衫袖子里凸出鼓鼓的肌肉,头发漆黑,油光锃亮,苍蝇落上去也会滑下来。他老带着一股理发馆的味儿。在她看来,他挺像个学生,不过已经是成年人了,真有个模样儿!

秀莲对李渊的心思究竟怎样,不消几天,张文就有了底。嗯,姑娘家,不过是想有个人爱她。张文这回拿了人家的钱,受命而来,有任务在身。不过,在她面前跟李渊比个高低,倒也怪有意思。

李渊非常敏感,知难而退。打从张文天天来家,他出去一逛就是半天,吃饭时候才回来。秀莲一点儿不惦记他。跟张文在一块儿,多有意思。他很像美国电影中的人物,很中秀莲的意。他谈天说地,对答如流。当初悔不该跟李渊好。

有的时候,她扪心自问,跟张文说话这么放肆,是不是应该。她觉得自己简直像个堕落的卖艺姑娘,坐在男人家的膝头上,由人玩弄。爸爸从来不许她这样。不许她在后台跟别的姑娘打闹。如今,她可跟这么个漂亮小伙儿调笑起来了。

她有的时候很同情李渊。他木头木脑,什么也不懂。她同情起李渊来,恨不得把张文掐死。张文说起话来没个够,一个劲显摆他见多识广,懂得人情世故。他仿佛在用无形的鞭子,狠狠抽打李渊,李渊结结巴巴,无力还手。张文很乖巧,对她的心思摸得很透,一见她脸色不对,马上改口说个笑话,逗得她哈哈大笑。她觉着,能领会他的笑话,简直就跟他一般有见识了。

张文不光见多识广,还很精细。不消多久,他就弄清楚了秀莲有几个金镏子,几副金镯子,每个有多大分量。秀莲首饰数目之少,使他颇为失望。他一直以为她爸很有钱。他为什么不多给她些首饰?"你唱了这么多年,"他说,"你爸爸赚了多少钱!哪怕一个月只给你二百块呢,你今天也发财了。他这是糊弄你呢。"

秀莲从没想到过这个,张文这么一说,听着挺有道理。爸是该开一份儿钱给她,干吗不给呢?别的姑娘,人人有份儿。最好完全自立。应该跟琴珠一样,跟爸讲好条件。这天晚上,她仔细想了想钱的问题。她是得弄点钱。有了钱,就能嫁个称心的丈夫,养活他,他就不会笑话她是卖艺的了。可怜的大凤,就因为不会挣钱,爸要她嫁谁,就得嫁谁。

这天晚上,妈提了个装得满满的箱子,去看大凤。孩子随时都可能生下来。天气又闷又热,像是要打雷。要是打起雷来,秀莲可不敢回屋睡觉。场散了好半天,她还坐着不睡。张文一向晚上不来,李渊呢,又不在家。等了好半天,爸才回来了,"别怕雷呀,闺女,"他说,"那不伤人。"

"我怕,我没法儿不怕。"她答道,拿毯子蒙上了头。

第二天早晨,天灰蒙蒙的,要下雨。真热,空气黏糊糊,湿棉花似的,往人脸上、胳膊上贴,叫人哗哗地直流汗。秀莲坐在屋里,穿一件爸给她买的洋服。天闷热得透不过气来。她拿着把木柄扇子,拚命扇着。忽然间,屋子暗了下来,就像有人一下子把窗帘拉上了似的。秀莲走到窗口去看,天上布满大片大片镶银边沉甸甸的灰云。猛地,一道电光掠过,一个大炸雷把浓云劈成两半。秀莲拿手捂住了脸。打雷了呀,只有独自一人。爸不在家,妈去照应大凤了。雷声又起,她屏住了呼吸,仿佛有一滴雨,啪的一下落到了屋顶上,接着就哗哗地下起来了。又是一道电光,她吓得尖声叫了起来。打窗户边跑开,一下子和张文撞了个满怀。她紧紧抓住他,求他保护。

"怎么吓成这样?"他说,"怕什么?没什么可怕的,我躲雨来了。"他的脸和她挨得很近,笑着。又一个大炸雷,她蹦起来,把脸藏在他怀里。他用胳膊搂住了她。她觉出来他半抱着她,在挪步。她不由自主地站住了。又是一阵响雷,她两腿发了软,身子更紧地向张文靠过去。她忽然发现她已经不是站着的了,她躺在床上，张文就在她身边，他那强壮的身躯紧紧压在她身上……

…………①

"我得走了，"他说，摸了摸自己光溜溜的头发。"明儿见，我明儿也许来。"

"也许，"这两个字像一记耳光，打疼了她。也许……这是什么意思？她坐了起来，打算好好想想，可是脑子不听使唤。他走了，一点不像个情人，连句温存体贴的话也没有。……她走向窗前，站下来朝外看。

天晴了。近处的屋顶像刚洗过似的，干干净净。周围一片宁静。她伸了个懒腰，照了照镜子，上起妆来，穿好衣服，下楼到书场里去唱书。

唱完书，她又回到屋里。插上门，坐在床上发呆。眼泪涌了出来。泪哭干了，她爬上床，又想了起来。

一切都完了，她变了个人。肯定的，变了。她又想哭。爸一直要她自重，可这下，再也难以挽回了。她心神不定。真受不了，她再次爬下床，开了灯，对着镜子照。

哪儿变了？瘦瘦的小脸儿，变了吗？人家会不会看出来，在背后指指点点，"瞧她，她干了丑事。"

以后，决不能再上他的当，决不能太下贱。她懂得爱情不能这么贱，她得留神。琴珠说过，弄不好，姑娘家就会出丑，必须十分小心。

雾季又到。大凤的儿子已经满两个月了。他胖乎乎，圆滚

---

① 老舍所有的作品，包括写妓女的《月牙儿》，都没有床戏的具体描写。故此我删去了一段床戏场景。——译者注

滚,总是笑。大凤还是那么沉默寡言,但很愉快。宝庆和二奶奶高兴得要命。外孙子!真是个宝贝蛋!连小刘都动了心。他戒了大烟,一心扑在三弦儿上,决心当个好丈夫。

二奶奶到晚上才喝酒,她怕白天喝醉了,会摔了孩子。除了对秀莲,她对谁都和和气气,好脾气。她不跟秀莲说话,一对小眼睛冷冷的,好像是在说:"滚出去,我有外孙了,他是我的亲骨肉,你算什么东西?小杂种,谁理你呀?"

李渊准备到缅甸去谋生。他走的那天,宝庆对张文说,他的事儿已经办完,以后用不着他了。张文一笑,跟他要遣散费,宝庆给了。他临别对秀莲笑了笑,就走了。宝庆仔细看了看女儿,她近来瘦了,也许是苦夏。她从来没这么瘦过,他想,大概是因为长大了。她已经发育完全,脸儿瘦得露出了尖下巴,显得更俊俏了,不过太瘦了一些。也许她还是爱李渊。

"来,莲儿,"他拉起她的手,"看看你姐的孩子去。小宝可有意思啦。"

"我今儿不去,"秀莲忧郁地说,"我明儿再去。"她回了卧室。她已经有了。是张文的孩子。快两个月了,在肚子里,不过是小小的一块。

爸进来了。"秀莲,你要知道,"他干笑了一声说,"我最后一件心事,就是你了。该出嫁了吧?你要是乐意,我一定给我的小秀莲找个体体面面,忠厚老实,勤勤恳恳的人。"

秀莲不作声。

"闺女,你到底怎么个想法?"

"我还小,"她闷闷不乐地说,"不用忙。"

"好吧,咱们改日商量,不过得把你的想法告诉我。我是为你好。走吧,一道看看那孩子去。"

秀莲摇摇头。爸走了以后,她躺了下来。张文的孩子。张文已经对她说过,他不能结婚,因为他得给政府干事。张文决定着她的一切。她下过决心,不让他再亲近她,可他每次来,都威逼她。她每回和他见面,就成了琴珠。哪怕是在内心深处,一想起她和张文的丑恶关系,就感到羞耻。孩子是她罪孽的活见证。孩子一出世,全世界都会知道,他娘又贱,又罪过。娘是唱大鼓的,又没有爹,真是个可怜的孩子!

二十四

琴珠真是时来运转。战乱把国家、社会，搅得越发糟了。知识分子和公务员，一天比一天穷；通货膨胀把他们榨干了。发国难财的人，倒抖了起来。

社会的最上层，是黑市商人、投机倒把分子、走私贩和奸商。他们成了社会的栋梁。虽然粗俗无知，但有的是钱。

这类人中，有一个叫李金牙的。他本是个洋车厂老板，一来二去，倒腾了一辆卡车跑单帮，发了大财。他用那辆舶来的大卡车，给政府跑运输。每次给政府运三吨货，按官价收费；私自带半吨货，按黑市价卖出。没多久，就大发横财。通货膨胀怕什么，他的钱多得花不完。钱实在太多了，不花，留着干什么呢，花吧。他穿的是上等美国衣料，戴的是价值一万块钱的手表。虽然一个大字不识，他那淡紫色的西装上衣口袋里，却别着四支贵重的美国自来水金笔。有的时候，他觉得应该别五支，摆摆阔。别人别一支，他就得别五支。这些笔是他随身的资本，哪天手气不好，输个精光，就可以抽出两支笔来作抵，押上一笔钱。谁都得有支笔，所以笔就值了钱。

大金牙是民国的产物。哪怕同胞们已经一无所有，他可是样样都得挑顶好的。他的手绢是用手工印染的印度绸做的;金烟盒里,满装着俄国和美国舶来的香烟。虽然普通市民已经穿不暖,吃不饱,他的衣柜里却什么都有,挂满了一套套西服。他的一头黑发,擦的是从巴黎运来五十块美金一瓶的头油。摆弄驾驶盘,免不了出臭汗,为了遮盖汗臭,洒了一身科隆香水。买一瓶这种香水的钱,够一百个孩子吃一个多月的。他浑身上下值钱的东西,和一个美国百万富翁的穿戴不相上下。

他在饭馆里吃饭,一顿饭的花费,够一个普通人家半个月的花销。每天晚上都得弄个女人来过夜,给的钱够她用一年。耍起钱来,赌注都是千元大钞,小票子用起来太烦人。他每次去缅甸,带回一些金笔,一两箱白兰地,就够他一个月花的。

但他还不满足。总得为将来打算打算。他想买上几辆卡车,开个运输公司。那他就可以不干活,干赚大钱。他还想成个家,弄个媳妇儿。

卖唱的琴珠,再合适不过。他在书场里见过她几面。那真是个妙人儿!他花了一千块,跟她有了交情,真叫他难舍难分哪。她会花钱,这不正对他的心眼么?他为了变着法儿用钱,把脑袋瓜都想疼了。

琴珠一切的一切,都叫他称心。真是情投意合。她善于察言观色,对他体贴入微。她也好吃,这点更是知己。尤其妙的是,她的名字总是高高地写在书场海报上,叫他看着舒服。他是个无名小卒,娶了琴珠,一定能给他扬名。

这件事,大金牙还得跟新娘他爹唐四爷讲讲价钱。有钱没钱,唐四爷一瞧便知。有四支金笔的人,肯定花钱如流水。四爷也明白,男人一旦相中了,是舍得大把花钱的。唐四爷有个有模有样的女儿要卖,她的名字天天见报,和第一流名角一起登台表演,一定卖得上大价钱。

他要大金牙给他一大笔现款,和一辆美制大卡车。钱,几个钟头以后,就可能贬值,不过卡车是不会贬值的。大金牙答应了这个要求。自己人嘛,一辆卡车,小意思。唐四爷不费吹灰之力,就弄了辆卡车。他那诡计多端,十分贪婪的脑瓜儿,又琢磨开了。要姑爷在快开张的运输公司里,给他安插个顾问,或者经理职务当当。大金牙说,要什么都行。唐四爷后悔得要命。要真是一开口就来财,本该要两辆卡车的,钱也该加倍。他还试探着问大金牙,能不能每月定期给他十两大烟土,治他的风湿病?大金牙作了个满不在乎的手势。"当然可以,这也好办。"后来,唐四爷还要姑爷把所有的存款交给他保管,万一姑爷有个三长两短,由他掌握保险。大金牙这下不答应了。

唐四爷在签婚书时,满心委屈,觉着人家冤了他。

婚礼在重庆最豪华的饭店举行。虽然他跟琴珠一千块钱一夜,一直睡到结婚前夕,可他还是坚持要正式举行仪式。钱算得了什么,婚礼才值得纪念。至于琴珠,她心满意足。她做梦也没想到,她还会正式结婚当新娘。

琴珠要秀莲给她当傧相。起初,秀莲不答应。她满心悲苦,没有心思。不过后来她看出,琴珠确实出于好心,真心愿意找她。可请的姑娘多的是,偏偏要请她。琴珠见她迟疑不决,拿胳膊搂住她,用恳求的眼光,哽咽着说,"来吧,秀莲。我要出嫁了,给我当当傧相吧!我是不规矩,你呢,清清白白,不过你还是来吧。让我了了心愿,结婚的时候,起码傧相是个童女。图个吉庆,我的终身,也会吉祥如意。"

秀莲肚子里的娃娃,轻轻动了一下。她觉得这未免太捉弄人了,不过还是答应来做傧相。

婚礼盛大,全部仪式和装饰都象征着当前的时代。礼堂里挂满了万国旗,包括最黑的黑非洲国家的旗子;还有各式各样绸缎喜幛。五彩缤纷,鲜艳夺目,看上去叫人头昏脑涨。乐队是从当地杂技团雇来的,奏的曲子,就是玩魔术的打帽子里抓出兔子,或者,打袖子里掏出鸽子时的伴奏。有一段音乐是专门为空中飞人用的。即使宾客们觉得滑稽,新郎可并没有发觉有什么不对头的地方。音乐到底是音乐,乐队越庞大,音乐就越高明。他就是这么看的。

他为了婚礼,认真打扮了一番,还专门雇了两个听差来侍候。他的西服上装是黑白格的,图案鲜明。他带了条支得高高的硬领,打着从印度进口的红黄相间的绸领带。上装口袋里,别着那四支颇有名气的自来水金笔。他脚登一双黑色长马靴,打磨得照得见人影。这双靴子是从一个英国陆军军官那里买来的,带有全副银马刺,每走一步,就发出刺耳的响声。他的上衣纽孔里,插了一朵极大的白色羽毛做的花,下面挂着一根绸带,写着:"新郎"。

琴珠一心想打扮得像个阔太太。她那白绸子的结婚礼服,是她丈夫从缅甸带回来的。礼服底下,穿了三套内衣,吊袜带,紧身裤,还有好几米缎带。白头纱顶上,别了一块五颜六色的绸手绢,浑身上下戴满了珠宝。她所有的假珠宝,统统带上了,有不少是新买的,也有真的金刚钻,是新郎给她的。她高高的胸脯,束着紧身衣,遍布闪闪发光的宝石。两手每个指头,至少有一个戒指,右臂从手腕到肘,戴满了钻石镯子。她手捧一大束梅花,枝丫甚长,香气扑鼻。上面满是花朵,瞧着仿佛是举着颗小树呢。她认为新娘就该用纯洁的象征来装点,所以一刻也不肯放下这棵树。

多数客人跟汽车运输业和曲艺界有关系。不是朋友,就是对头,来此是为了白吃一顿,或者抽抽外国香烟。四爷把姑爷如何有钱,讲得天花乱坠。光是待客的美国香烟就取之不尽。美国香烟的确很值钱,谁不愿意来参加婚礼,白捞几支呢?

乐队奏起了兔子打帽子里蹦出来时的伴奏曲,新郎新娘被人蜂拥着,走了出来。唐四爷今天算是露了脸。他把脸上那些抽大烟的痕迹,洗刷一净,胡子也剃了个精光。一对小眼睛高兴得发亮,薄薄的嘴唇在又大又尖的鼻子底下,笑得合不拢。真是个好日子!这一回,闺女总算卖了个大价钱!一辈子的梦想,终于实现了。

四奶奶穿着一件五颜六色的绣花旗袍,瞧上去像座铺满了春花的小山;又像海上一条蒙有伪装的大航船,到处都花花绿绿的,弄得人闹不清它到底是在往哪个方向开航。她费尽心机,才把自个儿塞进了那件衣裳里,箍得她气都喘不过来,但还是神气十足。当她摇摇摆摆,爬上礼堂的台阶时,有几个孩子挡了她的路,她马上伸出手来,拧他们的耳朵,熟练地用下流话骂了起来。

秀莲穿了件一色的粉红旗袍,手里拿了把野花,一边走,一边动人的笑着。她往礼坛上走的时候,有的人拍起手来。她好像并没看见他们,头昂得高高的,姑娘家,走起路来腼腼腆腆,规规矩矩的。在这一帮打扮得花里胡哨、庸俗不堪的人群里,她真像一朵朴素的小花,仪态自然。

新郎新娘走在最后,琴珠扭着屁股,叮叮当当摇晃着手镯;

新郎昂首阔步,在她身边迈着鸭子步,为的是显摆他那马靴和银马刺。

他们一出现,礼堂里就热闹起来。大金牙早就说好,要朋友们给他叫好,他们也确实很卖力气。有的拍手,有的朝他们撒豆子和五彩纸屑。仪式举行完毕,新郎新娘相对一鞠躬,众人齐声大叫:"亲个嘴!"他们当真亲了嘴。这象征着他们的爱情经过当众表演,已经把过去的丑事都遮盖了。

于是新郎给了新娘一个镏子,一对钻石镶的手镯,额外还添了一支上等美国金笔。

证婚人是一位袍哥大爷,为了表示祝贺,讲了一番话。他的话当然难登大雅之堂,不过听众一再鼓掌,淫秽的气氛登时活跃起来。客人们使劲叫喊,要新郎报告恋爱经过。

秀莲觉得不舒服,孩子在她肚子里,一个劲地踢腾。屋子里挤满了人,气闷极了,她觉得喘不过气。琴珠好意请她当傧相,说什么也得给琴珠争点儿面子,至少要坚持到仪式完毕。她脑门上出了大颗大颗的汗珠。她直挺挺地站着,一动也不敢动,咬着嘴唇,不让自己叫出声来。忽然,她两眼一黑,失去了知觉,倒在地板上。

她醒来的时候,已是躺在自己屋里的床上,爸坐在床边,脸惨白,拉得长长的,眼睛很古怪地发着亮。

他有好一会儿说不出话来。到了,他舐了舐发干的嘴唇,"是谁坑了你?"他费难地问,"是谁?"

她简简单单,把事情告诉了他,丝毫不动感情。把事情说出来,她倒平静了。把秘密公开讲了出来,她觉得痛快;在她肚子里蹦着的孩子,好像也不那么讨人嫌了。

宝庆没有责备她。他光点了点头,拍了拍她的肩膀,就走了。可心里却在翻江倒海。这个下贱胚张文,恨不得生吞活剥了他。没想到钻了他的空子,糟蹋了他的女儿!

他在下午常去的茶馆里,遇到了张文。他一见张文,就知道秀莲说的句句是实话。张文拿笑脸儿迎他,可是不敢正眼瞧他。

"你打算怎么办?"宝庆开门见山地问。

"什么怎么办呀?"张文问。宝庆再也控制不住自己,冲那油头滑脑的家伙就是一拳。张文很快闪过一旁,手往口袋里一伸,一支枪口就对准了宝庆。因为恨,也因为怕,宝庆的脸抽搐起来。

"你这个老废物,再敢来找我的麻烦,"张文不慌不忙,打牙缝里挤出这句话,"我就像宰个耗子似地宰了你。"

宝庆脑子一转,深深吸了口气,立时拿定了主意。他脸上挂着笑,大声说起话来,让在场的每个人都听得见,"开枪吧,我反正也老了。你还在娘胎里,我就走南闯北,凭本事吃饭了。"他慢慢冲着这个土匪走过去,一双大黑眼直勾勾地瞪着张文的脸。"开枪吧,小子,开枪。"

张文鼓了一会儿眼睛。没人这么顶撞过他。他以前每次拿枪唬人,多一半人都怕他,他不假思索,就立时宰了他们。宝庆却公开向他挑战,叫他开枪。张文杀过很多人,不过他不想当着这么多证人,落个蓄意杀人。

他的枪口朝了下。他把头歪在一边,冲着宝庆笑了起来。"我哪能把岳父大人给杀了呢?我不是那号人。"

"你打算怎么办?"宝庆严厉地问。

"听您的吩咐,方老板。"

"你打算娶她吗?"

"我当然乐意,可是我不能。"

"为什么?"

"那就是我的事儿了,老家伙。"张文朝外迈了一步,摇了摇头。"我就是不能,给政府干事,不能结婚,这你还不知道吗。"

"你以后不许再上我的门。"

张文笑了起来。他弹了个响指,冲地上吐了口痰。"我什么时候想去就去。"

宝庆想起,张文最爱的是钱。也许……"你要多少?"他问,定定地看着这小子,"你要多少?我有钱。"

"钱我要,老家伙,"张文笑着说,"不过,人我也要。她是我的人了,她爱我。我就是她的丈夫,不信你问她去。"

宝庆气糊涂了。"狗杂种,"他叫了起来,"天打雷劈,不得好死。"

张文觉着挺有趣。"骂人不好,老家伙。跟政府的人打交道,最好留点儿神。你的好朋友孟良已经尝到滋味了。他以为能跑掉,可还是落了网。怎么样?你放明白点儿。秀莲肚里的孩子是我的。我想拿她怎么办,是我的事,跟你不相干。你放心,我错待不了她。你要是放明白点,我也错待不了你。"他摸了摸油光水滑的脑袋,点上一支烟,踱了出去。

宝庆像个梦游人,慢慢悠悠地回了家,径直到了秀莲屋里。秀莲不愿多讲话,问她什么,她光笑笑,直摇头。

"你怎么,咳,怎么就让他糟蹋了呢?"宝庆一个劲问。他简直疯了。脑门发烫,心发疼。"跟我说说,怎么,怎么回事。"他哀求道,他伸出手来想摸摸她,又缩回了手。她始终半笑不笑地瞅着他。

他没注意到二奶奶和大凤已经走了进来。他看见的只有秀莲的脸,薄嘴唇紧紧地抿着,眼睛里黑沉沉的,叫人捉摸不透。啪的一声,一大口粘痰吐到了秀莲脸上,宝庆跳了起来。他双手抓住老婆,把她拖了出去。他在门外打了她一耳光,然后回到屋里。闺女就是作了孽,也不能啐她。

大凤掏出自己的手绢,给秀莲擦着。"跟我说说吧,"她央求道,"你的难处,干吗不说说呢,说出来就痛快了。"

秀莲拿手捂住脸,哭了起来。"你怎么打算呢?"大凤又问,"跟他去吗?你真爱他吗?"

"有什么别的法子呢?"秀莲可怜巴巴地说,"像妈那个样儿,我在这儿,怎么待得下去。"

"他会跟你结婚吗?结了婚,能养活你吗?他到底可靠不可靠呢?"

"我不知道,我哪儿知道呢?我见了他就昏了头,他要怎么样就怎么样。也许这就是爱情。挺难受,可又丢不下。"

"他真喜欢你吗?我不懂什么叫爱情,不懂你说的那个爱情。他对你,是不是跟你待他的心肠一样呢?"

"我不知道,我不知道,"秀莲攥紧了拳头,捶起床来,"我什么也不知道。我难过,我又不难过。我不跟他去,上哪儿去呢?不去,我就成了个下贱东西,给全家丢脸。去呢,也不会有好下场。"

过后,大凤对宝庆说,秀莲想跟她的情人去。宝庆没法,只好答应。他想到他的生意,全完了。秀莲唱的那一场,谁能顶得了?琴珠嫁了人,也走了!他想起来,他跟小刘可以来段相声,这也许是个办法。

他下楼,到书场里去。当晚,他和小刘来了一段,不过,很不成功。

散了戏,宝庆在书场大门口雇了个拿枪的把门,叫他无论如何,不让张文进门。他买了把锁,把秀莲锁了起来。他不怕张文,就是张文拿枪打他,他也要跟他见个高低。

二十五

过了一个礼拜,宝庆家来了六个拿枪的汉子。他们走到书场楼上,把宝庆看守起来。然后张文走来,给秀莲开了锁,叫她跟他一起走。

秀莲一见张文,又是哭,又是笑。可一见他的枪和那帮人,就瘫在床上。

"秀莲,跟我一块走。"张文用命令的口气说,脸色死白死白的。

她一动不动。

"走吧,把所有的东西和首饰都带上,"他又命令似地说,声音尖得刺耳。

她还是不动。

他不耐烦了。"怎么了?"他问,"怎么了?"

"我得跟爸说一声,你不该拿枪吓唬他。"秀莲说。她已经打定主意。

"你不是我的人吗?"张文担起心来了。

"我是你的人,孩子是你的,"秀莲指着肚子说,"不过,我不能就这么跟你走,我得跟我爸爸说一声。他,他是我的……"她咬住了嘴唇。

"走吧,"张文催她,"别净说废话!耽误工夫!带着你的首饰。"

"我跟你走,首饰也忘不了。不过我一定得跟爸爸说一声。你可以拿枪吓唬他,我不能。"

"先把首饰给我。"张文不耐烦了。

"不行,我得先看看爸爸。"

"好吧,去吧。"

秀莲自己也不知道,她是怎么走进了爸爸的屋。

宝庆很镇定,泰然自若。他坐在把椅子里。两条汉子站在他对面,枪口对着他。他安详地看了看秀莲,脸上一点表情也没有,好像眼面前的事,压根儿跟他没关系。

秀莲起先走得很慢,然后,不由自主地冲着他,急忙跑过去。她本有一肚子话要说,可是一句也说不出来,只会跪在他面前哭。末了,她气咽声嘶,好不容易才说出来,"爸,您白疼我了,叫我走吧,我没法儿不走。"

宝庆说不出话。他的手紧紧攥着椅子把,发起抖来。忽然,他冷笑了一声,说,"走,走,走。女大不可留,走吧。"

张文走了过来。他不看宝庆,拉起秀莲:"走。"

她拿了衣服首饰,低着头跟张文走了。出了门,她看了看天,天上有只鸟儿在飞。她想,不管怎么说,总算自由了,像那只鸟儿一样。

张文把她带到个僻静胡同里。所有的房子都炸坍了,不过废墟里也还有人住。有的房子倒了墙,有的没屋顶。一座房子里,有间火柴盒似的小屋,墙被炸弹震歪了,跟天花板分了家,所以屋里亮得很。屋里有一张竹床,两把竹椅,一张桌子。

"这就是咱们的家,"张文说。

秀莲看不下去。这地方太可怕了,到处是耗子、臭虫。不过她不愿意让他看出她的心事,她看了看他。"咱们的家,还挺不错的,"她说。她希望张文对她好,减轻她离开爸爸的痛苦。

床上放着她带来的包袱,里面包的,多一半是鞋袜。她想起口袋里还有些首饰,就都拿了出来,搁在他手心里。"给你,我拿着也没用。"

看见金子,他的眼睛放了光。为了报答她,把她搂在怀里。

他们商量该怎么收拾屋子,秀莲出了很多主意。屋子小,跟洋娃娃住的一个样。把屋子好好收拾一下,朋友来了,也好坐下喝杯茶。她从此要过新的生活了。等有了大点儿的屋子,再搬过去。这些想法使她高兴起来,脸上的愁云散了好些。哪怕只有间半截墙,火柴盒似的屋子呢,也得过下去。

他俩上饭馆吃饭。饭后张文说了说今后的打算。最好天天在外边吃饭,他说。这笔开支还出得起,房子太小,做起饭来,转不开身。他不喜欢睡觉的地方有饭菜味儿。秀莲打心眼里赞成,她压根儿不会做饭。老在外面吃才好呢。首饰让他卖了换饭吃,真不赖,她高兴了。

他们上街买东西,回来的时候,买了一床厚厚的川绣被子,两个枕头。有了它们,屋子里看着体面顺眼多了。新被子很漂亮,她快活起来,脸上有了笑容。

日子一天天过得很快。生活像两岸长满了野花的清澄小溪,潺潺地流过去了。在秀莲的小天地里,倒也风和日丽,微风习习。废墟的霉味,垃圾和死尸的臭气,大耗子到处乱窜,她都不在意。张文不在家的时候,她就忙着给孩子织衣服,打扫房间。她哼着旧日常唱的鼓书,抚摸着日益膨胀的肚子,说不出的愉快。有了孩子,该多么快活。

张文对他的俘虏很得意,常带朋友来看她。他们一来,总弄得她这个没有正式结婚的新娘困窘不堪。爸一向不让她跟人交际,她不会应酬人。这么小的屋子,一下子来上一大帮,又都是男人,只有她一个女的。他们认为所有唱大鼓的,都不是好女人,当然也就不会拿她当正经人看。他们每次来,秀莲都担惊受怕,不敢作声。要是客客气气,冷淡了客人,客人不高兴,张文要骂她。热乎一点儿,张文又气得发疯,骂她下三滥。他们多一半很放肆,只要张文一转过身去,就动手动脚。她躲不开,因为屋子里挤满了人,房间又那么小。

张文把秀莲带走的当天,二奶奶就把大凤和小刘搬进秀莲屋里。她想叫外孙守在跟前,好逗乐。秀莲怎么样,随她的便,犯不着去操心。二奶奶一向讲究实际。姑娘家出个丑,没什么了不起,没准她自己还乐意呢。丈夫是个笨蛋,活该遇着这么档子事儿。她有了外孙子,又有的是酒喝,别的事,管它呢。

这一向,宝庆沉默寡言,闷闷不乐。挨老婆的骂,他从来不还嘴。要是有人问起秀莲,他就说她病了,或者转个话题,夸夸小外孙。朋友们很体贴,从来不打听,可也总有些人,好奇,不知趣。

他夜里翻来覆去,老睡不着觉。秀莲走了,家里显得空空荡荡。她伤了他的心。别人骗他,犹有可说,可是秀莲,他最心爱的女儿干这样的事儿,真叫他受不了。一想起她对他的欺骗,心里就疼得像刀子扎。

他并不是个遇到打击就心灰意懒的人。他也许会痛心一辈子,但责任还是要负起来,只要秀莲需要,他准备竭尽全力去帮助她。迟早张文不是甩了她,就是卖了她。他要找到她,看住她,在她需要的时候,拯救她。他没有力量去跟张文和他那帮土匪拚,不过,他可以在必要的时候,拉自己的闺女一把。他花了几个钱,打听到他们的地址。来报告的人,详详细细把情况告诉了他,连房间是个什么样子,秀莲怎么收拾布置,张文的那帮子朋友如何难缠,都绘声绘色告诉了他。

他想起秀莲住在那样的地方,守着间那样的小破屋,就难过得心疼。他有钱给他们赁间房,但他不打算这么做。不能为了闺女,跟那个坏蛋张文言归于好。办不到。

最好是把一切都忘掉。怎么忘得掉呢?秀莲是他的心头肉。虽说恨张文,在伤心之极的时候,他也丢不下他一手养大的孩子。他想把心思全放在小外孙身上。可他每次抱起胖外孙,就免不了心烦意乱地想起,秀莲怀了孕,快给他添第二个外孙了,还是张文的孩子!

他努力想忘掉秀莲和她男人。还有更要紧的事,等着他去做呢。他得想法儿把孟良救出来。想到这儿,他站起来,发了狠。只要他还有一分钱,一口气,一份力,他就要想办法把朋友救出来。孟良才是真心朋友。秀莲的事,他早就提醒过,只怨宝庆当时不开窍。孟良帮助过他,鼓舞过他,给他机会,让他为国出力。

搭救孟良的新使命,在他心里燃起了新的火焰。他不再一蹶不振,愁容满面,而是一心一意,又有了生活的目的。他到处打听,找当官的,找特字号的,四处花钱,打听孟良到底给关到哪儿去了。

当官的听了他的要求,都不免吓一跳,露出害怕的神色。"别管这事,"他们说,从他们的态度可以看出,他们觉着他是白费劲。

有的人干脆对他说,为了这么个古古怪怪的作家去奔走,真是发了疯。他这才明白,哪怕走袍哥的路子,也行不通。那是当今政府的事儿。官儿们给他上了一课。他们不肯直截了当跟他明说,怕他把话讲出去。他们绕着弯儿说话,含含混混,不得要领。有个人说,"战争时期,只有带兵的有权势,枪一响,文官就吃不开了。"

宝庆听了他们的指点,去找带兵的。他给军官唱过堂会,认识不少人。他们对他挺客气,有的也对他的才情夸上两句。唔,现在正用得着他们,不妨去找找。可是,军官们一听他有事相求,多一半就忙得见不了客。顶多派个秘书,或者传令兵出来见见。不消多久,宝庆不用开口,就知道他们千篇一律必是这样回答:"剧作家,小说家,都靠不住。本该把他们搞掉,省得他们找麻烦。"有一位高级将领,好奇地瞧着他,不怀好意地问:"你活够了,想找死吗?还是唱你的大鼓去吧,老头子!剧作家,你就别管了,还是让他在监牢里呆着吧。"

宝庆鞠个躬,走了出来。他没了辙。世道真变了。中国人自古以来,就敬重斯文,连唐玄宗还不敢得罪李白呢;可今天军人就敢把学者抓起来,关在监牢里。说不定孟良已经掉了脑袋。他猛地站住,恐怖紧紧地抓住了他的心。当今政府到底是怎么回事?难道现而今的领袖,见识还不如个孟良?他连忙看了看四周,害怕他心里的疑问,会被人听见。他加快了脚步。

这天晚上,他去找孟良在剧院的一些朋友。这些人告诉他,他们正连日地奔走,想把孟良营救出来,可是一直打听不着他关的地方。他们认为他还活着,别的就不知道了。想在报上登个寻人广告,看看会不会有人知道他的下落,来报信。可是给新闻检查当局挖掉了。他们还没有绝望。不管找不找得到,还是要找下去。有位青年把宝庆拉到一边,跟他说了起来。"要是做得太显眼,弄得大家都知道我们在营救他,特务机关,没准就会把他干掉。"他说,"可是话又说回来,要是我们不去动员群众关心他的事,要救他就更没有指望了。所以必须十分谨慎小心。"宝庆越听越糊涂,他只明白这位青年是要他别太莽撞,怕对孟良不利。

夜里,他躺在床上,想了又想。事情真复杂。从前,他以为要打胜仗,必得有力量。中国若是人人身强力壮,准能打败日本。打败了日本,就天下太平,有好日子过了。他揉了揉秃脑袋。事情显然没那么简单。日本倒还没打败,瞧瞧自己,落了个什么下场,孟良又落了个什么下场!孟良,他一心劝人爱国,一心想要国家富强,反被政府关进牢里;张文那样的坏蛋,倒自由自在。这究竟是什么世道呢?

他躺着,背朝天,脸埋在枕头里。别再费那份脑筋,去想什么了。他只想睡,想忘掉一切。干吗要想?脑袋疼得厉害,别再费那份儿心劲了。最好跟老婆一样,傻头傻脑,成天醉醺醺。只有她,这年头,还可以轻轻松松地活下去。她真有福气,无忧无虑。

实在精疲力竭,没有力气再操心,再想。

第二天早晨,他早早地就起来了,振作了不少,精力也恢复了。睡眠真是功效神奇。他活着,他还有才干。人生似乎好过了一点。他把小宝抱了起来。孩子咧开小嘴笑了,高兴得呜呜直叫。

宝庆看了看老婆,她坐在椅子上,身边放着一瓶酒。"小宝他姥姥,"他嘴上带着挖苦的笑,说:"你真有福气。"

"我吗?"老婆嗑着葵花子,应声问道,"我要是真有福气,就不会生在这年头了。"

这话很出乎宝庆的意外。唔,看来她也不能完全不动脑筋。

二十六

钱花完了！张文卖了秀莲所有的首饰，把得来的钱吃了个一干二净。秀莲的肚子一天比一天大，大得她连门都不敢出，一副寒伧样子，怎么见人。

她没想到怀了孕的女人会这么难看。脸完全变了模样。早晨起来，脸肿得松泡泡的，笑起来挺费劲。就是拿她仅有的一点化妆品涂抹起来，也掩盖不住病容。这副模样，真是又难看，又可怜。腿和脚都肿了，有时连鞋都穿不上。

张文对她，已经没一点儿温情。即使亲近她，也无非是发泄兽性，兽性一旦满足，就把她扔到一边。有一次，为了嫌她挡路，使劲打她的肚子。还有一次，因为嫌她在床上占的地方大，骂了起来。"滚你妈的一边去，大肚子娘儿们，"他嚷着。她脸冲着墙，低声抽泣起来，什么也没说。

第二天早晨，她一片诚心，低声下气地招呼他。她觉得，哭未免太孩子气了。自己的肚子太大，挤了他，挨他骂一句，也不算什么。她很过意不去。

张文可没有心思跟她谈情说爱。他坐在床上，点上一支烟，眯缝起眼睛，想心事。忽然，冲她长喷一口烟，笑了起来。"秀莲,跟你爸要俩钱去。咱俩得吃饭,我一个子儿也没了。"

她睁圆双眼看着他。他不是当真的吧?难道他不知道,爸爸已经不要她了?她对不起爸,没脸见人。"哦,"她低声说,"哦,不,我不能那么办。"

"蠢货,"他生气地呵斥她,"你爹有钱,我们短钱使。他抢了你的钱,你为什么不弄点回来?"

她摇摇头。她不能再去欺负爸爸。不能再做丢人的事,去跟爸爸要钱。张文捏紧了拳头,好像要打她。她看出他要干什么,可还是坐着不动。张文大声骂了一句,披上褂子,登上裤子,走了出去。

她一个人在床上躺了两天。没有吃的,也没有钱。她什么也不想做,只顾想心事。身子越来越重,已经到了步履艰难的时候。因为饿,她一阵阵恶心。

张文回了家。他自己一去两天,一句没提,她也不问。她躺在床上,笑着,希望他能走近前来。他一边脱衣服,一边问,"你干吗不去卖唱?咱们得弄俩钱,不是吗?这倒是个办法,找个什么地方唱唱大鼓去。"

"我这副模样儿,怎么去呀?"她勉强笑了笑。"扛着个大肚子,人家该笑话了。等把孩子生下来就好了。再说,除了我爸的班子,也没处唱去。重庆就这么一家书场。"

"那你就回去给他唱。"

"那不行。我不能这么着上台去唱书,给我爸丢人。"

"什么?丢人?丢谁的人?"张文不明白。女人家怀了孕有什么可丢人的,何况还是个唱大鼓的呢。作为女人,秀莲挺可爱;可是她不肯出去挣钱,真叫人恼火。"去,给你爸唱书去。"

238

他又下了命令。

"我不去,"她哭起来了,"我受不了,我不能这么着去给爸丢人。"

"丢人!"他轻蔑地嗤笑了一声,"一个唱大鼓的,还讲得起丢人不丢人?"

秀莲心里有个什么东西啪地一声断了,她对他最后的一丝情意,也完了。从今以后,事情不能再这么下去了。她没想到他会说出这种话。他根本不爱她。她为他离开家,断送了自己的前程,而他对此,却完全无动于衷!

当天晚上,张文又走了。一去就是三天。秀莲气息奄奄,分不出白天黑夜。死吧,痛苦也就从此结束了。死了倒省得遭罪,可是还有孩子呢!娘犯了罪,造了孽,为什么要孩子也跟着去死?

第二天,她起了床。虚弱不堪,路也走不动。打张文走了以后,她只吃了一点糍粑,喝了两口水。她得出去走走,透口气。走起来真费劲,每走一步,脚如针扎,腿肿得寸步难行。朝哪儿走?她不知道。她一步一步地往前挪,蹒跚着,走几步就停下来歇一歇。走了不久,她看出已经走到爸爸家那条街的尽头。不能去,决不能去。她扭转身,很快回到小屋里。

也许张文的朋友会来找他。在这样冷清清、孤单单的日子里,有个人说说话也好。她可以求他们去找张文,把他叫回家来。可是没人来,她猜得出,这是为什么。他们以前来,是为了看她,看看重庆唱大鼓最有名的角儿。这会儿,她又病又丑,谁还希罕来看她?大肚子女人,有什么好看!她在小屋里走了几步,一屁股坐在床上。

239

孩子又在踢腾,她难过得很。可心头的难过更厉害。可怕的是今后,要是孩子生在这个又小又破的屋子里,怎么好?汗珠子一颗颗打她脑门上冒出来。她什么也不懂。要是活生生的孩子一下子打她肚子里蹦出来,怎么办?听说女人生孩子的时候,会拚命叫唤,真有那么可怕吗?好像肚子里每踢腾一下,她的难过就增加一分,越来越难以忍受。

她昏昏沉沉地躺着,哪怕张文回来看看也好。胡同里一有脚步声,她就抬起头来听。这个破胡同里,男男女女,来来往往,脚步声一直不断。她知道张文不会再来了。说不定爸爸,或者大凤会来看她。光是这么想想,也使她得到不少安慰。不过她心里明白,他们是不会来的。他们过的,是跟她截然不同的生活。就像地球绕着太阳转一样,他们循规蹈矩,过的是规规矩矩的生活。而她呢,却走投无路,再也过不了正经日子。

两天以后,张文冒冒失失撞了进来。他穿了件崭新的西式衬衫,打着绸领带,一条色彩鲜艳的手绢,插在上衣口袋里。他晒黑了,挺漂亮。她一见他,就为他的离去,找了种种理由:他可能是想法儿挣钱去了,好吃饭呀,他爱她,所以拚命地为了她干活去了。她见了他,把心里的怨气压了一压。不论怎么说,他是她的情人,是她的男人。可是,张文没有理她。他忙着打行李。她看着他,莫名其妙,手捂着嘴,不让自己哭出来。他把他的短裤、衬衫,还有她给洗干净的袜子,都拾掇起来,装进一只浅颜色的新皮箱里,那是他刚刚拎回来的。她的眼泪掉了下来,不过还是没说话。

他停下手来,看着她。眼神不那么凶了,透出怜悯的神色。他那抿得紧紧的嘴上,挂了一丝笑。"我以后不回来了,"他说,

"我要到印度去。"接着又打他的包。

她愣住了,一下子没明白过来。哎呀,印度,那么远。她打床上跳下,拉他的袖子。"我也去,张文,你上哪儿,我也上哪儿。我不怕。"

他笑了起来,"别那么孩子气。扛着那么大肚子,怎么跟我去。带着个快冒头的小杂种,跟我去,那才有看头呢!快住嘴吧,我要做的事多着呢。"

她心里一寒到底。她放了他的胳膊,坐在床上,眼睛瞪得溜圆,害怕到极点。"我怎么办呢?你要我怎么办呢?"她问。

"回家去。"

"不等……"

"还等什么?"

"不等孩子生下来啦?"

"咳,回去吧!别再叨叨什么等不等的了。放聪明点儿吧。你把我吃了个精光,我所有的都花在你身上了,这还不够吗?咱不是没有过过好日子。我尽了我的力量来满足你,现在我要走了,办不到了,别那么死心眼。"

她扑倒在地板上,抱住他的双腿。"你一点也不爱我了吗?"

"当然爱你,"他更快地收拾起来。"我要是不爱你,你还能怀上孩子吗?"

她躺在地上,精疲力竭,站不起来。她有气无力地问:"咱俩今后,今后怎么办呢?"

"那谁说得上?别指望我了,你是知道我的。我心肠软。要是到了印度,有哪个姑娘看上我,我就得跟她好。我对女人硬不起来。人有情我有义嘛,对你不也是这样吗?已经给过你甜头了。"他嬉皮笑脸看着躺在他脚下的秀莲,摸了摸自己贼亮贼亮的头发。"你已经尝到甜头了,不是吗?"

收拾完东西,他在屋子里周遭看了一遍,是不是还丢下了什么。完了,用英文说了句:"古特拜,"就没影儿了。

他留下一间小屋,一张竹床,床上有一床被子,因为太厚,装不进皮箱。此外还有两把竹椅子,一张竹桌子和一个怀了孕的女人。

秀莲在床上躺着,直到饿得受不住了,才爬了起来。她脑子里只有一个念头,就是得挣钱养活自己和孩子。也许能靠卖唱,挣点儿钱餬口。只要熬到把孩子生下来,就可以随便找个戏园子,去挣钱。不管干什么,只要能挣钱,能养活孩子就成。她尝够了这场爱情的苦头,真是竹篮打水一场空。还不如让人卖了呢,就是父母之命,媒妁之言,也比这强。

第二天,她整整躺了一天。起床的时候,腿肿得老粗,连袜子都穿不上了。她知道自己很脏,好多天没换过衣服,发出一股叫花子的味道。下午,她到江边一些茶馆里去转了转。茶馆老板听说她想找个活儿干,都觉得好笑。扛着个米袋大的肚子,谁要呀!

她迈着沉重的脚步,回了家。辫子散了,一头都是土。肿胀的双腿,跟身子一样沉重。嘴唇干裂得发疼,眼珠上布满血丝。走到大门口,她在台阶上坐下,再也挪不动步了。多少日子没换衣服,衣服又湿,又黏。干脆跳到嘉陵江里去,省得把孩子生出来遭罪。

她挣扎起来,又走回小屋去。屋门开着,她站住,吃了一惊。

谁来了？张文改变主意了？还是有贼来偷她那宝贝被子呢？她三步并作两步，往屋子里赶，说什么也不能让人把被子偷走……突然，她收住了脚步。黄昏时暗淡的光线，照着一个低头坐在床沿上的人影。

"爸，"她叫起来，"爸！"她跪下来，把头靠在他膝上，撕肝裂肺地哭了起来。

"听说他走了，"宝庆说，"这下你可以回家了。我一直不能来，他吓唬我说，要宰了我。现在他走了，这才来接你回家。"

她抬起头来看他，眼睛里充满疑惧和惊讶。"这个样子，我怎么能回去，爸？"

"能，全家都等着你呢，快走吧。"

"可是妈妈……她会说什么呢？"

"她也在等你。我们都在等你。"

宝庆卷起铺盖，用胳膊夹着，带她走了出去。"等孩子生下来，我要跟着您唱一辈子，"秀莲发了愿，"我再不干蠢事了。"她忽然住了脚。"等等，爸爸，我忘了点儿东西。"她使劲迈着肿胀的腿，又回到她的小屋里。

她想再看一眼这间屋子，忘不了呀！这是她跟人同居过的屋子，本以为是天堂，却原来是折磨她的牢房。她的美梦，在这儿彻底破灭了。她站在门口，仔仔细细，把小屋再次打量了一番，深深记在心里。然后，她和爸爸手搀手，走了出来。他们是人生大舞台上，受人拨弄的木偶。一个老人，一个怀了孕的姑娘，她正准备把另一个孤苦无告的孩子，带到苦难的人间来。

大凤满怀热情地迎接妹妹。二奶奶在自个儿屋里坐着。她本打算坚持己见，不跟秀莲说话。可是见了她从小养大的女儿，

243

眼泪也止不住涌了出来。"哼,坏丫头,"她激动地叫了起来,"来吧,我得把你好好洗洗,叫你先上床睡一觉。"

对面屋里,大凤的儿子小宝用小手拍打着地板,咯咯地笑。秀莲见了他,也笑了起来。

二十七

秀莲又成了家里的人。她很少麻烦爸爸。她已经长大成人，比以前懂事多了，也体贴多了。有天早晨，她要宝庆给她买件宽大的衣服。她知道爸爸一向讲究衣着，所以特别说明，不要绸子缎子的，只要最便宜，最实惠的布的。

宝庆要她到医院里去作产前检查。起先她不肯，怕医生发现她没结过婚。宝庆懂得医学常识，跟她说，检查一下，对孩子有好处。大夫不管闲事，只关心孩子的健康。爸爸这么热心，终于打动秀莲，她上了医院。尽管她受了那么多折磨，医生还是说她健康状况很好，只是得多活动。

每天吃过午饭，宝庆总督促她出去走走，她不肯。在重庆，谁都认得她。她不乐意在光天化日之下，去抛头露面，丢人现眼。宝庆也不勉强，但还是提醒她，要听大夫的意见。于是，每天晚上，等散了戏，爷儿俩在漆黑的街道上散步。在这种时候，宝庆才发现，秀莲真是大大地变了样。他们在上海、南京、北平住的时候，晚上散了戏，爷儿俩在街上走，秀莲蹦蹦跳跳走在前头，不时拉拉他的手，没完没了地提问题。如今她走得很慢，老落在后面，仿佛她没脸跟他并肩走道儿。怎么安慰她呢？他挖空心思,想不出道道儿来。

"要是能找到孟先生就好了,"他说得挺响,"什么事他都能给说出个道理来。"

"我什么也不打算想,"秀莲闷闷不乐地说,"我一心一意等着快点儿把孩子生下来。最好什么也不想。"

宝庆无言可对。要是她不打算想,何必勉强她呢。他嗓子眼里,有什么东西堵得慌。在昏暗的黑夜里,他觉得她是个年青纯洁的妈妈,肚子里怀着无罪的孩子。不管孩子的爹是谁,孩子是无辜的。他会像他妈一样,善良,清白。

"爸,您会疼我的孩子吗?"她突然问,"您会跟疼小宝一样疼他吗?"

又像是早先的小秀莲了,给爸爸出了个难题。

"当然啰,"他哈哈地笑了起来,"孩子都可人疼的。"

"爸,您得比疼小宝更疼他,"她说,"他是个私孩子,没有爹,您得比当爹的还要疼他。"

"那是一定。"他同意了,她为什么要提起孩子是私生的?为什么要特别疼她的孩子呢?为什么他要比当爹的,还要疼这个孩子呢?

过了一个礼拜,秀莲生了个女儿。五斤重,又红,又皱巴,活像个百岁老儿。

在秀莲看来,她是世界上顶顶漂亮,顶顶聪明,顶顶健壮的孩子。她今天的世界,就是这一间卧室,一个小小的婴儿,睡在她的身边。

生孩子痛苦不过,但痛苦一旦过去,秀莲觉得自己简直得到了新生。极度的痛苦,那一连几小时折磨她的产钳,把她的罪孽洗净了。她赎了罪,如今平静了。她完成了女人的使命,给人世添了个孩儿。她瞧着可笑的小皱脸儿,紧紧搂住她的小身子。这是她的宝贝,她的骨肉,血管里流着的,是她的血液。她身上没有张文的份儿。幸亏是个闺女,不是小子。如果是小子,她就要担心他会变成张文第二。她是秀莲的缩影,会长成世界上最最漂亮的姑娘。她从来没有享受过的爱,她的女儿都会享受到。她要去挣钱,好供孩子上学,不重蹈她的覆辙。在她想象中,女儿已经长大,成了女学生,打学校放学回家,来见她了。也许自个儿也得从头学起,好教孩子。

她把奶头塞进孩子嘴里,一股奶水溅出来,流满了小红脸蛋。她又把奶头往孩子嘴里塞了塞。饥饿的嘴唇一个劲地吮,把她的奶一口一口吸进去。这就是爱的象征:她胸膛里的爱,流入了下一代的嘴。她懂得,从今往后,她的生活就是给与,不能只接受别人的赐予了。一直到死,她的作用就是给与,给与下一代。

二奶奶来照顾她。她有点醉了,很想说几句话,损损秀莲。这个没出息的闺女,生了个女孩,无非是婊子养了个小婊子,一环接一环,没有个完。要是生了儿子,秀莲就是作点孽,也还算值。姑娘家,只会惹麻烦。不过,一见秀莲那胀鼓鼓的奶堵住了孩子的嘴,她一肚子气都消了。"真有你的,儿呀,"她简直羡慕起来了,"生了个好样儿的闺女……菩萨保佑你吧!"

秀莲生孩子,宝庆作了难。生小宝那会儿,他帮小刘办过宴席,给孩子洗三。满月的时候也请了客。这是规矩,宝庆乐意让邻居们瞧瞧,他是个富裕体面的老丈人,又是快活的外公。可是,一个没爸爸的私孩子,怎么办呢?他搔了搔脑袋。就是跟二

247

奶奶去商量，也白搭，她一定会干干脆脆地说不行。他不愿意问秀莲，怕伤了她的心。他左思右想，不知如何是好。三天过去了，秀莲没作声，就是想要洗三，也来不及了。到快满月的时候，他还是拿不定主意。

他仔细察看秀莲的颜色，看看没给孩子洗三，她是不是生了气。看不出她有什么不高兴。相反，她这一向兴高采烈。为了多发奶，她吃得很多，脸儿长得又胖，又光润，恢复了往日的容颜。做母亲的快乐，使她看起来容光焕发。她把头发挽成髻，像个结了婚的妇人。她所有的时间，都花在照料孩子上。有时候，他听见她对着孩子唱从前常唱的鼓书，心就得意得怦怦直跳。她真是重庆最可爱的小妈妈。

究竟要不要请客，朋友和对头的不同态度使他下了决心。有的艺人上门来恭喜他，态度显得很诚恳。他们认为，私生的孩子比结了婚生的更好，因为这证明妈妈很风流。

也有些守旧的老派人物，知道孩子是私生的，从来不提这个。这是为了给宝庆留面子。他们这么体贴，他心里热乎乎的。当然他也明白，他们为了维护自己的尊严，已经公开表示过，他们并不赞成私生的孩子。

一些向来跟他作对的人，就难缠了。他们散布流言蜚语，巴不得找机会刺他一下。他们跑到家里来，大声说："方老板，恭喜恭喜。听说秀莲添了个小闺女，当爸爸的怎么样了？"

有这么几拨子人，跑来笑话了他一通。之后，宝庆就决定不庆满月了。干吗要请那帮子可恶的家伙，让他们笑话？他不觉得有什么丢人，他们要是馋了，自个儿回家摆宴席去吧！

这么决定了，可是他心里很不痛快，觉得对不起秀莲和孩子。不过她俩谁也没抱怨。

满了月,秀莲回到书场去唱大鼓。

上台前,她问宝庆:"爸,我穿什么呢?"

"什么漂亮穿什么。"他说。她又成了他班子里的角儿,他很高兴。

"爸……"她还想说点什么,可没说出来。

"怎么啦?"宝庆问。

"真怪,我真不知道该穿什么。我想当女学生,结果生了个私孩子。想逃出书场,倒又回来了。真有意思,不是吗?"她没笑,泪珠在她眼里滚。

宝庆一时找不出话来说,只说了句,"你就想着这是帮我的忙吧。"

她穿了件素净衣服,脸上只淡淡抹了点脂粉。化装的时候,她自言自语,"穿件素净衣服,给过去的事送葬。"

她热烈地亲了亲孩子,就到书场去了。

走上台,她决定唱一段凄婉动人的恋爱悲剧。

她使劲敲鼓,歌声低回婉转,眼睛只瞧鼓中央,不看听众。她打算一心扑在唱书上,好好帮爸爸一把,只有帮了爸爸,她才活得下去。

她唱着,头越来越低,悲剧的情节跟她自己的很相仿佛,她不想让听众看见她眼里的泪。

一曲唱完,她抬起头来,安详地看着听众,好像是在说,"好吧,现在你们对我怎么看?"她鞠了个躬,转身慢慢走进了下场门。

掌声很热烈。听众瞧着她,迷惑不解。她比以前更丰满,更

249

漂亮了,可是愁容满面。她还年青,但已经饱尝了生活的苦果。

五个月飞快地过去了,秀莲的孩子还没个名字。宝庆每天都要仔细打量孩子,一心盼望她确实长得不像她爹,不然就太可怕了。怎么给她起名字呢,她可以姓张,也可以姓方,不过都不合适。他恨"张"这个姓,因为她爹姓张;方呢,又不是秀莲的真姓,她本是个养女。结果,大家都管孩子叫"秀莲的闺女"。

二奶奶从来不管这个孩子,她认为,她只能爱她的外孙小宝一个人。她对宝庆已经作出让步,对秀莲总算过得去,这也就够了。

宝庆这才明白,为什么秀莲要他加倍疼爱她的孩子。不过他知道,要是让人家看出来他偏心,家里就会闹得天翻地覆。秀莲的孩子是私孩子,只能当私孩子养着。

"我明白,"他告诉秀莲他不能特别照应她的孩子时,她这么说,"我自己心里也很乱。有的时候,我疼她疼得要命,有的时候,又恨不能把她扔到窗户外头去。"

一个月以后,琴珠回来找活干。她丈夫把所有的钱都花光了,他俩准备离婚。

离婚,她才不在乎呢。她摇摇头,又笑了笑,挺了挺高耸的胸脯。"我爱唱书,"她喊着,"所以我就回来了!"

琴珠非常羡慕秀莲的孩子。"你真走运,宝贝儿。"她跪在地板上,抚弄着娃娃粉红色的脚趾头。"我就是生不出来,你到底还有个孩子。有个亲生的孩子,比世界上所有的钱加起来还强。"

秀莲点了点头。她不知道该笑还是该哭,真是又想笑,又想哭。她只是紧紧地把孩子搂在怀里,感激地笑了。

八年抗战结束,日本投降了。这个时候,秀莲的孩子已经学会走路了。重庆市民通宵狂欢,连塞不饱肚皮的大学教授和穷公务员,都参加了庆祝活动。人人都高喊"中国万岁!"为国家流过血,除了破衣烂衫和空空的肚皮之外,一无所有的伤兵,也这样叫喊。军官们在衣服外面套上军装,把勋章打磨得锃亮,在大街上耀武扬威。其实呢,他们之中有的人,根本没靠近过前线。

普通市民有点不知如何是好。抗战八年,过的是半饥半饱的日子,现在胜利了,可是他们连买杯酒庆祝胜利,都拿不出钱来。只有空喊口号不用花钱,于是他们就喊了又喊,一会儿参加这股游行队伍,一会儿又参加那一股。

宝庆守在家里,他不想加入庆祝胜利的行列。他低头坐着,想着八年来发生的一切。失去了最亲爱的大哥;最心爱的女儿,又让个土匪给糟蹋了,如今有了孩子;顶要好的朋友坐了牢。天下太平了,孟良会不会放出来呢?

宝庆叹了口气,又笑了一笑。总得活下去。很快就可以和战前一样生活,从北平到南京,爱到哪儿到哪儿,哪儿有人爱听大鼓,就到哪儿去。是呀,还得上路。卖艺能挣钱,不管花开花落,唱你的就是了。不管是和平,还是打仗,卖你的艺,就有钱可挣。卖艺倒也能宽宽裕裕过日子。

要做的事太多了。想办个曲艺社,没搞成;曲艺学校也还没影儿。总有一天,这些事都得好好办一办。

几天以后,方家开始收拾行装。宝庆出门买船票。一夜之间,船票猛涨,有了卖黑市票的。他们当初来重庆时,也是这个样子。他用了一天工夫去送礼,求人情,讨价还价,最后把现钱差不多花光了,才在一只船的甲板上,弄到了几个空位子。两天以后就开船。

宝庆变得年青起来,精力充沛,劲头十足。要复员了,他兴奋得坐不住,睡不着。回下江去,他的一切,都跟来的时候差不多。行李不比来时多,顶宝贵的东西,就是三弦儿和鼓了。只有家里的人口增添了。失去了亲爱的大哥,添了两个外孙,还多了个小刘。

满心欢喜之余,他想起了那些运气不如他的同行,比如唐家。他去问他们,愿不愿意跟他一道走。本来犯不着去找他们。不过大家都是同行,把他们留在陪都,钱又不多,未免不忍心。可是宝庆去约他们的时候,唐四爷倒摇了摇头。他乐意留下。重庆的大烟土跌了价,琴珠哪怕不唱书,也能挣大笔的钱,养活俩老的。

二十八

开船的前一天,宝庆去跟大哥告别。大清早,他跑到南温泉,爬上山,到了窝囊废的坟头,哭得死去活来。痛哭一场,他心里好受了一点。仿佛向最亲近的大哥哭诉一番,泪水就把漫长的八年来的悲哀和苦难,都给冲洗干净了。

他最痛心的是秀莲。大哥跟他一样疼她,像爸爸一样监护着她。要是他活到今天,她哪至于落得这般下场,丢这么大丑!大哥的坟就在长满青草的山坡上,宝庆跪在坟前,觉得应该求大哥原谅,没把孩子看好。诉说完心里的话,他恳求窝囊废饶恕,求他保佑全家太太平平。烧完纸,他回了重庆。

一肚子委屈都跟大哥说了,宝庆心里着实舒坦了不少。他像个年青人一样,起劲地收拾行李。二奶奶向来爱找麻烦,她想把所有的东西,从茶杯到桌椅板凳,都带走。宝庆的办法,是把这些东西送给在书场里帮忙的人,给他们留个纪念。

秀莲和大凤把两个孩子一路用得着的东西,都拾掇起来。这么远的路,大人好说,孩子可不能什么都没有,要准备的事儿多着呢。

收拾完东西,秀莲抱起孩子上了街,想最后一次再看看重庆。在这山城里住了多年,临走真有些舍不得。她出了门,孩子拉着她的手,在她身边蹒跚地走着。她知道每一座房子的今昔。她亲眼看见原来那些高大美观的新式楼房,被敌人的炸弹炸成一片瓦砾,在那废墟上,又搭起了临时棚子。她痛心地想到,战争改变了城市,也改变了她自己。

在山的高处,防空洞张着黑黑的大口,好像风景画上不小心滴上了一大滴墨水。她在那些洞里消磨过多少日日夜夜!她好像又闻到了那股使人窒息的霉味儿,耳朵里又听见了炸弹爆炸时弹片横飞的嗞嗞声。是战争把人们赶到那种可怕的地方去的,许多人在那里面染上了摆子,或者得了别的病。亲爱的大伯也给炸死了,她倒还活着。她使劲忍住泪,觉得她和她那没有名字的小女孩,活着真不如死了好。

她什么也不想再看了,可还是留恋着不想走。这山城对她有股说不出的吸引力。为什么?她一下子想起来,这是因为她在这个地方失了身,成了妇人。她哭了起来。良心又来责备她了,为什么不跟爸爸到南温泉去,上大伯的坟?

她抱起孩子,继续往前走。街上变了样子。成千上万的人打算回下江去,在街上摆开摊子,卖他们带不走的东西。东西确实便宜。打乡下来了一些人,想捡点便宜。城里也有人在抢购东西,结果是回乡的难民多得了几块钱。

秀莲看见人们讨价还价,不禁想起,她就跟摊子上那些旧货一样。她现在已经用旧、破烂、不值钱了,和一张破床,或者一双破鞋一样。

她忽然起了个念头,加快了脚步,一直去到大街上一处她十分熟悉的拐角处。她想去看看她和张文住过的那间小屋。那是她成家的地方,是囚禁她的牢笼。她在那儿,备尝人间地狱对一个女人的折磨。她收住脚,想起了她的遭遇。她的腿挪不动步,心跳难忍。孩子在她手里变得沉重起来,她把孩子放下。在那间小屋里,她的爱情幻灭了,剩下的,只有被遗弃、受折磨的痛苦。别的可以忘却,唯独这间小屋,她忘不了。家具上的每根篾片,每件衣物,那床川绣被子,天花板上的窟窿,以及她在这间屋里所受的种种虐待,她一直到死的那天,都难以忘怀。一切的一切,都已经深深埋在她心中。

她抱起孩子,强迫自己继续往前走。走到胡同口,已经是一身大汗。胡同看起来又肮脏,又狭窄。她放下孩子,弯下腰来,亲了亲她热烘烘的小脑袋。

噢,进去看看那间小屋!那一个个大耗子窟窿还在吗?里面有人住吗?她走进大门,朝她原来那间小屋张望。里面有人吗?小屋的门慢慢开了,一个年青女人走了出来。她穿了件红旗袍,脸上浓妆艳抹。秀莲转过身,紧紧地把孩子抱在怀里,跌跌撞撞走了出去。唔,又有一个年青女人住在这里,没准是个妓女,当然也可能是刚刚结过婚的女人。唉,管她是什么人,女人都一样,既软弱,又不中用。

她费了好大劲儿,才走了出来。房子仿佛有根无形的链子,拴住了她。她眼前浮现了张文的形象。她恨他。万一他突然出现,要她跟他走,那怎么办?她急急忙忙走了出来,孩子在她怀里又蹦又跳。赶快跑,决不再见他!一直等到她跑不动了,才停下来喘口气,转过头去看,他是不是追了上来。她周围是炸毁了的山城。城市可以重新建设起来,但是她旧日的纯洁,已经无法恢复了。

走近书场,她恢复了神智。真是胡思乱想!只要她不自取毁灭,什么也毁灭不了她。她可能太软弱了,年青无知。但是她也还有力量,有勇气。她不怕面对生活。她突然抬起头,两眼望天。幸福还是会有的。她决心争取幸福,并且要使自己配当一个幸福的人。

她亲了亲孩子。"妈妈好看吗?"她问。

孩子咯咯地笑了,嘟嘟囔囔地说:"妈妈,妈妈。"

"妈胆大不?"

"妈妈!"

"咱俩能过好日子吗?"

孩子笑起来了,"妈妈!"

"咱们一块儿去见世面,到南京,到上海去。妈妈唱大鼓,给你挣钱。妈什么也不怕。"

回到家里,她态度安详,笑容满面。宝庆盯着她看了好一会儿。她必是遇到了什么事儿。又爱上什么人了?赶快上船,越快越好。

他们又上路了。小小的汽船上,挤满了人。一切的一切,都跟七年前一样。甲板上高高地堆满了行李,大家挤来挤去,因为找不到安身之处,骂骂咧咧。谁也走不到餐厅里去,所以茶房只好把饭菜端到人们站着的地方。烟囱在甲板上洒满了煤灰。孩子们哭,老人们怨天尤人。

唯一不同的地方,是乘客们心中不再害怕了。仗已经打完,那是最要紧的。连三峡也不可怕了。船上的每个人都希望快点到三峡,因为那就靠近宜昌,离家越来越近了。

大家都很高兴。北方人都在那儿想,他们很快可以看到黄河沿岸的大平原,闻到阳光烘烤下黄土的气息了。那是他们的家乡,他们的天堂。南方人想到家乡的花儿已经开放,茂密的竹林,一片浓绿。大家唱着,喝着酒,划着拳。

但是宝庆却变了个人。他没有七年前那么利索,那么活跃了。时间在他身上留下了痕迹。两鬓已经斑白,脸儿削瘦,眼睛越发显得大,双颊下陷。不过他还是尽量多走动,跟同船的伴儿们打招呼,还不时说两句笑话。他常在甲板上坐下,看秀莲和她的孩子。七年,好像过了一辈子,这七年带给她多少磨难!

夜走三峡太危险,船儿在一处山根下停泊了。山顶上是白帝城,宝庆一家从船上就可以看到它。

第二天一大早,船长发了话。机器出了毛病,要在这儿修理两天。

第三天傍晚,又来了一条船,在附近停下来过夜。

宝庆走过去看那条船,旅客们大都准备上山去看白帝城。宝庆前一天已经去过了,没再跟着大家去。他转身往回走,沿着江岸,慢慢地踱着,双手背在背后,想心事。

没走几步,有人拍他的肩膀。一回头,高兴得大眼圆睁。面前站着剧作家孟良。喜气洋洋,满脸是笑。他说他就在刚才来的那条船上。他瘦极了,像个骷髅一样,原来刚放出来不久。

"胜利了,"他笑着说,"所以他们就放了我。您问我是怎么出来的,但是我觉得更重要的是要弄清楚,他们是怎么把我弄进去的。"

宝庆点了点头。"我一直不懂他们为什么要抓您,您有什么罪?我想要救您,可是谁都不肯说您到底关在哪儿。"

"我知道。朋友们都替我担心,不过倒是那些把我抓进监牢的人应该担心……他们的日子不长了——"

他俩都没说话。宝庆想着孟良遇到的这番折磨。静静流去的江水,野草的芬芳气息和晴朗的天空,使他们的心绪平静了下来。

宝庆要孟良看看秀莲。他红着脸,告诉孟良她已经有了孩子。孟良并不觉得有什么奇怪。他说:"我以后再去看她,可怜的小东西。她跟我一样,也坐了牢。我坐的是真正的牢,她坐的是精神上的牢。"

宝庆叹了口气。"我真不明白她,也劝不了她,没法儿给她出主意。我最不放心的就是她。八年抗战,兵荒马乱的,像我这么个艺人,也就算走运,过得不错了。很多比我有能耐的人,还不如我呢。只有秀莲,她真成了我的心病了。"

"我明白,"孟良站起来,伸了伸腿。"好二哥,您的行为总是跟着潮流走,不过您不自觉罢了。"

"您打个比方给我听听。"

"您不肯卖她,就是个很好的例子。不过那并不是您的主意。时代变了,您也得跟着变。嫂子觉着买卖人口算不了什么,因为时代还没有触动她。今天还有很多人,没有受到时代的触动。嫂子常说的那句话,'既在江湖内,都是苦命人。'八百年前就有人说过了。可她还在说,仿佛挺新鲜。您看,您就比她进步,您走在她头里。"

"您这么说,我可真要谢谢您了!"宝庆点了点头。

"看这条江水里,"孟良接着说,"有的鱼会顺着江水游,有的鱼就只知道躲在石头缝里,永远一动也不动。"

"是有这样的鱼。"宝庆说。

落日在江面洒上了一道金色的余辉,把一个小小的旋涡,给照得亮堂堂的。

"嫂子一动也不动,您向前进了,知道买卖人口不对。不过您也只前进了一点儿。在其他方面,您又成了个趴在石头缝里的鱼,一动也不动。您不愿意承认秀莲需要爱情,所以您就不能给她引道儿。秀莲需要爱情,得不到就苦恼。她第一个碰到的男人,就骗了她……她以为那就算是爱情。爱情和情欲不容易分清,是您把张文介绍给她……要是您懂得恋爱并不丢人,就应该坦率地跟她谈一谈,把她引到正道上来。结果呢,您用了一套手腕去对付她,就跟您平日对付同行的艺人那样,这就糟了嘛。您打了败仗,是因为您不懂得时代已经变了。秀莲挺有勇气,想闯一闯,可是闯得头破血流,受到了自然规律的惩罚。二哥呀,您跟她都卷进了旋涡。"孟良用手指头指着江心的旋涡。

宝庆往前探了探身子,想仔细瞧瞧飞逝而去的江水。"我希望她能平平安安走过来。"

"明儿我们就要过三峡了,"孟良说,"险滩多得很。有经验的领航,能够平平安安地把一只船带出最最危险的险滩。所以我早就说,要送秀莲去上学。等她有了知识和经验,也许就不会在人生的大旋涡里,迷失方向了。我帮了倒忙,真是非常抱歉。没想到学校会坏成那个样子。像秀莲这样的姑娘,当然受不了那种侮辱。我要见了她可真过意不去。我对她像对自己的女儿一样。不过,我虽然不是成心的,却成了她不幸的根源。"

沉默了好一会儿,宝庆问:"您以为,要是秀莲在那个学校里上了学,就不会惹出麻烦来了吗?大谈恋爱自由的年青人,就不会出漏子吗?"

"任何时代,任何地方都会发生恋爱悲剧,"孟良说,"不光秀莲如此。有了知识和经验,对她会有些帮助,但是不能保证一定不发生悲剧。您不要以为秀莲生了个孩子,就一切都完了,她这次恋爱的本身,也是一次经验教训。吃了苦头,她的思想会成长起来。失了身,并不等于她就不能再进步。您只要好好开导她,鼓励她,她会重新获得自信和自尊心的。"孟良盯着看宝庆,仿佛怕宝庆不相信他说的话。他解开衬衫,露出一道道伤疤,"我坐牢的时候,他们就这么对待我,这是拿香烧的。"

宝庆大吃一惊。孟良接着往下说:"伤疤都已经长好了,我还是我。我还是要写书,想说什么说什么。这些伤疤不丢人,我并没有因为一时受苦,就向恶势力投降。他们一天不把我抓起来,我就要继续工作下去。只要能开出自由之花,哪怕是把我的骨头磨碎,拿去肥田,我也不怕。在某种意义上说来,秀莲受到的伤害,和我受的相仿佛。我说出了真理,所以坐了牢。我写出了我所信仰的东西,所以受折磨。秀莲想要按照她自己的欲望去重新安排生活,结果呢,也受到了惩罚。新时代会来到的,不过,在新时代来到之前,很多人会牺牲。"

孟良住了嘴,歇口气。宝庆抬起手来,想摸摸他胸膛上的伤痕。可是孟良很快把衬衫扣上了。"我没什么,"孟良说,"秀莲受到了惩罚,您不光要可怜她,您得想法了解她。她很聪明,有进取心。您要是能明白,她不过是时代的牺牲品,就可以鼓励她,教育她,使她对未来重新产生希望。不要害怕张文。他和他那一类人,终归是会被消灭的。他和秀莲的结合,是两种不同势力之间的冲突。您看!"他指着江水,"那个旋涡里有一条鱼,一只耗子在打转。耗子很快就会死,鱼却会游出旋涡,活下去。当然,那只耗子也有可能蹦出来。要是张文和他那一类人继续存在下去,我们的国家就完了。只要中国有了希望,秀莲今后还会得到幸福。她要得到幸福,也许不是件容易的事情,不过您我一定要好好为她打算打算,引她走上幸福的道路。"

落日在江面洒上了一道金色的余辉,把一个小小的旋涡,给照得亮堂堂的。宝庆仿佛在那里面看见了秀莲微笑着的脸儿,水草在她脸的周围荡漾,像是她的两条小辫子。他哼起了鼓词儿上的两句话:

长江后浪推前浪,
一代新人换旧人。